DÖRLEMANN

Theres Essmann

Dünnes Eis

Roman

Dörlemann

Die Autorin dankt dem Förderkreis der Schriftsteller:innen in Baden-Württemberg sowie dem Land Baden-Württemberg für die Förderung der Arbeit an diesem Buch.

Für Giesela Gaede
geboren 1927, gestorben 2022

Dieses Buch ist auch als Dörlemann eBook erhältlich.
eBook ISBN 978-3-03820-902-7

Umschlaggestaltung: Mike Bierwolf unter Verwendung einer Illustration von Maria Stezhko/Shutterstock
Satz: Dörlemann Satz, Lemförde
Druck und Bindung: Print Best, Viljandi
ISBN 978-3-03820-132-8
www.doerlemann.ch

I

Schlag zwölf, als ihr einhundertstes Lebensjahr beginnt, liegt sie im Bett und schläft nicht. »Himmel«, sagt sie, als die Kirchturmuhr verstummt, sie sagt es in die Stille und die Dunkelheit hinein und macht Licht. Durch die offene Tür sieht sie den Umriss des Schreibtisches. Bis dahin ist es ein Weg. Sie tastet nach dem Bettknopf, der Verbindung zum Willen des Wesens unter ihr, es hebt seinen Kopf und sie, Kopf und Rücken, gleich mit, dann folgt das Rutschen, das Schieben und Robben der Füße zum Bettrand und darüber hinaus und hinab zum Boden, so langsam, als ließe sie zwei Senkbleie in ein Wasser und lotete seine Tiefe aus.

Da ist der Stock und hier der Bettgriff. Ein kleines Schwungholen, ein Abstützen und Hochstemmen. Es sind die Übergänge, an denen es hakt. Aber wenn sie erst einmal steht, dann geht's. Auch ohne Stock. Wie jetzt am Kleiderschrank vorbei durch die Tür und dann die Bücherwand entlang. Von oben links Aurel über mittig Musil bis unten rechts Zweig. Ihr ganzes Leben entlang und das all der anderen dazu, die ihr durch die Abertausenden Seiten die Hand gereicht haben.

Sie bleibt stehen, fährt mit der flachen Hand über die Bücher, es kitzelt. »Hübsch«, hatte Gisela gesagt,

»gefiederte Bücher«, und meinte damit die Streifen bunten Papiers, die oben aus den Seiten ragen wie Schwanzfedern. Aber jetzt im Dunkeln, das durch die offene Schlafzimmertür vom Licht der Bettlampe kaum noch erreicht wird, verschwimmen die Bücher zu einer farblosen Einheit, als rückten sie schweigend noch enger zusammen, wie Tannen es tun, wenn einer am Waldrand geht in der Nacht.

Giselas Schal. Sie nimmt ihn von der Lehne des Schreibtischstuhls, hüllt sich hinein. Greift mit den Fingern um die Schreibtischkante. Wappnet sich für den nächsten Übergang, den kurzen freien Fall, bis sie aufgefangen wird und sitzt.

Sie zieht den Schal um ihre Schultern enger. »Ich stricke dir zu Weihnachten einen Schal, Marietta«, hatte Gisela gesagt. »Aber keinen grauen.« Da saß sie vor ihr im Sessel, während einer der Teestündchen, ihr Haar wie Zuckerwatte aufgetürmt, weiß und mit viel Luft dazwischen, und ihr Kleid: ein kunterbuntes Blumenbeet. Über die Schultern hatte sie wie jeden Tag einen ihrer Schals gelegt, einen gelben, grünen, blauen oder pinken. Einmal hatte eine Tür von Giselas Kleiderschrank offen gestanden, und da lagen die Schals wie ein zusammengefalteter Regenbogen. »Ja, bring ruhig einen Farbtupfer in mein Grau«, hatte sie geantwortet, denn Gisela zog sie damit immer auf, mit ihrer Vorliebe für Grau: »Ich wusste gar nicht, dass es so viele Abstufungen gibt.« Und: »Grau kommt von Grauen.« Wenn Gisela sie jetzt sehen könnte. Wie sie hier sitzt, im silbergrauen Schlafanzug, um ihre Schultern den pinken Schal.

Sie knipst die Schreibtischlampe an. Vor dem Fenster und auf dem Balkon ist es Nacht. Sie weiß, ihr Fenster ist nicht das einzige unter den vielen der Residenz, das erleuchtet ist, weil hinter ihm jemand nicht schläft. Mit beiden Händen zieht sie die Schublade auf, sie ist randvoll mit Leben. Fotos über Fotos, wahllos hineingeworfen. Und wie wahllos nimmt sie nun eines und noch eines und noch eines heraus, jedes mit dem Bild nach unten, so muss es sein, und legt sie vor sich auf das Holz. Als es genug sind, schließt sie erst die Schublade und dann ihre Augen. Mischt mit vorsichtig wischenden Handflächen das Blatt dieser Nacht. Und dann eilen ihre Finger los, sie laufen über die Papiere wie ein Tierchen auf der Suche nach etwas. Da, dieses besonders stark gewölbte Papier, das erkennen sie wieder. Oder diesen scharf gezackten Rand, den auch. Und die auffällige Glattheit, die ist auch verräterisch. Weiter, ihre Finger eilen weiter. Halten inne. Dieses Papier, das erkennen sie nicht. Wie eine Wünschelrute schlägt etwas in ihr aus. Wer wird sie überraschen, wem wird sie begegnen? Die Finger fassen das Bild, drehen es um. Marietta öffnet die Augen.

Johann. Im Arm hält er stolz seinen Brummel. Wie hatte er sich einen Teddybären gewünscht, einen großen. Der Weihnachtsbaum dagegen hinter ihm auf der Kommode war mickrig ausgefallen, sie hatte ihn mit Strohsternen, goldenen und roten Kugeln behängt, Kerzen hatte sie nicht; zum Vorlesen der Weihnachtsgeschichte zündete sie die Stumpen aus dem Vorjahr an. Das spärliche Licht einer Kriegsweihnacht. Und das Strahlen auf Johanns Gesicht. Dieser flüchtige

Moment, den ein Foto festhält. Johanns ungetrübte Freude. Und zugleich ihr Herz, in dem der Tod sich längst ausgebreitet hatte wie ein schwarzer Klecks in einem Aquarell.

Der russische Winter hatte ihren Heinrich verschluckt. Sie stellte sich damals vor, wie ein Engel seine Flügel um ihn legte und mitnahm, wohin auch immer. Das andere Bild ertrug sie nicht, sein Körper auf der hart gefrorenen Erde, die sich nicht erweichen ließ für ein Grab, nicht einmal durch sein warmes, für den Führer vergossenes Blut. Sie hatte es Johann noch nicht gesagt. Sie hatte nur aufgehört, ihm von Heinrich zu erzählen, aufgehört, diese Leerstelle in seinem vier-, fünfjährigen Leben mit etwas zu füllen, das ein Vater war. Heinrichs Foto im Rahmen auf seinem Nachttisch ließ sie stehen. Es war ihre letzte Weihnacht in Königsberg. Und die letzte Weihnacht ihrer Stadt, bevor die Bomben der Briten sie zerstörten.

Aber davon weiß das Foto nichts.

Weihnachten dreiundvierzig. Da hatte sie schon geplant, mit Johann zu den Großeltern zu gehen, sich gleich im neuen Jahr für eine Zeit in das sicherere Umland zu begeben. Jetzt fällt es ihr ein, es hatte einen Streit mit Vater gegeben, an diesem Heiligen Abend. »Glaub mir, bis Königsberg kommt der Feind nicht!«, hatte er gesagt. Da wusste sie schon nicht mehr, ob es sein Glaube an den Führer war oder die Hoffnung des Ostpreußen, irgendwie außer Reichweite zu sein.

Sie nimmt Johanns Foto in die Hand, fährt mit dem Finger über sein Haar, seine dunklen Locken, in denen sie versinken kann. Streicht ihm über das Gesicht. Mama, hat das Christkind dem Teddy schon einen

Namen gegeben, lässt sie ihn sagen und dann gleich weiterreden: Brummel, bestimmt heißt er Brummel.

Sie schließt die Augen, schickt ihre Finger noch einmal los, gespannt, über welchem Bild sie diesmal innehalten.

Gisela. In ihrem geblümten Ohrensessel. Zwischen den großen Blüten ragt ihr weißes Köpfchen heraus wie eine Pusteblume. Auf dem Beistelltisch steht eine Vase mit Tulpen. Ihr Sohn. Michael. Er brachte Blumen mit, wann immer er sie besuchen kam, einmal im Monat war das, und immer machte er ein Foto von seiner Mutter, wie sie im Sessel saß, neben ihr seine Blumen. Und auf jeder Rückseite wurde das Datum notiert. »Keine Ahnung, was er damit will«, sagte Gisela. »Dokumentieren, wie ich schrumpfe und schrumple?«

Nachdem sie Gisela beerdigt hatten, hörte Marietta ihn in ihrer Wohnung nebenan räumen, ging hinüber und fragte nach den Fotos, ob sie eines bekommen könne, als Erinnerung. Am nächsten Tag hielt er ihr eine Schachtel hin. »Greifen Sie zu«, sagte er. Wie ein Los aus einer Tombola hatte sie dieses Foto gezogen, und auch heute Nacht ist es ihr Los. Dieses Foto. Auf der Rückseite: 20. 7. 2001. Vielleicht sitzt er ja auch da wie sie, wann immer ihm seine Mutter fehlt, legt die Fotos vor sich aus, anders als sie mit dem Bild nach oben, und versucht, sie in eine Zeitreihe zu bringen, und erst am Ende dreht er sie um und kontrolliert die Daten. Wie bei den LÜK-Kästen aus den Sechzigern.

2001. Da war Gisela noch gesund. Und Erich noch lebendig. Auf der Fensterbank steht sein Käfig. Sie kann den Wellensittich noch hören, sein Brabbeln, Zwitschern, Kreischen. In Giselas Wohnzimmer war es selten still. Und wenn Erich einmal den Schnabel hielt, hüpfte er hin und her, und man hörte die Landungen seines kleinen Gewichts auf der Stange. Zur Nacht breitete Gisela ein Tuch über den Käfig. »Dann ist schlagartig Ruhe«, hatte sie Marietta erzählt, und auch, wie sie sich nachts vorstellte, Erich hüpfe in ihrem Schädel zwischen zwei Stangen hin und her. Hin und her. Besser als Schäfchen zählen sei das.

Oft saßen sie einfach zu zweit da, redeten nicht, tranken Tee und schauten ihm zu. »Sittich gucken«, nannte Gisela das. Erich bearbeitete mit seinem Schnabel das runde Spiegelchen, gurrend und vor- und zurücktrippelnd. »Im Bad«, sagte Gisela, »wenn ich mich wasche, da rede ich mit meinem Spiegelbild. Machst du das auch, Selbstgespräche führen?«

Seit Gisela nicht mehr ist, erscheint sie ihr manchmal morgens im Spiegel. Schönen guten Morgen, sagt Gisela dann. Oder: Selbst der Kopf schrumpft, findest du nicht? Und jetzt, aus ihrem Ohrensessel auf dem Foto heraus, sagt sie: Glückwunsch. Neunundneunzig. Das schaffen die wenigsten.

Sie schicken jemanden von der Lokalzeitung.

Benimm dich.

Himmel, hatten sie damals darüber gelacht. Über die Sache mit dem Blatt. »Die anderen Hochbetagten«, hatte der Journalist zu Marietta gesagt, »die anderen, die mir ihr Leben erzählt haben, haben einen Satz für die Nachwelt darauf geschrieben, die Essenz ihres langen Lebens.« Genauso hatte er es ausgedrückt. Die Essenz. Er zeigte ihr die Fotos der anderen. »Liebe ist alles«, hielt eine Frau vor ihren Kugelbauch. Und die Sätze der anderen waren auch nicht besser. »Mein Leben eignet sich nicht für ein Kalenderblatt«, hatte sie zu ihm gesagt. »Ich bin erst 85«, hatte sie geschrieben und dann doch die Rückseite in die Kamera gehalten. Eine weiße Fläche. »Sagt doch alles«, hatte der Journalist es hingebogen, »das letzte Wort ist bei Ihnen noch nicht gesprochen.«

Während des Interviews hatte er seinen Stuhl nah an ihren gerückt, bei jeder Frage schob er seinen Kopf weit vor wie eine Schildkröte, sie hätte ihn mit ihrem Knie unterm Kinn erwischen können. »Ich höre noch gut«, hatte sie gesagt. »Würde des Alters – so soll es heißen, Ihr Buch?« Ja, sie sei Lehrerin gewesen, hatte sie ihm geantwortet, und ja, doch, dass im Königsberg von 1930 auch Frauen studierten, und nein, dass sie kein Problem habe mit der heutigen Jugend. Rousseau hatte er nicht gelesen. Sie hatte überlegt, ob sie den Émile holen sollte, aus ihrem Regal, Rousseau habe der Kindheit und Jugend ihre Würde zurückgegeben, hatte sie ihm erklärt, und dass doch der Mensch jederzeit seine Würde verlieren könne, nicht nur im Alter. Obwohl sie es in der Resi mit der Würde sicher leichter hätten als anderswo. »Wobei – Residenz mit Herz. Gehobenes Wohnen im Alter. Ziemlich bescheuerter Name, finden Sie nicht?«, hatte sie ihn gefragt.

Die anderen Bewohner sprachen tatsächlich von ihrer Residenz. Gisela und sie sagten Resi. Residieren, das taten Fürsten und Monarchen. »Ich hab hier noch niemanden mit Kutsche vorfahren sehen«, hatte Gisela einmal bemerkt. »Ich seh hier nur Rollatoren.« Für die Neuen war das immer ein Schock, die vielen geparkten Rollatoren, die Gänge entlang oder im Rudel vor der Flügeltür zum Veranstaltungsraum. Bei aller Spötterei war Gisela jedoch froh, dass die »Residenz mit Herz« auch eines für Tiere hatte, für Kleintiere. Hamster, Vögel, Wohnungskatzen. »Bei uns sind auch die kleinen Freunde unserer Gäste willkommen.« So stand es im Prospekt, das in der Sitzecke der Empfangshalle auslag. Dort, auf dem Tisch mit den Prospekten und Illustrierten, hatten sie irgendwann den Bildband entdeckt. »Würde des Alters«.

Gisela hatte sich sofort hingesetzt, das Buch aufgeschlagen, vor- und zurückgeblättert. »Ich finde dich nicht. Hat der Journalist sich eigentlich noch einmal bei dir gemeldet?«

Marietta schüttelte mit dem Kopf. »Der hat schon beim Abschied so rumgedruckst.«

»Mach dir nichts draus«, sagte Gisela. »Mich hat er ja nicht mal gefragt. Vermutlich war ich zu jung.«

Vorm Fenster steht schwarz die Nacht. Sie schiebt im Schein der Lampe die Fotos auf dem Schreibtisch nebeneinander, Gisela in ihrem Ohrensessel neben Johann mit seinem Brummel.

Ihre älteste Tote. Und Johann, ihr jüngster.

Giselas Foto lehnt sie an die Schreibtischlampe. Johann und alle anderen legt sie in die Schublade zurück. Gesicht nach unten.

Sie hat alle überlebt.

Die Welt da draußen schläft. Nur in einigen der Flüchtlingscontainer ist noch Licht. Seit ein paar Wochen sieht sie es nachts vom Schreibtisch aus durch die Baumkronen schimmern. Die Menschen, die dort schlafen oder wach liegen, sie haben es herübergeschafft, über das Meer. Andere nicht, sie ertrinken, beim Umsteigen vom Zubringer auf den Fischkutter. Im Deutschlandfunk haben sie das gestern gesagt. Sie fallen ins Wasser, können nicht schwimmen. Sie werden zwischen den Bootsrümpfen zerquetscht. Zerquetscht. Da hatte sie ihr Marmeladenbrötchen weglegen müssen. Eine Frau aus Syrien hatte im Radio weinend davon erzählt, wie ihre kleine Tochter es nicht auf das Mutterboot geschafft hatte. Ein Kutter aus Holz, hatte der Reporter ergänzt, nicht mehr als eine Nussschale für Dutzende, die es damit über das Mittelmeer schaffen wollten.

Sie fasst in die weiche Wolle von Giselas Schal, hält ihn sich ans Gesicht, während sie nach drüben zu den Flüchtlingsunterkünften schaut. Sicher sind viele von denen, die jetzt dort in den Containern untergebracht sind, auch über das Meer gekommen. Für sie muss die Resi mit den aufragenden langen Fensterreihen in der Nacht aussehen wie ein Kreuzfahrtschiff, das mitten im Park angelegt hat. Mutterboot. Eigentlich ein schönes Wort. Muttermilch. Mutterliebe. Viele Kinder werden beim Umsteigen von ihren Familien getrennt, sagte der Reporter. Mutterboot – ein zynisches Wort.

Der Weg zurück zum Bett wird ihr lang. So müde ist sie. Bis sie endlich im Bett liegt und das Kopfteil sie vorsichtig hinunterlässt wie eine zerbrechliche

Kostbarkeit. Sie denkt an Gisela, die in ihren letzten Wochen im Bett lag und immer hilfloser wurde, ihr weißes Haar so dünn und kurz, nicht mehr als ein Flaum, und ihr Gesicht, auch das immer kleiner und kleiner. Gisela, die zu schrumpfen schien, als wollte sie als Däumling zwischen den Blumen, die auf ihrer Bettwäsche blühten, verschwinden. Marietta saß an ihrem Bett, gab ihr mit der Schnabeltasse Wasser, las ihr vor, hörte, was sie noch zu sagen hatte, bis Gisela die Augen schloss, auf diese Art, die einen bang warten ließ auf ihren nächsten Atemzug. Erst dann ließ sie sie hinunter ins Liegen, so vorsichtig, als wäre sie ein Säugling und das Kopfteil die Hand einer Mutter, mit der sie ihr Baby stützt, während sie es in die Wiege legt.

Wiege. Mutterboot.

Kinder werden von ihren Müttern getrennt. Zwischen Bootsrümpfen zerquetscht. Ein zynisches Wort. Mutterboot.

Die Zwei-Uhr-Glocke hört sie noch.

Und dann nichts mehr.

Und dann das Eis, es knurrt, bevor es reißt, vor ihren Füßen frisst ein dünner Riss sich hindurch, sie muss ganz still stehen, unter ihr ist die See, ein dunkler Schlund. Das Eis bricht, ihr Herz rast, als wollte es davonlaufen aus ihrem Körper. Sie atmet und wartet. Ist wieder im Zimmer. Horcht in den Raum, durch die Wände hindurch zu den anderen hin. Die Resi ist kein Kreuzfahrtschiff. Die Resi ist ein Walfisch. Ein Walfisch, durch dessen Rachen sie alle gekrabbelt, in dessen Bauch sie alle geflüchtet sind. Ein riesiger, gestrandeter Walfisch.

2

Marietta liegt und lauscht. Mit einem Aufflattern in der Brust hört sie, wie die Morgenamsel singt. Jetzt ist sie wieder ein Mädchen. Die Amsel singt, und sie hört zu, während Großmutter unten in der Küche klappert. Vor dem offenen Fenster räkelt sich der Morgen. Die Luft ist noch kühl, doch im Bett ist ihr wohlig warm. Nach dem Frühstück wird sie in eine Decke gehüllt in der Hängematte unter den Kirschbäumen liegen. Ferien. Die Amsel ruft und fragt. Sie antwortet ihr in die Pausen hinein, die der Vogel lässt. Sie fragt auch etwas zurück. »Alle Tiere reden«, sagt Großmutter. »Wenn man zuhört.«

Ihr Tag schält sich nur langsam heraus.

Sie denkt an den Traum und an das Eis. Wie dünn es an manchen Stellen immer noch ist. Und wie nah in ihr alles beieinanderliegt.

Heute ist ihr Geburtstag.

Neunundneunzig.

Das schaffen die wenigsten.

Ungefähr so sagt es auch Frau Meier, während sie vom Blutdruckgerät Traumwerte abliest. »Fit für Ihren Ehrentag. Und gleich kommt die Presse.« Sie zieht die Manschette vorsichtig vom Arm. »Sie werden noch eine unserer Hundertjährigen!«

»Sofern ich den Tag heute überlebe. Den ganzen Budenzauber. Ich geh heute nicht raus.«

»Müssen Sie ja auch nicht«, sagt Frau Meier und zündet die Geburtstagskerze an. Ansonsten ist alles wie immer. Ein weißes Brötchen, Butter und Marmelade, Kaffee in der Thermoskanne. Sie ist noch im Morgenmantel. Das Kleid hat sie schon rausgelegt.

Frau Meier hilft ihr mit dem Reißverschluss. Streicht mit der Hand den Stoff glatt und den Rücken hinab. Sie schließt die Augen, für diese Berührung, dieses Streicheln, das sie dem Tun einer Pflegerin abluchst.

»Hübsch sehen Sie aus, in diesem Kleid, immer noch so schlank. Die Zeitung macht sicher auch ein Foto.« Sie schaut auf Mariettas Füße. »Die Wollstrümpfe bleiben an.« Es ist eher eine Feststellung als eine Frage.

»Ich zieh sie mir ja nicht über den Kopf«, antwortet sie und denkt wieder an das Eis in ihrem Traum.

Vor der Tür steht Frau Kühn aus der Verwaltung. Sie hat ein Klemmbrett in der Hand, wie immer, wenn die Resi in die Zeitung kommt. Neben ihr ein Mädchen.

Mädchen, das Wort kommt ihr so.

»Frau Stein, unsere Neunundneunzigjährige«, sagt die Kühn.

Als sie im Wohnzimmer sind, stellt das Mädchen den Rucksack ab, ein schwarzes Plastikding. Die Haare hängen ihr in verfilzten, dicken Strähnen ins Gesicht.

»Herzlichen Glückwunsch!« Sie reicht ihr forsch die Hand, aber dann fällt der Druck doch zaghaft aus, wie gebremst. »Frau Bern, ich bin Volontärin beim Wochenblatt.«

»Drücken Sie ruhig zu. Meine Knöchelchen sind noch nicht morsch«, sagt sie.

Frau Kühn legt dem Mädchen die Hand auf die Schulter. »Ich lass Sie dann mal allein.«

Also geht Marietta zum Tisch, sie hat alles gerichtet, zwei Tassen und auf dem Stövchen ihre Kanne aus Glas. »Möchten Sie Tee?«

Das Mädchen nickt, setzt sich, zieht den Rucksack heran und beugt sich darüber, die Filzlocken fallen wieder nach vorn übers Gesicht. Sie nimmt eine Kamera und noch ein schwarzes Teil heraus, legt beides auf den Tisch. Dazu Block und Stift.

Marietta pustet in ihren Tee. Die Wärme der Dampfwölkchen legt sich auf ihre Wangen, verbreitet den Duft von Jasmin. Jetzt schaut das Mädchen sich um. Ein Gesicht wie bei Botticelli, die Haut ist sehr hell und sehr rein. Umrahmt vom stumpfen Haar wie von einem Widerspruch. Ihr Blick wandert vom Schreibtisch zur Couch, weiter zum Bücherregal. Bleibt dort hängen. Wandert zurück zu ihr.

»Und?«, fragt Marietta. »Ich meine, was sehen Sie hier – im Wohnzimmer einer Greisin?«

»Jede Menge Bücher. Keine Fotos.« Sie greift zum Block, tippt mit dem Finger auf die Notizen. »Ich hab Fragen dabei.«

»Meine Fotos sind da drüben. In der Schreibtischschublade.«

»Wollten Sie gar keine aufhängen? Oder aufstellen?«

»Nein. Man muss Erinnerungen auch wieder weglegen können.« Marietta stellt ihre Tasse zurück auf den Tisch. »Sind das Ihre Fragen? Oder die vom Chef?«

Das Mädchen schüttelt den Kopf, was nicht wirklich eine Antwort ist. »Meine Wohnung hängt voll mit Fotos. Meinen Fotos.«

»Ihren Fotos?«, fragt Marietta.

»Ich fotografiere viel.« Mit dem Handrücken streicht sie sich eine ihrer Haarsträhnen aus der Stirn. »Also, nicht nur für die Redaktion. Für mich.«

»Was denn?«

»Menschen.«

»Aha.«

»Normale Menschen.«

Marietta lacht. »Da sind Sie bei einer Neunundneunzigjährigen aber falsch.«

»Meinen Sie?« Der Blick des Mädchens wandert jetzt zur Kamera auf dem Tisch, verharrt dort. Gedankenverlorene Stille. Und ein Ausdruck im Gesicht – wieder fühlt sie sich an Botticellis Engel erinnert. »Mein Vater ist Fotograf«, sagt das Mädchen schließlich, »hauptsächlich für Designermode. Sein Atelier hängt voll mit seinen ...« Kurz legt sie den Kopf in den Nacken, schaut zur Decke, dann wieder zu ihr. »Mit seinen Tussis.«

»Und Ihre Wohnung hängt voll mit ...?«

»Wohnungslosen. Müllmännern. Sehr gebrechlichen ...«

»Alten?«

»Die auch«, sagt das Mädchen. Wie klar und geradeheraus ihr Blick dabei ist. Freimütig, denkt Marietta, und dann denkt sie an Gisela und ihren Sohn. Und dann an die alte Frau und die Queen.

»Das erinnert mich an ein Erlebnis mit der Queen.«

»Der Queen?« Das Mädchen greift zum Stift, schlägt ein neues Blatt Papier auf. »Der Königin von England?«

»Genau der. Auf einem der Ausflüge, die man hier für uns Alte veranstaltet. Früher habe ich die manchmal mitgemacht. Einmal ging es mit dem Bus zu einer Waldbühne. Götz von Berlichingen. Sagt Ihnen der etwas?«

Achselzucken.

»Goethe. Egal. Zwischen Parkplatz und Bühne mussten wir zu Fuß durch ein kleines Dorf. Und dort, auf einer Bank direkt an der Straße, dort saß Queen Elizabeth.«

Den Stift hält das Mädchen jetzt regungslos in der Luft, während sie Marietta skeptisch anschaut.

»Eine Skulptur. Lebensgroß und täuschend echt. Mitsamt Täschchen und Hut und weißem, onduliertem Haar. Natürlich war dann kein Halten mehr. Jeder ließ sich mit der Queen fotografieren. Einer drückte ihr sogar einen Kuss auf die Wange. Nicht, dass ich keinen Fotoapparat dabeihatte. Aber ich fand das ...«, Marietta schüttelt mit dem Kopf, »... irgendwie kindisch. Zum Glück hab ich die alte Frau auf der anderen Straßenseite entdeckt, auf einer Bank sitzend, im Kittel und das Haar streng zu einem winzigen Dutt gestrafft.«

»Auch aus Plastik?«, fragt das Mädchen.

»Nein. Die war echt. Sie saß da und schaute uns zu. Also bin ich rüber und hab mich zu ihr gesetzt.«

Die Teekanne ist fast leer, aber für eine Tasse reicht es noch. Sie gießt sich nach. Pustet. Nippt. Dagegen hat das Mädchen seinen Tee noch nicht angerührt, in ihrem Blick liegt nun etwas Ratloses. Also fährt sie fort. Dass sie ein paar Minuten schweigend dem Treiben auf der anderen Straßenseite zuschauten. Bis die Frau – die wirklich uralt zu sein schien, so runzlig war ihr Gesicht –, bis sie schließlich sagte: Ich sitze hier auch jeden Tag. Aber mich hat noch nie jemand fotografiert.

Sie fand, dass das traurig klang. Also holte sie ihre Kamera aus der Tasche und stand auf. Bitte lächeln, bat sie die Frau.

»Und das tat sie. Zahnlos. Und zeitlos. Ein zeitloses Strahlen.«

»Bestimmt ein cooles Foto.« Endlich nimmt das Mädchen doch einen Schluck aus ihrer Tasse. »Meine Mutter hat mich kürzlich gefragt, warum ich eigentlich nie schöne und junge Menschen fotografiere.« Die Tasse umfasst sie nun mit beiden Händen, als suchte sie Wärme, dabei ist der Tee vermutlich schon kalt. »Sie ist ... war mal ein gefragtes Model.« Das Mädchen stellt ihre Tasse wieder ab. »Über dem Esstisch meiner Eltern hängt ein riesiges Foto von ihr. Von früher.« Mit einem Finger streicht sie über den Block. Rauf und runter. Von links nach rechts. Im Kreis herum. Wie kindlich das wirkt, dieses Nachdenken mit der Hand. Und ihr Plappern über die Eltern. Warum erzählt sie ihr das? Sie ist also Tochter eines Modefotografen und eines Models. Und ihre Familienmahlzeiten waren überstrahlt von der Schönheit der Mutter. Schweigsame Mahlzeiten, stellt Marietta sich vor.

»Sprechen Sie mit den Menschen, bevor Sie sie

fotografieren?«, fragt sie. »Ich meine, lernen Sie sie kennen?«

»Meistens erst nachher«, antwortet das Mädchen. »Ich möchte zeigen, was ich sehe. Ich meine, was ich sehe, ohne viel zu wissen über die Person. Und ohne zu urteilen. Und bevor die Leute anfangen, etwas darstellen zu wollen.«

»Bewerten wir nicht immer?«, fragt Marietta. »Weil wir gar nicht anders können?«

Darauf antwortet sie nicht. Ihr Finger mäandert jetzt wieder über das Papier. Das Mädchen hat etwas an sich, das schwer zu greifen ist und Marietta neugierig macht. Etwas kindlich Unbefangenes und gleichzeig sehr Bewusstes. Mit ihrem Wunsch, vorurteilsfrei zu bleiben. Was ja hieße, alles auf eine nahezu unpersönliche Art zeigen zu wollen: Armut. Alter. Dreck.

Wie jung sie dabei noch ist. Und wie ich das Gespräch genieße, denkt Marietta.

Jetzt schaut das Mädchen sie wieder an. »Eigentlich möchte ich auch Fotografin werden.«

»Eigentlich?«

»Keine Ahnung, ob jemand meine Fotos sehen will.«

»Mich haben Sie neugierig gemacht.«

»Ja?« Das Mädchen nimmt die Kamera vom Tisch, hält sie hoch vor ihr Gesicht. »Darf ich? Sie bleiben einfach sitzen. Und trinken Tee.«

Jetzt bin ich gespannt, denkt Marietta und nickt.

Wie eine Katze schleicht das Mädchen um sie herum, immer die Kamera vor dem Gesicht. Geht in die

Hocke, fotografiert von unten hoch, was auch immer von dort aus zu sehen ist. Steht auf. Streicht herum. Schaut durch die Kamera. Nimmt sie wieder herunter. Schleicht weiter. Schaut hindurch. Sieht. Sie. Mit dem Auge der Kamera. Kann ein Blick wärmen? Wie ein Sonnenstrahl? Herr Paul fällt ihr ein, und was er erzählt hat. Wie er sich jeden Samstag in der Kabine fotografieren lässt. Sie wissen schon, der Automat für die Passfotos, gleich neben der Residenz-Apotheke. Warum er das mache? Einfach so. Und nein, die Fotos hebe er nicht auf, darum gehe es ja nicht. Worum es denn gehe, hatte sie ihn gefragt und keine Antwort bekommen. Vielleicht empfand Herr Paul es ja ähnlich wie sie gerade: Sie genießt es, fotografiert zu werden. So viel Aufmerksamkeit für eine verschrumpelte Greisin. Unbefangene Aufmerksamkeit. Unbefangen und neutral. Wie ein Automat. Obwohl sie das dem Mädchen nicht ganz abnimmt.

Die schaut mittlerweile nach unten, die Kamera vor sich wie ein Buch, die Zungenspitze erscheint zwischen den Schneidezähnen.

»Sind die Bilder da schon zu sehen?«

»Ja.«

Sie blättert also. Blättert in den Augenblicken, die nun herausgehoben sind aus der Zeit.

»Darf ich?« Schon nimmt das Mädchen ihre Hand. Legt sie behutsam auf den Tisch, drapiert sie wie einen kostbaren Gegenstand. Und dabei sieht ihre Haut doch aus wie mit brauner Soße bekleckertes Pergamentpapier. Hauchdünn. Aber das Mädchen sieht dort wohl etwas. Macht sich lang wie zum Sprung, das Auge der Kamera hoch über dem Tisch. Als sie

sie wieder absetzt, begegnen sich für einen Moment ihre Blicke. »Ich heiße übrigens Julia.« Und schon hebt sie die Kamera erneut vors Gesicht. Ein bisschen forsch ist das Mädchen ja schon, hat scheinbar nur ihre Fotos im Kopf. Aber vielleicht braucht sie das ja, um so hinzusehen, wie sie es für richtig hält. Um zu bezeugen. Zu bezeugen. Das Wort kommt von weit her. Tief in ihr beginnt eine Sehnsucht zu flattern, wie ein Falter, der schon zu lange im Spinnennetz hängt. Wie von selbst wandern ihre Hände zu ihren Unterschenkeln, an denen die Strümpfe ein wenig heruntergerutscht sind. Sie zieht sie wieder hinauf bis zu den Knien.

»Die Strümpfe«, sagt sie, »die Wollstrümpfe können Sie ruhig auch festhalten. An den Füßen wurde mir nie wieder warm.«

»Ach ja?« Das Mädchen kniet sich vor ihr auf den Teppich, beugt sich nach vorne, sodass ihr Gesicht vollends hinter den Haarsträhnen verschwindet. Marietta sieht es vor sich. Wie sie zu Tisch sitzen. Ein Vater, der mit seiner Kamera Tussis als Sternchen an den Modehimmel zaubert. Eine Mutter, die auch einmal weit oben gestrahlt hat und jetzt nur noch auf einem Foto über dem Esstisch. Und zwischen ihnen sitzt ihre Tochter. Julia. Ein Botticelli-Engel, der entschieden hat, sich nicht mehr zu kämmen. Ein Mädchen, das weiß, was es will. Eigentlich.

Julias Haare berühren jetzt fast ihre Hand.

Und dann ist Julia fort. Marietta liegt auf der Couch, die Augen geschlossen. Den Rücken hinunter spürt sie den Reißverschluss ihres Kleids und dann eine

Hand. Elias. Wenn sie sich zur Begrüßung umarmten, wenn er ihr erst seine Hand in den Nacken legte und dann langsam hinunterstrich, manchmal bis zum Po, all die ungezählten Male eingesunken in eine einzige Spur, eine einzige Erinnerung. Nur eine Erinnerung. In einer der letzten Nächte hat sie wieder von ihm geträumt. Elias stand neben ihrem Bett, schweigend stand er da und regte sich nicht. »Fass mich an«, sagte sie. »Fass mich bitte an.« Sie wurde wach, die Worte hingen noch in der Luft, die Laute in ihrem Hals, sie musste es laut gesprochen haben. »Fass mich bitte an.«

An den Händen spürt sie den kratzigen Wollstoff der Couch. Der grau karierte Stoff, der nun auch schon zwanzig Jahre alt ist, so alt wie ihr Leben in der Resi. Darunter die Polsterung, die noch älter ist und erhalten blieb, und mit ihr – das stellt sie sich so vor, als hätte die Couch einen verborgenen Kern – mit ihr als das, was Elias' Patienten unter den Augen ihres Analytikers ausgegraben und freigelegt hatten.

Sie streicht mit der Hand über den Stoff.

Auslese hatte sie es genannt. Als sie die zweihundert Quadratmeter Wohnfläche in der Waldstraße auf fünfundvierzig Quadratmeter Resi eindampfte. Auslese halten. Wie wenig ihr Herz an den meisten Dingen hing. Oder wie sehr an nur wenigen. An ihren Büchern. Ihrem Schreibtisch. Den Fotos. Von Elias' Dingen schafften es nur ein paar aus seinem Sprechzimmer bis hierher: die Couch, die gesammelten Bände Freud, der völlig zerlesene Ferenczi, die Mitscherlichs. Als bliebe Elias ihr gerade dort nah, wozu sie zu seinen Lebzeiten nur eingeschränkten Zutritt hatte, in seinem Sprech- und Wartezimmer, aus dem er nachmittags zu ihr in die Küche kam. Mit diesem verhangenen Blick, in der kurzen Zeit zwischen zwei Patienten oder auch, wenn er das hatte, was er ein Loch im Kalender nannte. Wenn er dann wortlos mit Teekanne und Butterbrot in der Tür stand, kam er ihr vor wie ein Tier, das Futter in seine Höhle zerrt. »Hauptsache, du findest heute Abend wieder heraus«, sagte sie dann, bevor er wieder in seiner Praxis verschwand, im Anbau, der über ihren Hausflur erreichbar war.

Hätte sie die alte Balgenkamera mitnehmen sollen? So wie sie auf einem dreibeinigen Holzstativ am Fußende der Couch gestanden hatte, konnten Elias' Patienten sich zweifach gesehen fühlen, vom Auge ihres Analytikers und von dem der Kamera.

Später fragte sie sich auch, warum die Couch und nicht seinen Sessel.

Wenn sie sich wie jetzt zur Mittagsruhe auf die Couch legt, ist ihr manchmal, als säße Elias in seinem Sessel hinter ihr, als wachte er aus dem Hintergrund über sie, wie Analytiker es eben tun. Aber heute ist da das Mädchen mit dem besonderen Blick. Unter ihren geschlossenen Lidern spürt sie Julia, als schliche die noch immer durchs Zimmer, die Kamera vor dem Gesicht. Und dabei war sie ja nicht gekommen, um endlos zu fotografieren, sondern um Fragen zu stellen, um etwas für die Zeitung zu schreiben. »Ich habe Sie noch gar nichts gefragt«, hatte Julia gesagt, als sie schließlich neben dem Rucksack gekniet und die Kamera vorsichtig hineingelegt hatte. »Ich könnte Ihnen erzählen, wie es ist, so alt zu sein«, hatte Marietta ihr vorgeschlagen und gleich weitergeredet, und Julia war aufgestanden und hatte zum Stift gegriffen. »Mein Verfallsdatum ist ja längst abgelaufen«, sagte sie lachend, aber das Mädchen lachte nicht mit. »Das Leben schmeckt mir noch immer, trotzdem, mit neunundneunzig bist du nun einmal überfällig. Übrig geblieben. Als ob du allein auf einer Parkbank sitzt, du hast dort eine Verabredung mit dem Tod, er verspätet sich. Du sitzt da, Stunde um Stunde, und du weißt: Jeden Moment steht er vor dir, aber du siehst ihn nicht kommen.«

»Wow«, sagte Julia. »Das zitiere ich.«

Marietta fröstelt. Sie zieht die Decke bis zum Kinn, sie fühlt sich matt und sehr wach zugleich. Sie hatten sich eigentlich schon verabschiedet, als Julia noch einen Blick aus dem Fenster warf: »Seit wann stehen die da, die Flüchtlingscontainer?« Und dann die Parkbank entdeckte. Und noch einmal Wow sagte. »Das perfekte Motiv zu Ihrem Zitat. Schaffen Sie es hinunter? Wir gehen langsam, nehmen den Aufzug, ich helfe Ihnen.«

»Na gut«, hatte sie gesagt. Dort im Aufzug, im ersten Stock, war der krumme Mann zugestiegen, den Rücken so zur Erde gekrümmt, als suchte er etwas, ununterbrochen, und fände nie, was er sucht. Und sein Blick, von unten hoch, die Augäpfel verdreht. Wie ein Bettler am Straßenrand. Man schaut hier schnell weg, wenn er durch das Restaurant schlurft oder über den Flur, berührt ihn nur kurz mit dem

Blick, man verbrennt sich an ihm. Aber nicht das Mädchen. Julias Blick ruhte auf ihm, auf diese stille, unbefangene Art, bis er ausstieg, und Marietta hatte sich gefragt, wie es für ihn wohl gewesen war, ob es für ihn ein guter oder ein beschämender Blick gewesen war. Als der Mann fort war, schaute das Mädchen zu Boden, als spürte sie etwas nach, und dann trafen sich ihre Blicke. Sie lächelten beide.

Der Weg wurde ihr lang bis zur Bank, bis sie unter dem Blätterschirm der Kastanie saß. Hinter dem Rot der Rhododendren und dem Gehölz war das Feld, das vor einigen Wochen noch brach gelegen hatte und nun bestellt war mit langen Reihen Containern. Julia kauerte einige Meter entfernt im Gras. »Stellen Sie sich vor, Sie sitzen hier auf der Parkbank, Stunde um Stunde, Sie warten, Sie schauen in die Ferne.« Julia schlich nun über das Gras wie vorher durchs Zimmer. Sie kniete sich hin, dann wieder fotografierte sie stehend, schließlich stellte sie sich sogar auf die Sitzfläche der Bank und fotografierte von oben herab. Da wusste Marietta, es ging ihr schon nicht mehr um das Foto für die Zeitung. Allmählich wurde es ihr zu viel, sie war müde und musste den langen Weg noch zurück. »Also …« – »Und jetzt bitte einmal den Kopf dorthin drehen, zu den Bäumen.« Gerade wollte sie sagen, jetzt ist es genug, als da der Junge war. Regungslos stand er da und schaute sie an. Sie hatte ihn nicht kommen sehen. Seine Augen sehr dunkel, so wie sein Haar, ganz schwarz. Marietta sitzt da und hält still. Der Junge trägt eine blaue Jogginghose, sie ist mit Flecken übersät, seine Arme hängen herab wie vergessen. Jetzt macht er einen Schritt zurück. Julia. Er schaut Julia an, die jetzt die Kamera ansetzt. Der Junge reißt die Hände hoch, hält sie abwehrend vor sein Gesicht, dreht sich um und läuft weg. Fünf oder sechs Jahre alt, vielleicht auch sieben. Aber älter nicht.

3

»Sie hatten eben Besuch?«, fragt Herr Groß, der klein ist und in der Resi das Sagen hat. Auch jetzt wirkt er klein, als er neben Frau Kühn steht und Marietta rote Rosen überreicht. »Im Namen des ganzen Residenz-Teams, neun Stück.« Er zwinkert ihr zu. »Neunundneunzig sprengen ja etwas den Rahmen.«

Das wäre auch eine Antwort gewesen für Julia. Mit neunundneunzig sprengst du den Rahmen. Sie nickt ein Dankeschön und fragt: »Möchten Sie Tee?«

»Erst das Foto«, sagt Frau Kühn. »Für unser Magazin.«

Noch ein Foto.

»Hierhin schauen«, sagt Frau Kühn. »Und lächeln.« Sie bekommt die Rosen ein zweites Mal überreicht.

Als sie sitzen, holt Frau Kühn ein Päckchen aus ihrer Tasche. »Ein Geburtstagspräsent.«

»Noch eines.« Marietta zieht die Schleife auf. »Ein Buch?« Nein, eine Kladde, mit einfarbig grauem Einband. Sie blättert sie auf wie ein Daumenkino. Die Seiten sind leer.

»Platz für Notizen«, sagt Frau Kühn. »Man sagte mir, Sie schreiben noch.«

Noch. Sagt sie so dahin.

»Und Sie lesen offenbar auch viel.« Herr Groß zeigt

auf das Bücherregal. »All die bunten Zettelchen, sind das Lesezeichen?«

Sie wird ihm jetzt nicht ihr System erklären. Aber er sieht ja freundlich aus, wie er hier sitzt und zögerlich an der Teetasse nippt, als hätte er lieber Kaffee. Also erzählt sie ihm von der Augen-OP, dass ihr grauer Star danach weitergezogen sei zur nächsten Alten und mit ihm der trübe Blick auf die Welt und auf die Schrift und dass das vielleicht auch kein Leben mehr wäre für sie, ohne Bücher. Und ja, dass sie es darum mit Sorge beobachte, wie rasch sie beim Lesen ermüde.

Auch das hier ist ihr längst zu viel. Gisela fehlt am Tisch, sie schaut nur vom Schreibtisch aus zu. Und dann, als Frau Kühn und Herr Groß gegangen sind, nimmt sie Giselas Foto, hält es auf Armlänge vor sich. Hört ihre Stimme, aus dem Ohrensessel heraus: Verfallsdatum, Verabredung mit dem Tod. Ganz schön dick aufgetragen bei dem Mädchen! So etwas hätte sie gesagt. Der raue Klang ihrer Stimme. Er hatte zu den grellen Stoffen, mit denen sie sich umgab, nie recht passen wollen. Ach, Gisela. Sie legt das Foto zwischen die Seiten der Kladde.

Er war lang, der erste Tag ihres hundertsten Lebensjahrs. Bald wird der Schlaf sich darüberlegen. Über alles. Und über sie. Aber noch ist sie wach, noch ist sie da, hier an ihrem Schreibtisch. Der Einband der Kladde vor ihr fühlt sich an wie Leder. Vorne unten steht in goldener Schrift »Residenz mit Herz«. Was soll sie damit? Sie schreibt doch schon länger nichts mehr auf. Seit dem grauen Star. Wozu auch? Sie weiß noch, wie Gisela sie bat: »Wenn es vorbei ist, musst du meinen Karton holen, du findest ihn oben links im Kleiderschrank. Du musst die Briefe verbrennen, aber bitte ungelesen, kannst du das?«

»Wie wäre es mit Zerreißen«, hatte sie erwidert. »Ich will ja die Resi nicht abfackeln.«

An jenem Tag hatte sie sich gefragt: Wer tut das dann später für mich? Wer entsorgt all meine vollgeschriebenen Hefte und Kladden?

Gleich am Abend nach der Einäscherung machte sie sich daran, stellte Giselas Karton auf und den Papierkorb unter den Schreibtisch, vor sich eine Kerze und ein Foto – Gisela an ihrem achtzigsten Geburtstag und drei Jahre, bevor sie starb, gehüllt in einen knallbunten Stoff, der irgendetwas zwischen Morgenmantel und Kaftan war. Sie zündete die Kerze an, nahm den ersten Umschlag aus dem Karton, der bedruckt war mit Rosenblüten auf schwarzem Grund. Der Brief widersetzte sich jedoch, prall wie er war, ließ er sich nicht zerreißen. Also nahm sie die Bögen heraus, legte sie nacheinander vor sich hin, strich jeden einzeln glatt wie ein Tischtuch, als trüge das Leben erst noch auf. Und dann riss sie in kleine Schnipsel, was einmal ein Leben gewesen war. Warum hatte Gisela das nicht selbst erledigt? Zwischendurch ließ sie ihre Hand eine Weile auf dem Papier ruhen, während es vor dem Fenster dunkel wurde. Ihre Handflächen berührten die Handschrift eines Menschen, der Gisela viel früher gekannt hatte als sie selbst. Und anders geliebt. Januar 1959. Liebe Gisela. Wien, im Juli, 1962. Giselchen, mein Schatz. München, Weihnachten, 1961. Liebes krankes GisEselchen. Weiter erlaubte sie sich nicht zu lesen, doch ein paar Male fiel ihr der Name ins Auge: dein Konrad. Oha, das ist aber nicht dein Heinz. Davon hast du mir nie erzählt.

Später stand sie unschlüssig im Raum, den Papierkorb im Arm, sah sich die Schnipsel in den Bach jenseits des Parks streuen wie Asche. Dachte zurück an den Tag, als Gisela ihren Sittich morgens im Käfig gefunden hatte, auf dem Rücken im Sand liegend, die Beinchen steif nach oben gestreckt. »Vogel-Yoga«, hatte sie gesagt, während sie ihn herausnahm und weinte. »Und jetzt?« Schließlich landete er in einer Gefriertüte mit Zipp-Verschluss und dann im Müll.

Noch immer hielt sie den Korb im Arm. Sie brachte die Schnipsel hinaus, in den Container fürs Altpapier.

Vor ihr auf dem wurmstichigen Eichenholz liegt die Kladde mit ihrem unbeschriebenen Papier, und im Inneren ihres Schreibtischs, in den Schubladen und auf den Böden, weiß sie all das Beschriebene. Ihr Schreibtisch ist ein Ungetüm. Ein uraltes Wesen, das sich den Bauch vollgeschlagen hat mit ihrem Leben, mit jedem einzelnen Tag. Ein Hüter ist er. Sein leises Knurren, das sie zu hören meinte, sooft sie ihm eine Kladde überließ, war freundlich. Sie wollte sie ja nicht zurück, las später nie mehr, was sie geschrieben hatte. Sie will nur, dass es in ihm aufgehoben bleibt. Nie greift sie in sein Inneres, wie man auch in die Eingeweide eines Lebewesens nicht greift, nur in die oberste Schublade, die mit den Fotos. Und jetzt, angesichts des weißen Papiers vor ihr auf dem Holz, scheint er erwartungsfroh zu grummeln, als knurrte ihm der Magen.

»Du beseelst die Welt, damit sie freundlich zu dir ist«, hört sie Elias sagen.

Die freundliche Welt. Und das, was einem in ihr zustößt. Wie sollte das zusammengehen.

Durch das schwarze Laubwerk der Bäume irrlichtert die Schlaflosigkeit der Menschen drüben in den Containern. Bestimmt liegen sie wach, die Gesichter zur kahlen Wand gedreht. Und wenn der Schlaf dann doch kommt – aus welchen Träumen sie wohl hochschrecken ins Dunkel des Zimmers? Sie stellt sich vor, wie sie von ihnen aus dem Bett getrieben werden, ins Licht, das weiß von der Deckenlampe des Flurs fällt. Sie gehen auf und ab oder treten ans Fenster, schauen hinaus in die undurchsichtige Fremde. Und der Junge. Auch er liegt dort in einem Bett, da ist sie sich sicher, wo sonst. Ob er schon schläft?

Die Bäume stehen dunkel und still. Wie die Bäume auf Großmutters Hof, die den Atem anhielten und hinauf zu den Sternen horchten, in der Nacht, wenn sie nicht schlafen konnte oder es nicht wollte und aus dem Fenster schaute, zu den bescheidenen Birken und den ausladenden Buchen, es waren die höchsten im Dorf. Sie kann sich als kleines Mädchen dort sitzen sehen, obwohl seitdem fast ein Jahrhundert vergangen ist. Wie sie mit einem Kissen im Rücken auf der Fensterbank saß und sich den Wind wegdachte, der durch die Baumkronen ging, sodass sich irgendwann die Blätter, Äste, Stämme aus eigener Kraft zu bewegen schienen. Wie sie sich den Wind ganz fest wegdachte, und wie sie sich die Ohren zuhielt, wenn er dennoch um das Haus pfiff. Wie sie dort auf der Fensterbank saß und hinausschaute. In der Nacht. Und am Tag. Die Bäume standen beisammen, und ihre Blätter tuschelten wie die Grüppchen von Mädchen und Jungen auf ihrem Schulhof in Königsberg, manchmal schüttelten sie ihre Kronen aus vor Lachen, manchmal stritten sie, fuchtelten mit ihren Ästen, als gingen sie gleich aufeinander los. Nur die Birke, die abseitsstand, bog sich weit hinüber, die Arme ausgestreckt: nehmt mich auf, nehmt mich auf in euren Kreis. An anderen Tagen bewegten sie alle ihre Köpfe bedächtig, überlegten hin und her, hin und her. Und im Winter, in frostiger Kälte, standen sie starr und knochig, nach innen gekehrt: frierende Reisende am Eisenbahngleis, die Blätter zusammengefegt in einem Koffer neben sich.

»Traum-Mariechen« nannten Vater und Mutter sie, bei ihrem Vater klang es strenger, denn ein ostpreußisches Mädchen musste fleißig sein und mit anpacken, beim Kartoffelschälen, beim Abwasch, oder zuschauen und kluge Fragen stellen, wenn er, der Apotheker, weißes Pulver abwog und mischte, klare Flüssigkeiten in braune Flaschen füllte und wundersame Namen auf die Etiketten schrieb. Doch sie war wie Großmutter. Natürlich hatten Bäume eine Seele.

Großmutter strich mit dem Finger über die gelbe Haut der Narzisse und den langen Stängel hinab, bevor sie sie pflückte für den Osterstrauß. Als bäte sie um Erlaubnis. Um Gittes Hals legte sie ihren Arm. »Bereit, altes Mädchen?« Erst dann setzte sie sich auf den Schemel, und die warme Milch spritzte in den Eimer. Abends wartete Lotte am Fuße der Hühnerleiter auf sie, und Großmutter nahm sie in ihre Hände, so behutsam wie ein Vogelkind, das aus dem Nest gefallen war, und dabei war Lotte alt und fast blind und legte schon lange keine Eier mehr. Sie nahm sie hoch und setzte sie zu den anderen auf die Stange. »Wir Alten müssen schließlich zusammenhalten«, sagte sie, und zum Abschied strich sie mit dem Zeigefinger über Lottes Federn: »Träum schön von knackigen Junikäfern.« Großmutters Hühner schnappten die nämlich aus der dämmrigen Abendluft, behäbige Käfer, die in Schwärmen um Büsche und Baumstämme, um die Holzbank und den langen Tisch brummten und torkelten. Die Hühner rannten hin und her, machten Luftsprünge, ihre Schnäbel schossen hoch, um die Leckerbissen zu erhaschen. Sie hüpften wie der Märzhase bei Alice im Wunderland.

Großmutter saß neben ihr auf der Treppe zum Hof, das Kopftuch unter dem Kinn zusammengeknotet, den Arm um ihren Rücken gelegt, Arme so warm und weich und rund wie Dampfknödel. Großvater sah zu ihnen herüber, die Mütze schief auf seinem Kopf, seine Hände mit Furchen so erdig und tief wie auf dem Acker, über den er die Egge gezogen hatte. Das hier war ihr Wunderland. In das sie gebracht wurde, wenn es wieder so weit war.

Es begann immer gleich: Mutter lief ruhelos durch ihr Haus in Königsberg, von Zimmer zu Zimmer, von Fenster zu Fenster, sie zog die Vorhänge zu und wieder auf, nahm die Vase von der Kommode und stellte sie wieder hin. Schaute in die Ferne und durch Marietta hindurch. Bis eines Morgens die Tür von Mutters Schlafzimmer geschlossen blieb. Vater nahm

Marietta mit hinunter in die Apotheke, seine Königlich Privilegierte Apotheke, so stand es draußen über den Fenstern. Doch in all den Regalen gab es keine Medizin, die Mutter zurückbringen konnte.

Manchmal, obwohl Vater es verboten hatte, schlich sie zu ihr ans Bett. Mutter musste sich ausruhen.

»Mutter, ich bin es.«

»Ach, Marietta, ich bin müde. Geh spielen.«

Manchmal blieb sie dennoch, setzte sich auf den Bettrand, betrachtete stumm die Blumenranken auf dem Bettvorleger und dann Mutters Gesicht. Suchte ihren Blick. Wie beschlagene Fenster waren Mutters Augen.

Damals hatte sie oft diesen Traum. Sie steht vor einem runden Fenster. Man kann es nicht öffnen. Das Fenster ist beschlagen. Sie möchte hindurchschauen, denn dahinter sitzt Mutter. Sie reibt mit dem Ärmel über das Glas, aber die Feuchtigkeit kommt zurück, immer und immer wieder wischt sie den Nebel weg, erhascht einen Blick, immer wieder beschlägt das Glas, so schnell, dass ihr Blick nur Bruchstücke erwischt, Bruchstücke ihrer Mutter. Manchmal bilden sich Tropfen, rinnen am Glas hinab.

Später hat sie ihn bei Rilke gefunden. Den schwarzen Panther, der um ihre Mutter strich. Sein Blick ist vom Vorübergehen der Stäbe so müd geworden, dass er nichts mehr hält.

Jetzt spürt sie selbst, wie müde sie ist. Sie sollte ins Bett. Sie sollte sich ausruhen. Ihr Herz. Ihre Knochen. Doch sie schlägt die Kladde auf, greift zum Stift, schreibt auf die Aufschlagseite:

Wer dies findet:
Bitte zerreißen. Nicht lesen.

Sie blättert um. Nur ein paar Worte. Erst das Datum. 20. Juni.
Und jetzt?

Tag eins meines 100. Lebensjahrs.
Käme Großmutter hier durch die Tür. Sie wäre ein Vierteljahrhundert jünger als ich. Dabei sitze ich immer noch als Mädchen neben ihr, auf der Treppe zum Hof. Und Mutter. Wie konnte jemand, der Großmutters Tochter war, so traurig sein?
Julia.
Ein Engel mit Filzlocken. Ein Engel, der kein Engel sein will.
Und der Junge. Seine gebräunte Haut. Sein Gesicht. Wie leer geräumt. Und seine Haare, schwarz und dicht. Wie Johanns.

Als sie im Bett liegt, muss sie doch wieder warten, auf den Schlaf, der nicht kommt. Sie sucht mit der Hand ihr Herz. Streicht über ihre Brüste. Alles wird weniger, nur nicht die Haut. Und ihr Herz. Diese Handvoll Muskel. Wann geht ihm die Puste aus? Ihr Herz pumpt noch immer das Leben durch ihre Adern, bis in die Fingerspitzen, bis in die Zehen. Wie kann das gehen, hundert Jahre lang? So zuverlässig und unberechenbar zugleich. Unter ihrer Hand ist ihr, als zuckte es, wie das Fell eines Pferdes zuckt, das eine Bremse vertreibt. Sie sind Pferd und Reiter, sie beugt sich hinab, umarmt seinen weichen Hals. Oft bäumte es sich auf, galoppierte davon, ging durch mit ihr. Und jetzt im gemessenen Schritt. Nicht stillstehen, mein Herz.

Zwei Uhr. Die Schläge des Kirchturms. Die unermessliche Zeit einer Nacht. Immer lässt er sie warten, der Schlaf. Sie versucht ja, sich ihm zu überlassen. Jetzt nicht mehr Ross und Reiter. Jetzt ist sie ein alter, morscher Baum. Sie stellt sich einen Lufthauch vor, der die schon losen Gedanken und Bilder des Tages von ihren Ästen pflückt und mitnimmt. Ein leises Blätterwehen. Der Schlaf schleicht sich an, er lauert ihr auf. Mit der Axt. Sie ist neunundneunzig Jahre alt, und es ächzt und zerrt in ihrem Rücken. Wie wohl der krumme Mann in seinem Bett liegt? Wie bei Borchers. Die Schmerzen, die da kreisen gedankenverloren im immer krummer werdenden Körper.

Ein. Aus. Ein. Aus. Sie kann sich atmen hören. Denkt an Herrn Groß, wie er nachmittags beim Besuch immer so laut die Luft eingezogen hat, bevor er etwas sagte, als nähme er Anlauf. Sie hatten Besuch? Auf der Bank sitzt Johann neben ihr, er hat ihr Rosen mitgebracht. Er ist ein alter Mann mit weißem Haar, aber das kann ja nicht sein, er ist ja erst sechs, und seine Locken sind braun.

Sie gehen über das Eis, Johann hält ihre Hand. Mama, mir ist so kalt. Ich weiß, sagt sie, bald sind wir drüben. Wo ist drüben? Ringsherum ist nur Nebel, so kalt und dick wie das Eis, und darunter das eisige Wasser. Sie ist barfuß. An der einen Hand Johann und in der anderen Hand einen Korb, in dem liegen neunundneunzig rote Rosen, die Blüten sind mit frostigem, weißem Flaum überzogen. Es zählt immer nur der nächste Schritt, neunundneunzig müssen sie gehen, und bei jedem Schritt nimmt sie eine Rose aus dem Korb. Mama, warum lässt du die Rosen auf das Eis fallen, fragt Johann. Damit wir zurückfinden, sagt sie und bleibt stehen. Schau hinter dich.

4

Als Erstes schaut sie nach den Rosen. Neun Stück. Sie geht mit der Vase zur Spüle, gibt frisches Wasser hinein. Neunundneunzig rote Rosen. Ihre rote Linie auf dem Eis. Johann an ihrer Hand. Die Träume sind zurück. Sie folgen ihr ins Bad zur Morgentoilette, sie schließt die Tür, als könnte sie sie aussperren. Sie muss im Bad alleine sein, das war schon mit Elias so. Die Haare macht sie sich im Sitzen zurecht, kämmen und dann mit der Spange im Nacken zusammenhalten, was noch übrig ist. Ihre Hände erinnern sich genau, wie es war, als sie das zum Zopf gedrehte Haar gerade so umfassen konnten. Wo in ihr ist das Gelebte abgelegt?

Nicht müde werden. Domin. Der rote Notfallknopf. Weil es in jedem Moment brenzlig werden kann. Der Haltegriff. In Reichweite gleich neben dem Waschbecken. In Reichweite ist in der Resi ein Zauberwort. Als sie frisch hier angekommen war, hatte sie einen Traum. Aus den Wänden ihres Appartements wuchsen Haltegriffe wie Schlingpflanzen im Dschungel. Es war kein Durchkommen mehr. Den Traum hatte sie sich in ihre Kladde notiert. Wie wird es sein. An die Schlafanzüge mit den knöpfbaren Oberteilen hat sie sich noch immer nicht gewöhnt, nach neun Jahrzehnten in langen Nachthemden. Aber so ist es leichter. Sie zieht sich am Griff hoch, sieht ihr Gesicht im Spiegel. Ihre Haut ist ein trockener Acker, Furchen, Risse, zu winzigen Schollen gebrochen. Sie gibt Creme darauf, massiert sie ein. Dem Blau ihrer Augen kann die Zeit nichts anhaben. »Lichtbesprenkelte Seen«, hatte Elias sie genannt, »mit nachtschwarzen Untiefen«. Drumherum hat sich ihr Lachen seinen Weg gebahnt, in kleinen Rinnen, sie mag das. Augen, die Fenster zur Seele. Hildegard von Bingen. Oder war das Shakespeare?

Sie fährt sich mit dem Waschlappen über den Nacken und nach vorne den Hals hinunter. Ihre Brüste. Die weiße Haut ihres Bauchs. Durch das Frottee hindurch spürt sie ihre Hüftknochen. Viel Platz wird sie nicht brauchen, wenn es so weit ist. Sie nimmt das Kleid vom Bügel an der Wand, ihr Schlupfkleid, ohne Knöpfe und Reißverschluss. Es fällt weich bis unter die Knie. Darunter trägt sie die Wollsocken. Sie schlüpft in ihre Birkenstocksandalen.

Ihr Lavendeltee ist aus. Nach dem Frühstück wird sie neuen im Laden unten besorgen.

Sie verschnauft auf der Bank neben dem Eingang. Im Foyer ist viel los. Auf dem Vorplatz steht ein Reisebus, davor hat sich ein Grüppchen versammelt. Bunte Blusen, Polohemden, Käppis, Jeans und diese Wanderhosen mit Reißverschlüssen überall. Manche tragen auch Rucksäcke. Es hatte etwas von Schullandheim. Als Lehrerin hatte sie das immer so angestrengt. Die Verantwortung, die Sorge, dass etwas passierte, dass ein Menschenkind verloren ging. Jeden Abend zählte sie durch. In der Nacht schlich sie durch die Gänge, öffnete die Türen zu den Schlafräumen einen Spaltbreit, schaute hinein, ob alle in ihren Betten lagen, es waren ja noch Kinder.

Draußen geht es zu einem Tagesausflug. Ein Ausflug für die Vitalen. Die gehen ihr auf die Nerven, obwohl sie weiß, dass das ungerecht ist. Vielleicht sogar Neid. Die Vitalen. Man kennt sie von den Fotos im Prospekt. Manche von ihnen sprechen bei Tisch mit dem Servicepersonal, als säßen sie in einem Sterne-Restaurant. Gisela und sie haben die Resi-Bewohner in Kategorien sortiert. »Die Menschen und das Leben sind kompliziert genug, ab und zu darf man sich getrost ein paar Schubladen gönnen.« So klang das bei Gisela.

Die Vitalen, das sind die Frischlinge hier. Dann, wenn die Stunde der Hüft-OPs und Rollatoren, der grauen Stare und Hörgeräte, der Stents im Herzen und des Durcheinanders im Kopf kommt: die Angezählten. Die Angeschossenen. Und dann die Siechen. Die, die in ihren Appartements verschwinden, als würden sie ins Innere der Resi gesaugt, als verleibte die Resi sich letztlich jedes Leben ein. Die, die man nicht mehr sieht, auf den Fluren, beim Essen, im Veranstaltungsraum, man ist froh darüber, es reichen einem ja schon die Wagen mit all dem medizinischen Pflegekram vor der Tür.

Die Siechen findet man nicht im Prospekt. Die Hundertjährigen dagegen schon. Auch die, die kurz vor der Zielgeraden sind, das hat sie ja gestern erlebt. Man hat für sie sogar einen Namen: Zentenare. Bei den Zentenaren schaut man gerne rein, man möchte ihnen auch etwas schenken, rote Rosen, eine Kladde. Denn sie sind Geheimnisträger, sie tragen das Geheimnis eines sehr langen Lebens wie ein Versprechen mit sich herum. Man wüsste es gern.

Die Angeschossenen, die Siechen, die Zentenaren. Und schließlich die Verstorbenen. Ihre Tür bleibt eine Weile zu. Danach wird renoviert. Oder zumindest gestrichen.

Und jemand rückt nach, in der Regel Vitale, selten Angeschossene, niemals Siechende. Die Warteliste ist lang. Wer hier alt wird, ist privilegiert. So privilegiert, wie das Alter einen Menschen sein lassen mag.

Im Aufzug hinauf steckt sie ihre Nase in die Tüte mit dem Tee. Lavendel. Pfefferminze. Den grünen Tee riecht sie nicht heraus. Dritter Stock. Sie biegt ein in den langen Flur, warum hat sie eigentlich den weitesten Weg? Wohnung Nummer zwanzig ist die letzte links. Die Monotonie der beigen Wände, des braunen Teppichbodens, der Sitzgruppen in den Nischen, in der Resi gleicht ein Flur dem anderen. Aber hinter den Türen links und rechts gibt es sie: die Ausbuchtungen ins Persönliche, die Ausschweifungen ins Eigene. Sie weiß das noch gut von ihren Besuchen bei den Siechen.

Nummer elf. Ehepaar Gerhardt. Jetzt nur noch sie. In ihrem Wohnzimmer fühlt man sich wie in einem Antiquitätengeschäft. Man fragt sich, ob hier wirklich jemand wohnt. »Wissen Sie, was sein letzter Satz war? Was das Letzte war, das Klaus zu mir gesagt hat?« Frau Gerhardt hatte geschluchzt. »Wirf den alten Plunder weg, Ilse. Wirf ihn einfach weg. Es nützt ja alles nichts.«

Andere Wohnungen sind wie das minimalistische Bühnenbild eines Theaterstücks. Viel Leere und ein, zwei absichtsvoll platzierte Requisiten: Das Biedermeiersofa. Die Vitrine mit den Pokalen. Das aufwändig gerahmte Gekritzel eines Enkels über dem Bett. Der Notenständer, auf dem der immer gleiche Mozart steht.

Oder die Wände sind vollgehängt. Mit Gemälden, gerahmten Fotos, Tüchern mit afrikanischen Mustern, einem Golfschläger, einem Lebkuchenherz. Wände, an deren Kälte die Wärme eines ganzen Lebens kondensiert.

Wohnung achtzehn. Vormals Giselas Blütenzimmer. Und jetzt das von Rudolf Tacke, ihrem neuen Nachbarn, obwohl das ja auch schon wieder zehn Jahre sind. Ausgerechnet Herr Tacke.

Blütenlese, hatte sie gedacht, als sie Giselas Appartement zum ersten Mal betreten hatte, zum Antrittsbesuch, wie sich das für sie als frisch Eingezogene gehörte. Ihre Nachbarin hatte aus den Dingen, die sie besaß, wohl all jene gepflückt, die blühten: van Goghs Sonnenblumen als Kunstdruck über der Kommode, Klatschmohn auf der Wolldecke über dem Stuhl, Tulpen auf dem Teppich, ein Ohrensessel wie eine Blumenwiese, Monets Seerosenteich als riesiger Stoffdruck an der Wand.

Unvorstellbar, dass all das irgendwann verblühen würde.

Doch dann, nachdem die Tür eine Weile verschlossen und später wieder geöffnet war, als die Möbelpacker und die Malergesellen gekommen und wieder gegangen waren – ausgerechnet Herr Tacke vom ersten Stock. Dort hatte es Ärger gegeben, richtigen Ärger, hatte ihr Frau Ehrhardt aus Nummer elf erzählt, die es von einer Frau aus dem ersten Stock wusste. Bei der Hausverwaltung, die Herrn Tacke eigens bei Marietta angekündigt hatte, klang das anders: Er habe auf der Warteliste für eine größere Wohnung gestanden. Und dabei weiß doch jeder, dass man das hier nicht gerne macht.

Sie steht schon vor ihrer Tür, als die ihres Nachbarn aufgeht und Frau Meier herauskommt, die Blutdruckmanschette in der Hand.

»Tür zu!«, brüllt Herr Tacke. Frau Meier schüttelt den Kopf.

»Ärger?«, fragt Marietta.

»Ihm geht es nicht gut.« Sie streicht sich über das Haar. »Er bräuchte dringend Zuspruch.«

»So?«

»Schlechte Nachrichten. Aber er macht es einem nicht leicht.«

»Oh, ja«, sagt Marietta, »ich weiß. Er ist mein Nachbar.«

»Vielleicht schauen Sie mal rein? Versuchen Sie es, als Grüne Dame, sozusagen?«

»Ex-Grüne-Dame«, antwortet sie. »Jetzt sofort?«

»Ich habe gesagt: Tür zu.« Herr Tacke sitzt, nein, liegt in seinem Fernsehsessel, einem dieser beweglichen, trägen Ungeheuer.

»Ich bin es. Ihre Nachbarin.«

Er trägt Hemd und Pullover und zwischen Nase und Lippen einen Schnurrbart, der gerade nur so weit zurechtgestutzt ist, dass man Herrn Tacke auf nichts festnageln kann. Gisela hatte es trotzdem getan. »Der Führer kommt«, flüsterte sie, wenn Herr Tacke das Restaurant durchquerte, auf dem Weg zu einem Einzeltisch, zunächst zackig – »tackig« nannte Gisela es –, später dann an seinem Rollator. Der steht jetzt in Reichweite neben dem Sessel.

»Was machen Sie hier?«

Marietta bleibt stehen. »Wie geht es Ihnen?«

»Habe ich Sie hereingebeten?«

»Schwierigkeiten?«, fragt sie und macht einen weiteren Schritt auf ihn zu.

»Haben Sie etwa keine?«

»Frau Meier sagte, es geht Ihnen nicht gut.«

»So. Sagt sie das.«

Herr Tacke sieht blass aus. Seine Wohnung auch. Die Verwandlung von Giselas Räumen hätte nicht trauriger ausfallen können. Typ minimalistisches Bühnenbild. Ein großer Fernseher, ein noch größerer Fernsehsessel, ein Tisch, ein Stuhl. Nichts an den Wänden, nur ein riesiges Regal, eines wie in einem Büro, und darin, Reihe für Reihe, Aktenordner, eine ganze Wand voll mit grauen Aktenordnern. Herr Tacke war einmal Finanzbeamter. Als er sich ihr vorstellte, hatte er es gemacht wie die meisten Neuen hier, zumindest die Männer. Der Beruf zählte noch immer.

»Tacke. Finanzbeamter. Ich mag keinen Lärm.«

Durch die Wand hört sie seinen Fernseher nur selten.

»Eine Freundin von mir hat hier gewohnt«, sagt sie jetzt. »Vor Ihnen. Viele Jahre lang. Bis sie gestorben ist.«

»Wie?« Tacke fährt sich mit der Hand durch die kahle Schneise auf seinem Kopf.

»Bitte?«

»Wie ist sie gestorben?«

»Sie meinen, woran? Krebs.«

»Genau«, sagt Tacke und zeigt auf seinen Bauch. »Leber. Inoperabel. Und jetzt gehen Sie.«

5

Sie liegt auf der Couch, schlägt die Decke um ihre Füße. Unter ihr ist Wolle, über ihr ist Wolle, draußen scheint die Sonne, warum ist ihr nur immer so kalt? Leberkrebs also. Soviel sie weiß, geht das schnell. Tacke kam schon als Angeschossener hier an im dritten Stock. Geht jetzt auf die neunzig zu. Er kann einem schon leidtun, aber er ist halt unsympathisch. Mit seinem Bärtchen. Man mag ihn hier nicht. Er bekommt auch nie Besuch.

Grüne Dame. So hat sie lange niemand mehr genannt. Die Bezeichnung fand sie immer furchtbar. Ihr blassgrüner Kittel aus dem Katharinen-Haus hängt noch im Kleiderschrank. Sie hatte ihn immer gleich ausgezogen. Sobald sie im Krankenzimmer war, hatte sie den Kittel über das Fußende des Bettes gehängt, einen Stuhl neben das Bett geschoben oder sich an den Tisch dazugesetzt. Von Mensch zu Mensch. Es stand ja jeden Tag genug Weiß vor dem Bett, steif und unnahbar, da brauchte es nicht noch Blassgrün dazu.

Als sie hierherkam, eine Vitale, mit neunundsiebzig Jahren, hat sie einfach damit weitergemacht. Ohne Kittel. Der damalige Chef fand es wunderbar, ihr Engagement. Es gab genug Bettlägerige hier.

Angefangen hatte sie damit nach Elias' Tod. Als sie sich fühlte wie ein verlassenes Haus, durch dessen zerbrochene Fenster und leere Räume der Wind fegt. Als sie Nacht für Nacht durch die Zimmer schlich, so leise, als könnten ihre Schritte ihn aufwecken, als wäre Elias noch irgendwo. Wochen später brachte die Nachbarin ihr einen Hefezopf vorbei. »Du musst mal vor die Tür«, sagte sie. »Du brauchst eine Aufgabe. Schon mal von den Grünen Damen gehört?« Die besuchten ehrenamtlich Patienten in Krankenhäusern, Alte in Pflegeheimen und Einsame daheim. Irgendetwas Evangelisches sei das, die Pfarrerin habe davon erzählt. Warum grün, hatte Marietta gefragt, ihre Nachbarin wusste es nicht, bei der Schulung erfuhr sie dann, dass das der offizielle Name war. Wegen der grünen Kittel. Blassgrün, genau genommen, so blass, als wären sie einmal weiß gewesen und versehentlich in die bunte Wäsche geraten.

Andere Grüne Damen kauften ein, Orangensaft und eine Illustrierte mit Kreuzworträtseln, holten ein frisches Nachthemd oder Pantoffeln von daheim, besprachen, wie es weiterging, mit der Reha, mit der Chemo, mit den Krücken. Sie war die Vorlese-Dame. Sie stellte Fragen. Hörte zu. Sorgen hatten sie alle. Und Pläne. Und Träume.

Beim nächsten Besuch holte sie dann ein Buch aus der Tasche: »Ich habe in meinem Regal etwas gefunden für Sie. Ich lese es Ihnen vor.« Mit einigen sprach sie danach darüber, nicht jeder mochte das, das Sprechen oder Bücher überhaupt. Manche schliefen dabei ein. Es störte sie nicht.

Ob Tacke wohl liest? Sie hat vorhin kein einziges Buch gesehen. Und kein Foto. Jede Menge Ordner, keine Fotos, hört sie das Mädchen sagen. Vielleicht holt er ja manchmal einen Ordner aus dem Regal, legt ihn auf den Tisch, blättert darin herum. Aber in was nur? Alte Fälle können es nicht sein. Abhandlungen über Finanzrecht? Sie wird ihn danach fragen.

Zuspruch brauchte er, hatte Frau Meier gemeint, also müsste sie für ihn etwas Tröstliches suchen. Morgenstern. Oder Rilke. Aber Trost scheint er ja nicht zu wollen. Dann eben etwas zu Krankheit und Tod. Ein Kapitel aus dem Zauberberg vielleicht. Verein Halbe Lunge. Oft wirkte genau das, eine homöopathische Dosis Literatur, die das beschreibt, worunter man leidet. Worte, die enthalten, was das eigene Leben beschwert. Verdichtet, also in hoher Konzentration, auch wenn sie an diesen homöopathischen Feenstaub in x-ter Potenz nie geglaubt hat. Dennoch, das Ähnlichkeitsprinzip. Und in ihm die Versicherung, trotz allem im Strom des Menschlichen zu bleiben. Die Erleichterung darüber. Manchmal war es nur ein Satz, der die Verbindung schuf. Ein Einverständnis. Triffst du nur das Zauberwort.

Sie hatte das früh entdeckt. Bei Elias' Patienten. Im Wartezimmer saß ein Patient, und sein Analytiker war nicht da. »Frag ihn, ob er warten kann«, bat Elias sie am Telefon, das war ihm noch nie passiert, dass er sich so verspätete. Ein spargeldünner Mann sprang auf, als sie das Wartezimmer betrat. Ob Herrn Stein etwas passiert sei, ob er denn wiederkomme? »Mein Mann ist putzmunter. Ich hab gerade mit ihm telefoniert«, antwortete sie. Er war in seiner Analyse wohl an diesem Punkt, an dem Elias Gott weiß was für ihn bedeutete. In seinem Blick lauerte die Panik. Damit kannte sie sich aus. »Möchten Sie hier warten?« Wo auch sonst, dachte sie und dass das eine überflüssige Frage war. Oder sollte sie ihn in ihre Wohnung bitten?

Mittlerweile lief er auf und ab, und dabei sah sie, wie dürr seine Beine unter dem sommerlichen Hosenstoff sein mussten. Seine Haare waren schwarz mit grauen Strähnen, als er sich mit der Hand hindurchfuhr, blieben sie wirr in der Luft stehen. Wie eines der Reiherjungen kam er ihr vor, die Elias und sie auf einem ihrer Nordseeurlaube beobachtet hatten. Mit zerzausten Kopffedern standen sie da, auf ihren langen Beinen und auf dem im Wind schwankenden Nest, weit oben in den Baumwipfeln, sie warteten auf ihre Eltern, darauf, von ihnen gefüttert zu werden.

»Möchten Sie eine Tasse Tee?«, fragte sie ihn. »Und vielleicht mit mir in mein Arbeitszimmer kommen?«

Sie schob ihm einen Stuhl neben ihren Schreibtisch, auf dem stand ihr Tee, lagen ein Band mit Kafkas Briefen an seine Milena und ein Stapel Aufsatzhefte. Sie holte ihm eine Tasse aus der Küche, und dann saßen sie da. Und jetzt?

Seine Finger trommelten auf das Holz. Es waren feine, sehnige Finger, wie die eines Pianisten. Seine Beine hatte er ineinander verschlungen, als müsste er sich vertäuen. Was für ein Blatt im Wind, dachte sie, und wie gut es war, dass es ihn ausgerechnet auf Elias' Couch geweht hatte. Den Tee trank er in kleinen Schlucken, sein Blick wanderte über den Tassenrand hinweg unstet durchs Zimmer. Seine ganze Erscheinung hatte etwas gequält Asketisches.

Kafka.

»Haben Sie Kafkas Briefe an seine Milena gelesen?«, fragte sie.

Kopfschütteln. Fingertrommeln.

Sie blätterte im Buch. Suchte diesen Brief über die Unruhe und die Müdigkeit.

»Kafka und Milena. Eine Liebe in Briefen.« Sie tippte auf die aufgeschlagene Seite. »Und doch voller Einsamkeit. Und Selbstzerfleischung. Und Angst. Hören Sie, was er ihr schrieb.« Sein Blick war jetzt auf dem Buch in ihren Händen zur Ruhe gekommen. Sie las: »›Du‹ – damit meint Kafka sich selbst – ›Du bist achtunddreißig Jahre alt, und so müde, wie man durch Alter überhaupt nicht werden kann. Oder richtiger: Du bist gar nicht müde, sondern unruhig, sondern fürchtest Dich nur einen Schritt zu tun auf dieser von Fußfallen strotzenden Erde, hast deshalb eigentlich immer gleichzeitig beide Füße in der Luft, bist nicht müde, sondern fürchtest Dich vor der ungeheuren Müdigkeit, die dieser ungeheuren Unruhe folgen wird.‹ Und darunter in Klammern: ›Du bist doch Jude und weißt, was Angst ist.‹«

»Abromowitz«, unterbrach er sie. »Ich habe mich noch gar nicht vorgestellt.«

»Stein«, antwortete sie. »Aber das wissen Sie ja schon.«

Er war also Jude. Und während des Krieges ein Kind gewesen.

Sie blätterte weiter, suchte den Brief, in dem Kafka Milena über das schrieb, was er mit ihr so gerne tat, einander schreiben, und was er einer leibhaftigen Begegnung, in Wien oder Prag, so untypisch eindeutig vorzog. »Ich finde die Stelle auf die Schnelle nicht«, sagte sie, also erzählte sie es ihm. Dass Kafka das Briefeschreiben als einen Verkehr mit Gespenstern beschrieb, und zwar nicht nur dem Gespenst des Adressaten, sondern auch mit dem eigenen Gespenst, das sich einem unter der Hand in dem Brief, den man schrieb, entwickle.

Das Fingertrommeln hatte aufgehört. Er schaute jetzt vor sich, starr und unbewegt, wie ins Leere.

»Ja«, sagte er. »Die Gespenster.« Dann schwieg er wieder.

Kafkas Tagebuch. Sie stand auf, ging zum Bücherregal. Sie wusste, sie hatte sich die Stelle mit einem ihrer bunten Lesezeichen markiert. Das Buch fand sie sofort, sie suchte aber eine Weile blätternd nach der richtigen Stelle, Kafkas Tagebuch war gespickt mit ihren Lesezeichen und Markierungen.

»Hören Sie«, sagte sie wieder, »was Kafka in seinem Tagebuch schrieb: ›Die ungeheure Welt, die ich im Kopf habe. Aber wie mich befreien und sie befreien, ohne zu zerreißen? Und tausendmal lieber zerreißen, als in mir sie zurückhalten oder begraben. Dazu bin ich ja hier, das ist mir ganz klar.‹«

»Wann kommt er denn, Ihr Mann?«, fragte Abromowitz, und dabei schaute er zur Tür, Richtung Flur, und seine Finger fingen wieder an zu trommeln.

»Lange kann es nicht mehr dauern«, antwortete sie. »Er ist bestimmt bald hier.«

Gellert fiel ihr ein. Und was er in seiner Reform des deutschen Briefes schrieb. Dass der Brief sei wie ein Gespräch. Sein Leitsatz: Wovon man reden kann, davon kann man auch schreiben. Was schon in der Antike so gesehen worden war: sermo absentis ad absentem. Der Brief als Gespräch zwischen Abwesenden. Die Sprache der Abwesenheit.

Dabei wirkte der Mann ihr gegenüber jetzt gar nicht mehr abwesend, sondern wach und präsent.

»Möchten Sie den Band mit den Briefen mitnehmen?«, fragte sie. Er nickte. »Sie können ihn dann meinem Mann zurückgeben.«

Eine Woche später saßen Elias und sie am abendlichen Lagerfeuer, wie sie es nannten – sie aßen, tranken, erzählten sich ihren Tag, vereint im Lichtkegel der Pendelleuchte wie unter einem Mond. Elias legte Messer und Gabel aus der Hand, stützte die Ellbogen auf den Tisch, faltete die Hände vor seinem Kinn. »Der Patient. Den du hereingebeten hast.«

»Die Spargelstange«, sagte sie. »Was ist mit ihm?«

Am Abend seiner Verspätung hatten sie über diesen Patienten beinahe gestritten: »Wie konntest du ihn nur in dein Arbeitszimmer bitten?« Elias hatte den Löffel sinken lassen, ihn neben den Teller gelegt. »Das Private des Analytikers ist tabu. Weißt du das denn nicht? Es stört die Übertragung. Abstinenz. Abstinenz.«

»Ihr müsst dringend eure Sprache überdenken«, hatte sie erwidert. »Abstinenz. Das klingt, als wären wir süchtig nach Nähe. Dabei ist sie uns doch eigen.«

»Klar. Aber manchen kann sie abhandenkommen. Aus vielerlei Gründen. Und dann landet einer sonst wo. Manchmal bei uns auf der Couch. Und da ist es eben gut, wenn der Analytiker enthaltsam ist, sein Persönliches raushält, um eine weiße Leinwand zu sein für die Übertragungen des Patienten.«

»Menschen sind nie eine weiße Leinwand. Schon gar nicht in der Begegnung. Und die habt ihr ja hoffentlich.«

»Ja«, hatte Elias geantwortet. »Aber mit klaren Regeln.«

Und jetzt, eine Woche später, sagte er: »Der Patient hat einen Brief geschrieben. Ihn mir mitgebracht. An die Gespenster seiner Vergangenheit, sagte er, an seine ermordeten Eltern. Den vermissten Bruder. Und dabei sei ihm die Schuld begegnet, sein Schuldgefühl, sein eigenes Gespenst. Wie Kafka, hat er gesagt. Fragen Sie Ihre Frau. ›Ich vergesse euch nicht, meine Lieben! Und ich lebe.‹ So hat er den Brief beendet und erklärt, er fühle das noch nicht, aber darum gehe es doch, das sei es doch. Überleben. Leben. Was hast du ihm nur erzählt?«

Sie dachte an Gellert, an sein »Wovon man reden kann, davon kann man auch schreiben«. Und dass es eben auch noch anders sein konnte: »Wovon man nicht reden kann, davon kann man schreiben, Elias. Weißt du das denn nicht?«

»Ich bin nur der Mann für die Redekur.« Elias lachte, auf diese leise Art, wie nach innen.

Die Sonne tupft Licht auf Schreibtisch und Couch, auch auf ihr Gesicht, sie blinzelt. Klopft mit der Hand auf das Polster, streicht über den Stoff. Hier hat er gelegen. Die Spargelstange. Wie lange das her ist. Wie manche Dinge überdauern. Und andere verloren gehen. Gänzlich verloren.

In der Resi, an den Betten der Siechen, kam zum Vorlesen noch etwas anderes hinzu: von früher reden.

Meist kam es von allein. Manchmal half sie nach. Es gab Fragen, auf die war Verlass. Wo sind Sie geboren? Der junge Kerl auf dem Foto, ist das Ihr Mann? Oder Ihr Sohn? Wo waren Sie, im großen Krieg? Wie schmeckt es Ihnen, das Essen hier?

Und die Heute-Frage: Wie fühlen Sie sich heute?

Die Heute-Frage war wie das Drücken einer Rückwärtstaste.

Ein Seufzen. Ach ja.

Und schon spulte etwas zurück, ein blitzschneller Suchlauf, und dann ein Hängenbleiben, an einem tiefen Abdruck in der Lebensspur, einer ausgetretenen Stelle, denn dort warteten sie, die schon hundert Mal erzählten Geschichten, auf Abruf.

Schlimm war das, damals, als mein Mann …

Die wenigsten blieben eine Weile still, horchten nach innen und hielten zu ihm, zu diesem Tag heute, zu diesen müden Knochen hier im Bett. Und nur selten hatte sie das Gefühl, jemand erzähle ihr etwas Neues oder erzähle etwas Altes neu und frisch und noch lebendig. Viele dunkle Geschichten waren wie der Finger, der über die Narbe streicht, über das verwachsene Gewebe, wieder und wieder, man kann davon nicht lassen. Bis alles Gefühl wie abgeschliffen ist. Anders war es bei den hellen Geschichten. Ihr Licht schlich sich über die Zeiten hinweg in ein Lächeln, ein Funkeln, ein Erröten. Vaters Hand auf der Schulter. Ruhig, Junge, halt die Angel ganz ruhig. Eine seltene Berührung. Ein Lächeln.

Oder Omas Kakao. Warme Socken getauscht gegen zwei Riegel Schokolade. Für dich, mein Kind. Omas Kakao, ein süßer Schmelz in bitteren Zeiten.

Ein Nachschmecken, ein Schlucken, die Augen geschlossen.

Sie schlägt die Decke zurück. Sie könnte ins Café gehen. Einen Tee trinken. Einen Kuchen essen. Oder auf der Bank sitzen und ins Grüne schauen. Heute ist es draußen warm und hell.

6

Auf der Terrasse sind noch Tische frei, die Parkbank unter der Kastanie ist es auch. Sie sieht dort nur selten jemanden sitzen. Vielleicht weil die Bank am Rande steht und der Resi den Rücken zukehrt. Nach draußen schaut. Das mag nicht jeder.

Die Wohncontainer sieht man von hier unten nicht.

Nur eine kurze Pause. Auch wenn das zwei Übergänge mehr sind. Abstützen. Hinsetzen. Durchatmen.

Sie schüttelt mit dem Kopf, als jemand vom Service des Cafés in ihre Richtung schaut.

Abstützen. Aufstehen.

Und den Zugang von der Terrasse zum Park nehmen. »Rollatorenpisten« nannte Gisela die asphaltierten Wege durch das Grün, auch dann noch, als sie selbst darauf angewiesen war. Sie setzt sich, lehnt ihren Stock an die Bank, über ihr das Blätterdach der Kastanie. Der Gärtner hat den Blütenteppich wohl schon ausgeklopft, nur hier und da liegt ein Rest Rosa auf der Erde, auf dem Gras. Sie lehnt den Kopf in den Nacken, soweit es eben geht. Der Baum hält seine großen grünen Hände über sie, Sonnenlicht fließt hindurch bis zu ihr. Die Äste reichen bis zu den Rhododendrensträuchern in ihren roten Blütenkleidern. Dahinter wildert die Resi aus, in Gestrüpp und dann in dichtes Gehölz. Drüben lag früher das Feld. Und heute? Wie nennen die Menschen es wohl, in ihren fremden Sprachen: Lager? Häuser? Hütten? Wohnungen?

Gestern war sie mit dem Mädchen hier. »Ich bringe Ihnen dann das Wochenblatt mit dem Foto vorbei«, hat Julia gesagt. »Sie hatten so viel Geduld mit mir.«

Hat sie auch ein Foto von dem Jungen gemacht?

Sie wartet.

Sie lauscht.

Welche Vögel singen dort, wo er herkommt?

Gibt es ein Land ohne Vögel?

Der Himmel wäre noch ferner und die Welt bedrohlich still.

Über ihr ist ein Dröhnen, ein Flugzeug zieht seine weiße Spur in das Blau.

Die Wollsocken sind schon wieder zum Knöchel gerutscht. Sie zieht sie hoch.

Ein Amselmännchen. Es hüpft über das Gras, bleibt stehen, schaut zu ihr, hüpft davon. Wie Sackhüpfen. Nur ohne Sack.

Am Himmel verliert sich die weiße Spur schon wieder, aufgesogen von blauem Löschpapier.

Menschen sind nicht für das Fliegen gemacht. Nicht über den Wolken. Nicht übers Meer.

Wie hieß der Mann noch gleich? Lindbergh. Sein Foto in Vaters Zeitung. Er steht neben seinem Flugzeug, es hat ihn von New York nach Paris geflogen. Über den unendlich weiten Ozean. Irgendwann zwischen den beiden großen Kriegen war das.

»Wie die Vögel?«, hatte sie gefragt. »Wie die Zugvögel?«

»Nein. Ohne Zwischenstopp.« Vater klang froh. »Der erste Flug ohne Zwischenstopp.«

Sie konnte es sich nicht vorstellen.

Menschen sind nicht wie Zugvögel. Zugvögel zieht es in die Wärme, dorthin, wo sie satt werden. Sie folgen dem Gesetz der Jahreszeiten. Nicht dem der Kriege. Zugvögel sind Pendler. Sie brechen auf und kehren zurück.

Ein Eichhörnchen huscht durch das Unterholz.

Und dann noch etwas, etwas Blaues.

Nicht bewegen. Auch das Blau bewegt sich nicht mehr. Und dann doch. Und auch die roten Blüten, als ginge ein Wind hindurch. Aber es ist nicht der Wind, es ist der Junge, der jetzt in einer Lücke zwischen den Sträuchern erscheint. Blaue Jogginghose. Blauer Pullover. Das schwarze Haar.

»Hallo«, sagt sie, »wir sind uns hier schon einmal begegnet.«

Nichts an dem Jungen regt sich, auch nicht in seinem Gesicht. In dem eine starre Wachsamkeit liegt, sie glaubt zu wissen, wie sich die anfühlt. Und was dagegen hilft.

»Also, ich bin Marietta.« Sie tippt mit dem Zeigefinger auf ihre Brust. »Ma-ri-e-tta.«

Der Junge steht weiter bewegungslos da. Beobachtet sie. Als flösse alles in ihm in diesen Blick, der ganz ihr gilt. Also wieder still sitzen. Wie mit dem Eichhörnchen. Wenn es auf ihrem Balkon vorbeischaut, und ihre Blicke sich begegnen, durch die Fensterscheibe, sie am Schreibtisch sitzend, das Eichhörnchen auf der Fensterbank. Wenn es innehält wie eingefroren und sie anschaut mit seinen dunklen Augen, kurz bevor es die Nuss schnappt und weghuscht über das Balkongeländer. Die Nuss, die sie täglich dort hinlegt. Der Junge schaut sie immer noch an. Sie hat nichts, mit dem sie ihn locken könnte, sie weiß nicht einmal, warum sie das möchte. Er kann sie offenbar nicht verstehen. Sie weiß nicht, welche Sprache er spricht.

»Hockst du den ganzen Tag da im Gebüsch?«

Keine Regung. Die hat sie auch gar nicht erwartet. Nur möchte sie nicht, dass er gleich wieder wegläuft, er soll noch ein wenig bleiben, gehalten vom freundlichen Plauderton und dem harmlosen Tun einer alten Frau.

»Ich müsste mich jetzt mal bewegen«, sagt sie. »Ich bin nämlich eine sehr alte Frau, weißt du, und meine Gelenke rosten mir nichts, dir nichts ein.« Sie greift nach ihrem Stock, stellt ihn auf die andere Seite der Bank, sodass die dem Jungen nähere Seite nun frei ist. Klopft mit der Hand darauf. Wieder keine Regung.

»Sitzen kommt wohl nicht infrage, oder?« Sie kennt die Antwort ja selbst, so starr und scheu, wie er immer noch dasteht. Aber in ihr ist so ein unbedingtes Ziehen, vom Bauch hinauf ins Herz, es will, dass der Junge sich setzt, ein törichter Wunsch. Dann eben weiterhin nur plaudern. »Ich sitze hier und genieße die Wärme. Und die Vögel. Hörst du sie? Ich glaube, das da gerade ist eine Amsel.«

»Singt die nur zum Spaß?«, hatte Johann gefragt, als sie einer Amsel auf Großmutters Scheunendach gelauscht hatten.

Sie würde den Jungen gerne fragen, wie alt er ist. Obwohl sie es ja zu wissen meint: so alt wie damals ihr Johann.

»Gestern war mein Geburtstag. So alt bin ich geworden.« Sie hebt ihre Hände. »Zehn, noch mal zehn, noch mal zehn, noch mal zehn.«

Der Junge macht einen Schritt zurück.

Sie lässt die Hände sinken. »Du kleiner Junge.« Sie streckt ihre Arme vor, die Handflächen geöffnet.

Johann.

Wie er seine ersten Schritte macht. Wie er auf sie zuwackelt, auf ihre ausgestreckten Arme zu. Stolz und Glück im Gesicht. Ich laufe! Da ist Mama! Seine heißen, weichen Händchen in ihren. Dann sein Gewicht, wenn er ihre Knie umarmt, sich gegen sie presst. Sie schließt die Augen. Einen Moment nur, da draußen wartet der Junge. Er hat seinen Blick gesenkt, hinunter auf seine Hände, die er leicht angehoben hat. Als wüsse er nicht, was damit tun. Er lässt sie hinter seinem Rücken verschwinden.

Ein Standbild. Kleiner Junge in schmutziger Jogginghose, die Hände hinter dem Rücken verschränkt. Was er wohl sieht, wenn er sie so beobachtet?

»Ich stehe jetzt auf. Das kann aber dauern.«

Sie rutscht zur Sitzkante, legt die linke Hand auf den Stock, die rechte auf das Holz der Bank. Schwung holen. Und hoch. Der Stock rutscht zur Seite, sie schafft es nicht in den Stand. »Tja. Das war wohl nichts. Hab ich dir ja gesagt.«

Der Junge knabbert auf seiner Unterlippe.

Jetzt macht er einen Schritt nach vorne, geht auf sie zu, bis zur Bank ist es nicht weit. Lässt sie dabei nicht aus den Augen. Nicht loslassen. Sie zieht ihn mit ihrem Blick zu sich her wie mit einer Angel.

»Oha«, sagt sie.

Er schaut auf ihre Hand, die auf dem aufgestellten Stock liegt. Sie könnte den Jungen jetzt berühren. Über sein dunkles Haar streichen. Das man auch gleich waschen könnte.

Mit zwei Fingern fährt er den Stock entlang.

»Mein drittes Bein«, sagt sie. »Mein Holzbein.«

Jetzt greift er mit der Hand um den Stock, hält ihn fest. Auch sein Blick, mit dem er sie anschaut, ist fest. Die Lippen aufeinandergepresst.

»Na, dann mal los«, sagt sie.

Erst als sie steht, lässt er den Stock los. Macht einen Schritt zurück. Dreht sich um, geht über das Gras und durch die Lücke zwischen den Sträuchern. Blauer Wind bewegt rote Blüten. Dann sieht sie ihn nicht mehr.

7

Durch ihr Fenster schaut sie hinauf ins Blau des Abendhimmels. Wie regungslos und dunkel die Bäume stehen, als hätten sie sich jetzt in schwarze Umhänge gehüllt und wären an den Rand der Bühne getreten, die nun dem Abendhimmel gehört. Eine blaue Stunde lang. Ein Blau, so hoch und tief wie die Ewigkeit.

Das Eichhörnchen war da. Die Nuss ist fort.

Der Junge. Vorhin, an der Stelle zwischen den Sträuchern, wo der Junge erschienen und wieder verschwunden ist, da war nichts, zumindest soweit sie es sehen konnte. Ein schmaler Streifen Erde. Dahinter Gestrüpp. Teilweise dornig. Brombeersträucher.

Johann. Wie er ihr Knie umarmt. Dass das alles aufbewahrt ist. Fast hundert Jahre lang. Man weiß nicht was und wo. Und dann eine Bewegung. Eine Geste. Und alles steigt auf wie Rauch, als glimmte etwas immerfort und wäre nun entfacht.

Die Schublade klemmt und ruckelt wie immer, sie muss kräftig ziehen. »Komm schon.« Ja, er schluckt lieber, als dass er ausspuckt, ihr Schreibtisch. Aber die Fotos, die muss er hergeben. Und das, was darauf ist. Mit der Hand tastet sie in sein Inneres, gräbt, fördert zutage. Das heutige Blatt.

Sie schließt die Augen.

Ihr Tierchen läuft los. Vier Beinchen und ein Fühler. Papier ist geduldig. Das muss es auch sein, heute lässt das Tierchen sich Zeit, läuft hin und her, von Papier zu Papier, kann sich nicht entscheiden. Sie wünscht sich das Foto von Johann, Johann auf ihrem Schoß, Heinrich steht hinter ihnen, eine Hand auf ihrer Schulter. Doch das Tierchen hat seinen eigenen Willen. Es sucht, schnüffelt, läuft weiter, schnüffelt. Greift zu. Dreht um.

Das ist nicht Johann. Sondern eine junge Frau. Und ein mächtiger Schreibtisch, einer für Herren. Die Frau sitzt auf einem Drehstuhl aus Holz. Sie ist das. Marietta. Dieser Schreibtisch ist das. Dieses Holz unter ihrer Hand, durch das sich die Würmer gefressen haben wie das Alter durch ihre Haut. Aber unter dieser mit den Flecken des Alters übersäten Haut liegt immer noch auch die junge Marietta. Die schaut in die Kamera. Trägt ein Kleid. Gertruds Kleid. Ihre Tante hatte es enger genäht. »Aus dem Stoff, den ich herausnehme, kann man ja ein Zweites nähen. Es ist ja nichts mehr dran an dir.«

Das war einige Wochen, nachdem sie im Haus von Tante Gertrud angekommen war. So wie eine Frau, eine, die überlebt hatte, damals eben ankam, bei Fremden in fremden Räumen oder bei Verwandten in einem Haus, das noch stand. Sie hatte Kleider am Leib, Läuse im Haar und einen Koffer in der Hand. Darin eine Decke, einen Umschlag mit Fotos. Und Brummel.

Sie hatte geklingelt, Schritte gehört, Gertrud hatte die Haustür geöffnet.

»Ich bin es«, sagte sie. »Marietta.«

»Dem Himmel sei Dank!« Gertrud rang mit den Händen. »Ihr lebt!« Und schon schaute sie suchend an Marietta vorbei, die Stufen hinunter über den Gartenweg zum Tor. »Wo ist Johann?«

Einige Wochen zuvor, am Telefon, hatte Marietta gefragt: »Können wir zu dir kommen, Gertrud?« Wir. Etwas anderes hatte sie nicht über die Lippen gebracht. Und jetzt, angekommen in dieser fremden Stadt und im Hauseingang ihrer Tante, sah sie in Gertruds Gesicht erst den Unglauben, dann das Begreifen, schließlich das Entsetzen, sah Gertruds Arme, die sich für sie öffneten, fleischige, weiche Arme. »O Gott, Marietta. O Gott.« Die Welt verschwamm vor Mariettas Augen. Der Koffer fiel zu Boden. Und dann sie.

Sie nimmt das Foto vom Schreibtisch, drückt es an ihre Brust. Du armes Geschöpf. Ihr ist, als schlügen zwei Herzen wie eines, als fielen die unzähligen Herzschläge ihres Lebens in einem Herzschlag zusammen, zu einer immerwährenden Gegenwart. Ihr Leid war nicht zu begreifen gewesen und darum auch nicht zu teilen, auch nicht mit Gertrud, die sie doch mit offenen Armen aufnahm. Ja, sie hatte wirklich versucht, es mitteilbar und dadurch teilbar zu machen, in Worte und Halbsätze abzuschichten, die sie im Geiste aufsagte wie ein Gebet. Tot. Johann. Tot. Sie wiederholte es wieder und wieder, als könnte sich dadurch abnutzen, was nicht auszuhalten war. Wenn der Schmerz zu groß war, hielt sie ihm die Worte wie ein Bannschild entgegen. Und wenn er sich zurückzog und nichts als Kälte hinterließ, rief sie die gleichen Worte herbei wie eine Beschwörung. Aber reden, reden konnte sie mit

Gertrud darüber nicht. Gertrud hatte das bald verstanden und drang nicht in sie. Gertrud hatte ihren eigenen Schmerz.

Marietta legt das Foto wieder vor sich auf das Holz. Wie ein Auftrennen von etwas, das eigentlich eins ist, fühlt es sich an. Sie tippt mit dem Finger auf das Holz des Schreibtischs, an dem sie jetzt sitzt, dann auf denselben Schreibtisch im Foto, in einem Moment, der vor sieben Jahrzehnten im Strom der Zeit schwamm, bevor er herausgefischt worden war. Auf dem Schreibtisch von damals liegt Papier. Einzelne Blätter. Ein Stapel. »Ich brauche Papier«, hatte sie zu Gertrud gesagt, in der Hoffnung, aufschreiben zu können, was unaussprechbar war. So wie sie es als Mädchen getan hatte, in ein Tagebuch mit braunem Ledereinband, das Vater ihr zu Weihnachten geschenkt hatte – an einem Weihnachten, an dem Mutter nicht die Treppe herunterkam zu ihnen, zum Weihnachtsbaum und zur Bescherung, sondern oben blieb in ihrem Zimmer und in ihrer Traurigkeit. Vater hatte sich neben Marietta auf das Sofa gesetzt und den Arm um sie gelegt, während sie das Buch auswickelte aus dem Seidenpapier, sie kann das verheißungsvolle Rascheln noch heute hören. Und Vaters Arm in ihrem Rücken fühlen. Sie schließt die Augen. Spürt hinein in dieses Gefühl, das tief ist wie eine ausgetretene Spur, und dabei erinnert sie sich nur an dieses eine Mal, an diese eine Umarmung. Und daran, was Vater sagte: »Ein Tagebuch ist wie ein Freund. Es hört dir zu.« Vaters Stimme klang ungewohnt rau. »Du kannst dem Tagebuch sagen, was dir auf dem Herzen liegt.«

Sie öffnet die Augen.

Die Kirchturmuhr schlägt drei Mal. Die blaue Stunde vor ihrem Fenster geht vorbei, der Himmel dunkelt an den Rändern schon ein. Vor ihr liegt immer noch das Foto und bleibt sich gleich und ist doch nichts ohne seine Geschichte, eine Geschichte, die nur in ihrem Herzen lebt, ihrem uralten Herzen.

Als Gertrud sie fotografierte, war Vater mit Mutter schon in Kiel bei seinem Bruder angekommen, war sie eine einsame Frau, ohne Kind, ohne Mann, saß an einem Herrenschreibtisch im Haus ihrer Tante. Dachte an Vaters Geschenk, das Tagebuch. Und fragte Gertrud nach Papier.

»Nimm Egons Manuskript«, hatte Gertrud geantwortet und ihr überlassen, was ein an der Ostfront gefallener Professor der Philosophie nicht mehr zu Ende bringen konnte. Sie hatte die Arbeit ihres Mannes wohl nie verstanden, mehr noch, sie schien ihr unheimlich gewesen zu sein. Wenn Onkel Egon wieder einmal stumm und versonnen bei Tisch oder im Sessel saß, bei Familientreffen, in Königsberg oder bei den Großeltern, sagte Tante Gertrud immer diesen einen Satz: »Zu viel Denken ist nicht gut.« Dabei schaute sie erst Onkel Egon an und dann Mutter. »Stimmt's?« Und dann wanderte ihr Blick weiter zu Großmutter und Großvater. Wie es den Kühen gehe, wie die Ernte sie und ob das Scheunendach mittlerweile repariert sei. Oder sie wandte sich zu ihr: »Was macht die Schule, Marietta?«

Gertrud dachte praktisch, und so wurde aus dem unfertigen Manuskript ihres Mannes Mariettas Papier. Abend für Abend schrieb sie darauf, am Schreibtisch eines weiteren Toten, vor ihr die leere Seite des Blattes und auf der Rückseite Onkel Egons Gedanken zu Heideggers Seinsvergessenheit.

Unkraut gejätet, schrieb sie.

Die Schnecken fressen den Salat.

Die Lebensmittelmarken reichen hinten und vorne nicht, schrieb sie.

Gertrud will morgen waschen.

Sonne. Kein Regen, schrieb sie.

Wir haben uns unter den Kirschbaum gesetzt.

Von dort sieht man die zerbombten Häuser. Die Trümmerhaufen.

Die Zehen schmerzen immer noch, schrieb sie.

Ich schlafe nicht.

Weihnachten 1945 schenkte Gertrud ihr ein schwarzes Schulheft. Auf das weiße Etikett des Einbands schrieb sie ihren Namen und die kommende Jahreszahl, 1946. Das erste Jahr ohne Krieg. »Marietta Gedeke«, sagte sie halblaut vor sich hin. Wie fremd es klang. Der Klang kam aus der Ferne auf sie zu und doch nicht an. Alles war seltsam fern. Die ausgebombten Häuser mit ihren leeren Augenhöhlen, der Schutt wie hochgewürgter, rußiger Auswurf. Die Welt war von ihr abgerückt oder sie von der Welt, sie wusste es nicht. Aber die Kälte in ihren Füßen, sie drang zu ihr durch. Ihre Füße wurden nicht mehr warm. Dabei waren die mit Blut gefüllten Blasen auf den Zehen längst verschwunden. Gertrud hatte ihr lauwarme Fußbäder gemacht, hatte dafür Rinde von den Eichen im Wäldchen geholt, mit heißem Wasser übergossen, es ziehen lassen. »Auch wenn es juckt:

nicht kratzen«, sagte sie jedes Mal, wenn sie ihr danach das Handtuch reichte. Die Füße waren verheilt und juckten noch immer. »Dich jucken die Erinnerungen«, sagte Gertrud.

Am ersten Weihnachtsabend saß Marietta lange vor dem leeren Heft. Starrte die Wand an. Dort vermisste ein einzelner Nagel sein Bild. Gertrud hatte den Führer in die Schublade gelegt, Gesicht nach unten. Sie schrieb nicht. Auch am zweiten Weihnachtsabend und in den Tagen danach nicht. In seinem schwarzen Einband schien das Schulheft mehr von ihr zu erwarten als Onkel Egons loses Papier. Es bot den Wörtern auch Linien an.

Am Neujahrstag blätterte sie es durch, bis zur letzten Seite. Dorthin schrieb sie. Nur ein Wort. Johann. Dahinter ein Kreuz.

Danach ging sie in ihr Zimmer und zog das Kästchen mit den Fotos unter dem Bett hervor. Sie nahm das Bild vom Dorf heraus, das, auf dem die Birken auf Großmutters Hof wie Zeigefinger in den Himmel wiesen, das Bild, das Großmutter ihr mitgegeben hatte nach Königsberg. Sie schnitt das Foto in Heftformat zu und klebte es mit dem Bild nach unten darüber – über das, was auf der letzten Seite geschrieben stand.

Danach fing sie vorne an. Wenn sie schrieb, spürte sie durch die Seiten hindurch die Kanten. Die Unebenheit.

29. Januar 1946. Ein klirrend kalter Wintertag. Angst hatte sie gehabt vor diesem Tag, Johanns siebtem Ge-

burtstag. Sie fror. Das Dachfenster war mit Eisblumen bedeckt. Brummel saß wie immer auf der Kommode, folgte ihr mit seinem halben Blick, ihm fehlte ein Auge. Sie nahm Brummel und legte sich zurück ins Bett, rollte sich auf die Seite und drückte ihn an sich, als wäre er Johann. »Mein Junge. Jetzt bist du schon so groß. Sieben Jahre alt«, flüsterte sie ihm ins Ohr.

Beim Frühstück saß sie Gertrud gegenüber, neben sich hatte sie einen leeren Stuhl gestellt. Zwischen ihnen, auf dem Tisch, stand ein winziger Rührkuchen, daneben eine brennende Kerze. Einen gestrichenen Löffel Zucker hatte sie gestern in den Teig gerührt. Eine Kostbarkeit. Für Johann.

»Nun schneid ihn schon auf«, sagte Gertrud.

»Ich kann nicht.« Sie starrte auf den Kuchen wie auf etwas sehr Fremdes. Dann schnitt sie doch ein Stück heraus, legte es Gertrud auf den Teller, stand auf mit einem Ruck, nahm den versehrten Kuchen vom Tisch. »Es tut mir leid«, sagte sie.

Sie verließ die Küche, lief aus dem Haus. Das Gartentor zum Nachbarhaus quietschte, mit einem Zögern betrat sie die Stube der Nachbarin, dort war es kalt, aber über das Gesicht des Jungen ging ein warmes Leuchten, als er den Kuchen sah.

»Wie alt bist du denn, Werner?«, fragte sie.

Werner streckte fünf Finger in die Luft.

»Im Sommer wird er sechs«, sagte die Nachbarin. »Aber warum …«

Marietta stellte den Kuchen schweigend ab. Die beiden folgten ihr bis vor die Haustür. Sie schauten ihr wohl nach, wie sie über den Gartenweg ging, denn auf halbem Weg hörte sie Werner rufen: »Danke!«

Dann quietschte das Gartentor, aber sie war ja noch gar nicht dort, ein Mann hatte es geöffnet, kam ihr jetzt entgegen, ein Mann mit Schirmmütze, einem langen Mantel aus grobem Stoff, über der Schulter hatte er einen Stoffsack, und etwas an ihm stellte klar, es war nicht die Last des Sacks, die ihn so gebeugt und langsam gehen machte. Sie blieben voreinander stehen, sein Gesicht erschien ihr wie die Fassade eines ausgebombten Hauses, oder vielleicht dachte sie das nicht dort im Garten der Nachbarin, sondern an einem der Vormittage davor oder danach, als die Züge die grauen Gespenster ausspien und sie am Gleis stand und schaute, ob die Großeltern darunter waren.

Hier auf dem Gartenweg der Nachbarin jedenfalls musterte der Mann sie, und sie konnte sehen, wie er einen Moment lang die Orientierung verlor, dann schaute er über sie hinweg. Sie folgte seinem Blick, und auf der obersten Stufe in der offenen Haustür stand noch immer die Nachbarin mit ihrem Werner und rührte sich nicht. Marietta trat zur Seite. Auch der Mann bewegte sich nicht. Und jetzt ging die Nachbarin die Treppe hinunter, ging, nein, lief auf ihn zu, die Arme ausgebreitet, als wollte sie fliegen. Doch dann blieb sie vor ihm stehen, die Arme immer noch in der Luft, so stand sie vor ihm, als sähe sie erst jetzt, wie gespenstisch die Gestalt vor ihr war und als fragte sie sich nun, ob der Krieg ihr nicht einen Fremden in ihre Arme legen wollte. Sie ließ die Arme sinken, schaute den Mann an, nahm seine Hände.

»Bist du es, Josef?«, sagte sie. Immer wieder nur: »Bist du es?«

Marietta war nur einen Meter entfernt und schaute doch wie von Weitem zu, wie sie dort standen, auf dem Gehweg, auf einem Weg, der Mutter, Vater und Sohn wieder zusammenführte. Und sie, sie stand daneben, im gefrorenen Gras, war selbst ein erfrorener Halm, den die blinde Sense des Krieges zufällig stehen gelassen hatte.

Sie schaute zu dem Jungen, der blieb, wo er war, auf dem Absatz vor der Haustür.

»Werner«, rief die Nachbarin. »Komm doch her!«

Langsam ging er die Stufen hinunter, die Hände in den Hosentaschen vergraben.

»Begrüß deinen Vater«, sagte die Mutter.

Aber Werner schaute zu Boden, seine Hände blieben in den Taschen.

»Dein Bub«, sagte sie. »Schau, wie groß er geworden ist. Es war nicht leicht. Aber ich habe ihn durchgebracht.«

Marietta lief, sie lief über den Weg, durch das quietschende Gartentor der Nachbarin, durch Gertruds Garten, den Weg hinauf, durch die Haustür, die Treppe hinauf, in ihre Kammer, warf die Tür zu, warf sich aufs Bett. Und weinte endlich. Heinrich. Ich habe unseren Bub nicht beschützen können. Es tut mir so leid.

Der Schreibtisch verschwimmt vor ihren Augen, Tropfen fallen auf Foto und Holz, sie wischt sie mit dem Handrücken weg, tupft sie mit dem Ärmel vom Bild.

Was hätte sie zu Heinrich gesagt, wäre er ihr entgegengekommen auf dem Gartenweg zu Gertruds Haus? Wo ist Johann? Johann, sein einziges Kind. Wie hätte sie ihm erklären können, dass sie lebte. Und Johann tot war. Wie hätte sie ihm erzählen können, was seinem kleinen Sohn geschehen war auf Großmutters Hof, ohne ihm das andere auch zu erzählen. Das andere. Nicht einmal mit Elias hatte sie darüber gesprochen. In all den gemeinsamen Jahren nicht.

8

Februar 1946. Ein frostiger Wintertag. Ein Sonntagsspaziergang im Wald nahe der Stadt. Der Boden knirschte im Takt ihrer Schritte. An den feinen Zweigen waren den Buchen und Eichen weiße Bärtchen gewachsen, Stamm und Äste waren nackt geblieben, ihre dunklen Verästelungen wie unverkennbare Fingerabdrücke in einem blauen Winterhimmel.

Erkennungsmerkmale, dachte sie, und Tätererkennung. Ihr fielen manchmal solche Wörter zu, sie wusste nicht, warum und woher. Vielleicht weil die zu erkennenden Täter weiter hier auf den gefrorenen Wegen spazierten. Die Beweise waren erdrückend, die Fotos, die Zahlen, das Filmmaterial. »Gertrud, mein Gott, das kann doch nicht sein.«

Wenn sie auf dem Bahnhofsplatz stand und Ausschau hielt nach den Großeltern, begegneten sie ihr leibhaftig, die in Zügen und auf Krankenbahren heimgebrachten Elendsgestalten. Ein Elend, wie es die Welt noch nicht gesehen hatte. Oder doch. Sie hatte sie doch gesehen, die Menschen, gelbe Sterne auf Höhe der Herzen auf ihre Mäntel und Jacken genäht, sie hatte sie auf der anderen Straßenseite gesehen und dann nirgendwo mehr.

Sie hatte es gelesen, Hans Grimms Volk ohne Raum, am Lehrerseminar in Königsberg. Im Radio hatte sie von den Bücherverbrennungen gehört. Und von den anderen Verbrennungen nur hinter vorgehaltener Hand. Man hatte es nicht glauben können. Nicht glauben wollen.

Die Amerikaner in ihrer Stadt klagten sie an. Und die Welt. Sie waren ein Tätervolk.

Vor ihr ging eine Frau, allein wie sie, ähnlich alt wie sie, und, wie sie, begleitet von einer Lücke. Überall an den kargen Sonntagstischen standen Stühle, die leer blieben. Für immer. Während die Zimmer voll waren, übervoll mit Fremden. Fremden, wie sie eine war. Läusepack. Gertrud war so froh, dass Marietta keine Fremde für sie war, sie sagte das immer wieder. Ihren Läusen hatten sie schnell den Garaus gemacht.

Gestern hatte sie zwei Stunden angestanden für ein Päckchen Mehl. Das Mädchen vor ihr in der Schlange, mit rot gefrorenen Händen, hüpfte in der Kälte auf und ab. Wie zum Spiel. Und doch ernst. Die gütige Rückkehr des Lebens, das mühsam und willkommen war. Trotz allem. Inmitten von allem.

Und heute war Sonntag. Und der Wald, durch den sie ging, stand wie eh und je. Seine alten Bäume, sie wussten von nichts. Sie trug Onkel Egons Wintermantel oder vielmehr das, was Gertrud daraus geschneidert hatte. Mit einer Taille, schmalen Schultern und einem Fellkragen aus dem, was einmal seine Mütze gewesen war. Ihr Atem setzte Wölkchen in die Luft.

Und dann lag da ein See, ein kleiner See, gleich vor ihr. Auf ihm waren Menschen, auf dem Eis. Es glänzte blau. Verwehungen leckten darüber wie Gischt.

Gestalten bewegten sich dunkel im Gegenlicht, und

als sie stehen blieb, sah sie eine Gruppe von Frauen, sie hielten sich an den Händen, gingen über das Eis, setzten vorsichtig einen Fuß vor den anderen. Alle in dicken Strumpfhosen, und über den Schaft ihrer Schuhe waren die warmen Socken gerollt.

Ein Schlittschuhläufer in Knickerbockern glitt vorüber, die Arme locker auf den Rücken gelegt. Ein Mädchen, die Zöpfe schwangen hin und her, es lachte. Ein Junge, an der Hand seines Vaters, stolperte auf Kufen neben ihm her. Durch das Eis fraß sich ein weißes Netz gerader Linien, als hätte jemand Eisschollen notdürftig zusammengeklebt. Bruchlinien. Und darüber ein Gleiten, ein Schwingen, ein Lachen, ein Rufen. Ein Vergessen. Ein Stolpern und Fallen und Aufstehen.

Vor ihr tragen eine Mutter und ein Vater einen Schlitten auf das Eis, darauf ein Weidenkorb, darin ein gepuckter Säugling.

Er schläft. Seine Wangen sind von der Kälte gerötet.

In Mariettas Kopf wetterleuchtet ein Bild: Eine Frau drückt ihren Säugling an ihre Brust, aus der Decke schaut nur sein Köpfchen heraus, um das hat sie schützend eine Hand gelegt.

Etwas zieht sich zusammen. Da sind nur noch die Frau und das Baby, der Rest ist Kulisse, kippt an den Rändern weg. Etwas reißt sich los, reißt sie mit sich fort. Es ist eisig kalt. Die Frau summt eine Melodie. Zogen einst fünf weiße Schwäne. Sie lächelt hinunter auf das rosige Gesicht ihres Säuglings. Der Mann sagt: »Gib ihn mir, bitte, gib ihn mir. Du kannst ihn nicht mit hinübernehmen. Wir müssen weiter. Wir müssen ihn hierlassen, sonst verpassen wir noch den Anschluss!« – »Nicht so laut«, sagt die Mutter. »Du weckst ihn noch auf.« Hinter ihnen, über dem Nebel, schiebt der Himmel eine dröhnende Gefahr heran. Der Vater versucht ihr das Kind zu entreißen, er schreit: »Er ist tot, versteh doch, er ist tot, erfroren!« – »Aber nein!« Jetzt schreit auch die Mutter. »Sieh nur, seine rosigen Bäckchen! Er schläft doch nur.« Der dröhnende Himmel öffnet sich, wirft seine Last ab. »Unter die Wagen! Unter die Wagen!« Die Luft zerreißt, der Mann zerrt Frau und Kind hinunter auf das Eis, wirft sich über sie. Bersten und Feuer. Ein Knurren. Ein Knacken.

»Ist bei Ihnen alles in Ordnung?«

Ein Leiterwagen ragt aus dem Eis heraus.

»Kommen Sie. Hierhin. Setzen Sie sich.«

Ein Pferd hat die Zähne gebleckt, seine Augäpfel sind zur Seite gerollt, aus seinem Bauch quillt es rot und massig.

»Hören Sie mich?«

Rotes Eis. Feuchtkalter Nebel wischt darüber.

»Hören Sie mich?«

Von den Rändern her kommt etwas näher, etwas wird schärfer, sie wird gerüttelt, ihr Herz bäumt sich auf.

»Langsam atmen.«

Ein Gesicht.

»Ihnen passiert nichts.«

Eine Hand auf ihrem Mantel.

»Ein.«

Das Eis.

»Aus.«

Kälte im Gesicht.

»Ein. Aus.«

Bäume.

»Langsam atmen. Ein. Aus. Ein. Aus.«

Ein Mann. Neben ihr. Auf einer Bank.

»Gut so. Sie sind am See. Im Wald.«

»Nein.«

»Nicht? Wo denn?«

»Auf dem Frischen Haff«, sagt sie.

»Ist ja gut«, sagt der Mann. »Ist ja gut.«

In ihr schiebt sich etwas zusammen. Zwei tektonische Platten. Etwas schließt, etwas öffnet sich. Sie hebt den Kopf. Der See. Das Eis. Blaues Eis. Eine Frau und ein Mann stehen am Ufer, neben sich einen Schlitten. Kurz schauen sie zu ihr, dann gehen sie weiter aufs Eis.

»Ich vermute, das passiert Ihnen häufiger«, sagt der Mann neben ihr. Er trägt eine hellgraue Mütze. »Willkommen zurück.« Er lächelt. »Elias Stein. Sie sollten darüber mit jemandem sprechen.«

Sie rückt ein Stückchen von ihm ab.

»Ich bin Arzt«, sagt er. Und dann nach einer Weile: »Soll ich Sie nach Hause begleiten?«

Mit einem Ruck steht sie auf. »Nein. Nicht nötig.« Ihre Stimme kommt von weit her, wie morgens, wenn man spricht und noch gar nicht ganz da ist. »Das Eis ist dünn«, sagt sie heftig. »Das Eis ist dünn. Das Wasser kalt. Ich breche ein. Ich gerate unter das Eis. Aber ich finde immer zurück. Ich komm schon klar.«

Auf dem Weg drehte sie sich noch einmal um, wollte ihm Danke sagen, aber er stand hinter ihr.

»Ich muss in dieselbe Richtung.«

Sie gingen nebeneinander, er rechts am Weg, sie links, er hielt Abstand. War dunkel gekleidet. Ein dünner Mann. Ein langer schwarzer Strich mit hellgrauer Mütze. Ein Ausrufezeichen. Ein schwarzes Ausrufezeichen mit einem grauen Punkt. Alles andere um sie herum war wie eingefroren. Sie kannte das, es würde jetzt so bleiben, ein paar Stunden lang. Sie sprachen nicht.

Später, als sie sich kennengelernt hatten und sie längst wusste, dass er ein Arzt für die Seele war, auch für das, was los war mit ihr, später versuchte sie, es ihm zu beschreiben. Wie das war, wenn es passierte. »Du musst wissen, ich bewege mich immerzu auf dünnem Eis. Unter der milchigen Eisfläche sehe ich Schatten huschen wie riesige Fische. Die Schatten sind immer da. Aber sie tun mir nichts. Und dann begegnet mir etwas. Oder jemand.«

»Wie das Paar mit dem Schlitten und dem Säugling am See?«, fragte Elias.

»Ja«, antwortete sie. »Dann geht alles so schnell. Es zuckt unter dem Eis, die Schatten bekommen Farben, werden zu Bildern, grellen Bildern, durch mich hindurch geht ein Riss, ich kann das Eis reißen hören. Ich breche ein in diese Bilder. In einen Strom von Bildern, der mich fortreißt, dorthin, wo es passiert ist. Damals.« Sie suchte nach weiteren Worten. Aber eigentlich war es nicht zu beschreiben. Nicht so richtig. Was sie erlebte, wenn es hervorbrach, war die immerwährende Gegenwart von etwas, das lauerte, irgendwo in ihrem Herzen, in ihrem mit Eis überzogenen Herzen – das so kalt war, dass man nicht wusste, ob es kalt war. Oder heiß.

Elias sagte, er habe sofort erkannt, dass sie etwas Besonderes sei.

»Ja?«

Ja. Noch dort auf der Bank. Ihre trotzige Poesie. Ihr poetischer Trotz. Genauso drückte er es aus.

9

Über der Resi zieht der Himmel sich seine dunkle Kapuze über, nur hinter den Bäumen lugten noch ein Stückchen Blau und ein Rest Rot heraus. Die Venus ist schon zu sehen und zwinkert ihr zu. Sie denkt an die Menschen drüben in den Containern. Im Radio haben sie heute wieder vom Krieg um Aleppo gesprochen. Sie meidet den Fernseher. Die Bilder dazu hat sie selbst.

Vielleicht sitzen sie jenseits der Bäume ja draußen. Auf Plastikstühlen oder auf Türschwellen in der Abendluft und schauen wie sie in den Himmel, dessen Gewölbe alles umspannt, auch das fernste Land. Über dem vielleicht gerade der Sternenmantel zerschnitten wird durch das scharfe Licht von Raketen. Und der Junge? Sie wünscht ihm eine Mutter an die Seite, die ihn zudeckt, auf dem Bettrand sitzt, singt. Eine Melodie und Verse. Ihre Hand auf seinem Haar. Sprache. Musik. Die Habe des Herzens, man lässt sie nie zurück. Auch wenn alles andere in einen Koffer passen muss.

Marietta knipst die Lampe an. Gibt dem Schreibtisch sein Abbild zurück, auch all die anderen Bilder, die sie ausgelegt hat, Gesicht nach unten. Sie streicht mit der Hand übers Holz, krault dem Ungetüm seinen Rücken. All das Papier, die Worte und Sätze, die

Hefte und Kladden, ihr langes Leben, ihr Hüter passt gut darauf auf.

Wie viel sie heute wieder an Elias gedacht hat. Und wie wenig an Heinrich.

Heinrich. Ihre gemeinsame Zeit auf dem harten Boden des Krieges. Ein Verlobungsjahr. Zwei Ehejahre in Königsberg, Wagnerstr. 12. Fünf Jahre Kriegsehe, mit ein paar Fronturlauben. Johanns erster Schrei in den Händen der Hebamme, und die letzten Schreie der Kameraden, von denen Heinrich ihr schrieb, in Dutzenden Feldbriefen. Seine penible Schrift aus der Hölle des Russlandfeldzugs: »Der letzte Schrei gilt oft den Müttern.« Und dann die Nachricht von seinem Tod. Maschinengeschrieben.

Sie zieht die Kladde heran. Schlägt sie auf. Greift zum Stift.

Das Datum? Nicht mehr der 20., heute schon der 21. Juni.

Wie böse ich damals war auf Heinrich, so deutlich habe ich mir das noch nie eingestanden. Wenn er sein »Heil Hitler« rief, nein, brüllte, als ich mit Johann schwanger war und ich meine Hände schützend auf meinen Bauch gelegt habe – wie konnte er mit so viel Begeisterung in diesen Krieg ziehen?

Man kann von einer Tochter zur Waise werden, von der Ehefrau zu einer Witwe. Einer Kriegswitwe. Aber Mutter bin ich geblieben, auch nachdem – es gibt kein Wort für das, was danach kommt.

Da fällt mir auf: Bei »Flüchtling« ist es genau andersherum. Es gibt nur ein Wort für das danach, nicht für das, was davor war.

Flüchtling war ich auch. Und eine Mutter ohne Kind.

Wenn ich heute an Johann denke, sehe ich uns manchmal zu dritt, Johann und mich mit Elias. Als ob Liebesspuren einander verwischen, überlagern können wie ein großer Fußabdruck den kleinen. Den kleineren Abdruck von Heinrich. Armer, zu früh gestorbener, erloschener Heinrich!

Ach, Elias. Ich habe heute einen kleinen Jungen kennengelernt.

Er streicht durchs Gebüsch. Ich glaube, den ganzen Tag. Er hat kein Zuhause. Kein sicheres Plätzchen.

Also gut. Ich mache noch einmal die Grüne Dame. Für Tacke. Wenn er mich reinlässt.

Sie schließt die Kladde. Vor dem Fenster ist es endgültig dunkel. Sie gähnt. Genug für heute. Sie gehört ins Bett. Morgen ist auch noch ein Tag.

»Bist du dir sicher?«, hört sie Gisela fragen. »Du bist neunundneunzig.«

Gisela hatte, wie immer, gerne das letzte Wort.

Das Frühstück bringt Frau Meier. Heute gibt es rote Marmelade. Könnte Himbeere sein. Oder Erdbeere.

»Schönwetterwerte. Passend zum Sonnenschein vor der Tür.« Frau Meier zieht ihr die Blutdruckmanschette vom Arm. »Möchten Sie nicht wieder einmal im Restaurant zu Mittag essen? Sie sind hier so viel allein.«

»Ich dachte, ein Besuch bei Nachbar Tacke wäre angebracht«, sagt sie. »Ich fürchte nur, er sieht das anders.«

»Ich gehe später zu ihm und gebe Ihnen dann ein Zeichen. Wir machen es wie beim letzten Mal.«

»So viel zur Privatsphäre hier«, sagt Marietta.

Frau Meier zwinkert ihr zu. »Ich lasse seine Tür aus Versehen auf.«

Gisela und sie hatten das so gemacht, ihre Türen nur angelehnt. »Es muss ja einen Vorteil haben, links außen im Wurmfortsatz der Resi zu wohnen«, hatte Gisela gesagt. Manchmal, wenn die Nacht Gespenster aufgescheucht oder sie vergeblich auf den Schlaf gewartet hatte, schlich sie sich hinüber. Setzte sich in den Ohrensessel, mitten hinein in Giselas Blumenwiese, träumte sich in Großmutters Garten und die Hängematte hinein, schwang unter einem Himmel aus Kirschblütenweiß und Bienengesumm hin und her. Durch die offene Schlafzimmertür hörte sie Gisela schnarchen, röcheln und grunzen. Wie konnte jemand, der die zarten Blumen so liebte, solche Töne erzeugen?

Oder auch andersherum: Morgens, wenn ihre Decke quer über der Couch lag, wusste sie, Gisela hatte nachts dort gelegen. Einmal war sie davon wach geworden, dass jemand in ihr Schlafzimmer kam. Sie machte Licht. Auf Giselas Nachthemden blühten die Tulpen. Ihr weißes Haar stand zu Berge, als wäre sie dem Tod begegnet, als hätte er es mit seiner Sense auf Giselas Blumen abgesehen. Tränen rannen ihr die Wangen hinab: »Ich habe ins Bett gepullert. Alles ist nass.«

»Mach dir nichts draus«, sagte Marietta. »Ich bin schon länger leckgeschlagen. Morgen besorgen wir dir etwas zum Abdichten.«

Später saßen sie im Wohnzimmer und tranken Lavendeltee. »Oben rein, unten raus«, sagte Gisela. Lachen und Weinen schliefen bei Gisela oft zusammen im Bett.

Frau Meier ist gegangen. Marietta lässt sich Zeit beim Frühstücken, schaltet das Radio an, auf SWR2 bringen sie ein Klavierkonzert von Mozart. Gleich wird sie durch Tackes angelehnte Tür schlüpfen wie ein Dieb. Vielleicht könnte sie ihn ja fragen, ob es ein Buch gibt, das er mag. Oder mochte, als Kind. Daran erinnern sich dann doch die meisten. Der kantige alte Herr fällt ihr ein, den sie als Grüne Dame nur wenige Male besucht hatte. Auch so ein Tacke. Knurrig. Seine Schlafanzughosen waren auf Kante gebügelt. Als sie ihn fragte: »Wie geht's denn?«, kam nur ein knurriges: »Jammern hat noch keinem geholfen.« Sie las ihm vor. Er schloss seine Augen. Tränen krochen unter den Wimpern hervor wie unter einem Zaun hindurch. »Noch nie hat mir jemand vorgelesen. Nur mir allein.«

Oder die junge Frau, die so lange im Krankenhaus lag und sommers wie winters ein Mützchen trug, egal ob sie schlief oder an einem weiteren strickte. An guten Tagen saß sie im Bett und hielt die Nadeln niemals still, als strickte sie um ihr Leben, als brauchte sie nur noch ein weiteres Mützchen und alles würde gut.

Sie las ihr aus Brüder Löwenherz vor. Das hatte sie sich gewünscht. Und erzählt, wie es für sie gewesen war, mit einem Vater, der die Sätze zerhackte und die Worte zerhäckselte, auch ihren Namen, K-K-K-Katrin. Sein Gesicht zuckte dabei, als täte es ihm weh, sie beim Namen zu nennen. Nur wenn er ihr vorlas, war es anders, blieb alles heil, ihr Name, Astrid Lindgrens Geschichten, sein Gesicht, seine Stimme.

»So geht das nicht«, bellt Tacke. »Ich melde Sie.«

»Die Tür war nur angelehnt, und da dachte ich, ich schau mal eben rein.« Was nur ein bisschen gelogen war.

Sie geht zum Regal mit den Ordnern. Graue Pappe, weiße Etiketten, schwarze, große Druckbuchstaben. Donau. Elbe. Sie macht einen Schritt zum mittleren Regal. »Main. Neckar«, liest sie laut. Weiter nach rechts. »Saale. Weser.« Hier herrscht Ordnung wie in ihrem Bücherregal. Nur ohne die Schwanzfedern, die aus den Seiten ragen.

»Ich dachte, Sie wären Finanzbeamter«, sagt Marietta.

Tackes Hand schwebt über dem Rufknopf, der auf der Armlehne des Fernsehsessels befestigt ist. Jetzt zieht er sie zurück.

»Genau.« Er stellt die Rückenlehne hoch und platziert seine Füße auf den Boden. Seine Filzpantoffeln haben in etwa das Grau seiner Ordner. »Ein Hobby.«

»Flüsse?«

»Ich bin ihnen gefolgt. Von der Quelle bis zur Mündung.«

»Zu Fuß?«

»Auch.«

»Was heißt auch?«

»Hauptsächlich mit dem Fahrrad. Streckenweise mit dem Auto. Dem Schiff.«

»Sogar mit dem Schiff?«

»In jedem Urlaub eine Etappe. Und ein Reisebericht.«

Tacke mag Flüsse. Max Frisch hatte recht, du sollst dir kein Bildnis machen. Briefmarkensammeln hätte sie ihm zugetraut. Oder hinter Glas gepinnte Schmetterlinge und Käfer. »Darf ich mal reinschauen?«

»Sie machen ja sowieso, was Sie wollen«, sagt Tacke. »Aber vorsichtig.«

Sie nimmt den Neckar aus dem Regal, schließlich fließt er durch ihre Stadt. Fast ist ihr der Ordner zu schwer. Sie legt ihn auf den Tisch. Atmet tief ein. Der nächste Übergang, auf den Stuhl.

Sie schlägt den Ordner auf. Graues Tonpapier. Fotos.

Ein Park. Beete, ein Asphaltweg. Daneben maschinengeschrieben auf weißem Papier: Schwenningen. Neckarpark.

Ein Fahrrad, an eine Birke gelehnt. Zwei pralle Fahrradtaschen. Im Hintergrund ein Gewässer, hohe Gräser. Darüber liegt Nebel. Kahle, dürre Stämme ragen aus dem Wasser wie geworfene Speere. Schaurig. Am Ufer starret Gestumpf hervor. Gleich kommt Drostes Knabe im Moor vorbeigerannt.

»Neckarursprung. Schwenninger Moos«, liest sie laut. »Ich war da noch nicht.«

Sie blättert weiter nach hinten. Die Neckarschleife. Ein Bogen, wie mit dem Zirkel gezogen. Flächen mit grüner Schraffur. Wein. Mundelsheim. Das Foto einer Weinkarte. Weinprobe. Lauffener und Mundelsheimer Weine. Die Nahaufnahme einer Rebe, blaue, knackige Trauben, man möchte sie pflücken.

»Sie sind ein guter Fotograf.« Sie blättert weiter. Das Heidelberger Schloss. Wieder das Fahrrad. An eine Bank gelehnt. Ein einzelnes Fahrrad. Kein Mensch. »Waren Sie immer allein unterwegs?«

Tacke hat sich weit nach vorne gelehnt, als läse er mit. »Natürlich.«

Familie hat er nicht. Das weiß man hier. Und es wird nicht mehr besser werden für ihn. »Haben Sie Freunde?«

»Was ist denn das für eine Frage?«

»Nun, ich meine, bekommen Sie Besuch? Oder möchten Sie jemanden benachrichtigen?«

Tacke schaut an ihr vorbei Richtung Fenster.

»Wegen dem hier.« Sie zeigt auf ihren Bauch, statt auf seinen.

»Nicht nötig.« Er rutscht im Sessel nach hinten. »Und darum gehen Sie jetzt besser.«

Sie klopft mit der Hand auf den aufgeschlagenen Ordner. »Darf ich den Neckar denn mitnehmen? Und ihm weiter folgen? Ich weiß ja noch nicht, wo er mündet.«

»Rhein. Er mündet in den Rhein. Das weiß doch jeder.« Er stellt die Rückenlehne zurück, legt sich hin, schließt die Augen. Sein Bärtchen zuckt und zittert wie bei einem Kaninchen, das man zu lange auf dem Arm gehalten hat.

»Alles in Ordnung?«, fragt sie.

»Na gut. Aber keine Kaffeeflecken. Oder Fetttapser. Und wiederbringen.«

10

Die Nachmittagssonne streicht mit ihren langen Fingern über das Fußende der Couch. Sie antwortet mit ihren Zehen. Unter der sandfarbenen Decke sieht sie sie wackeln.

Diese flacher werdende Erhebung, die sie ist. Eine Düne, abgetragen vom Wind. Sie gehört zu denen, die sich schon einmal schmal machen. Damit sie durch den Spalt passt, wenn es so weit ist. Vorerst aber liegt ihr etwas schwer und quer im Magen. Die Spinat-Käse-Knödel des Mittagessens. Auch wenn es Senioren-Portionen waren. Spinat-Käse-Knödelchen.

Sie wird sich später einen Fencheltee machen. Danach wird sie zur Parkbank gehen. Und warten, ob der Junge wieder aus den Rhododendren auftaucht. Und sie so anschaut, als läge hinter dem Dunkel seiner Iris noch eine ganz andere Dunkelheit. Dass es gestern der Junge war, der ihr geholfen hat beim Aufstehen. Ihr Herz zieht sich zusammen. Vielleicht wagt er es heute ja doch, sich zu ihr zu setzen. Sich ein bisschen auszuruhen. Bei ihr. Falls er überhaupt kommt.

Davor muss sie sich aber ausruhen. Zwei Ausflüge am Tag strengen sie an. Die Kraft schleicht sich auf Zehenspitzen davon. Auch der Appetit. Auch das Augenlicht. Vorhin, als sie weiter in Tackes Ordner geblättert hat, verschwammen die Schrift und die Fotos, als schöbe jemand Milchglas davor. Ihr Augenlicht nimmt ab. Und das innere Licht? Das auch, Goethes Zauberlaterne?

Wenn die Tür zu Mutters Schlafzimmer geschlossen blieb und Vater sich immer länger hinter seinen Pulvern und Pillen verschanzte, wenn das Abendbrot kalt und Vater schweigsam gewesen war, hatte sie im Bett gelegen und sich Großmutter hergeholt. Ihre Augen. Ihr Leuchten inmitten des zerfurchten Gesichts, wie zwei hochgepflügte Edelsteine. Und ihre Stimme. Marjellchen, Marjellchen. Ihre weichen Arme.

Die Kartoffelpfannkuchen mit Apfelmus. Flinsen fürs Marjellchen. Manchmal setzte sie sich dann auf im Bett und erzählte ihr vom vergangenen Tag, stellte sich vor, Großmutter stünde am Holzofen, hantierte mit der großen Pfanne. Sagte: Ei. Deiwel. Stellte sich vor, wie Großvater vom Hof kam, sich zu ihr setzte auf die schwere Küchenbank, wie Großmutter dann sagte: Das Marjellchen und ich plachandern.

Laterna magica. Seelenleuchten erschöpft sich nicht in der Zeit. Aber der kalte Atem des Schreckens, des Verlustes, er pustet die Flamme aus. Von einem Tag auf den anderen erlischt der Zauber der Welt. Bis jemand – oder die gnädige Zeit – kommt und dich warm anstrahlt. Dein Licht neu entflammt.

Manche Stellen findet das Licht lange nicht. Oder nie wieder. Sie sind wie Löcher. Schwarze Löcher. Schwarze Stellen im Herzen, in denen nichts mehr blüht.

Auch später, in ihrem Bett in Gertruds Haus, hatte

sie versucht, sich Großmutters Gesicht vorzustellen. Als könnte sie noch immer, nach all dem, das kleine Mädchen sein, das sich die Großmutter herbeiträumt. In Gertruds Haus aber fand sie Großmutter nicht, in ihrer Dachkammer, aus deren Fenster sie einen der rußigen Stümpfe sehen konnte, wo einmal ein Kirchturm der Stadt gewesen war, einer Stadt, die eine Fremde für sie war. In der sie nachts aufschreckte aus ihren Albträumen, die ihr fast schon vertraut waren. In ihrem Herzen war Großmutter wie ausgestanzt. Großmutter und alles, was sie ihr gewesen war. Sie fühlte es nicht.

Auch sonst fühlte sie nicht viel. Die Angst. Ja. Das Schreckhafte. Wenn der Wind ein Fenster zuschlug. Wenn Gertrud plötzlich hinter ihr stand. Angst. Und den Schrecken. Wenn die Bilder sie stürmten.

Sie war sich fern, als wäre sie fortgegangen und hätte ihr Herz zurückgelassen. Ein Herz, in dem eine taube Leere war, taub wie ihre Zehen, bevor das Blut und mit ihm der Schmerz zurückgekehrt waren. Sie hatte sich gefragt, ob ein Herz war wie ein Zeh – und ob ein Mensch, der so weit fortgegangen war, zurückfinden konnte. Zu sich. Zu den anderen.

»Als wir uns kennengelernt haben, warst du ein Solitaire«, sagte Elias einmal, da standen sie in der Küche und richteten Teller und Gläser auf einem Tablett, für die Gäste, die kommen würden. Elias trat hinter sie, seine Arme legten sich wie ein Umhang um sie. »Und jetzt bist du eine Perle neben anderen, aufgereiht an der Schnur des Lebens.« So hatte er es ausgedrückt, durch ihr dichtes Haar ahnte sie seinen Kuss auf ihrem Hinterkopf.

Es war einer der Abende, an dem er mit seinen Freunden die Luft des Ess- und Wohnzimmers mit flirrenden Worten und dichtem Zigarettenrauch füllen würde. Sie kamen zu dritt, manchmal zu viert, alles Ärzte und wie Elias das, was sie »in ständiger Ausbildung« nannten.

Sie erinnert sich an alle. An David. Natürlich. David, der wie Elias aus Amerika zurückgekommen war, aber allein, seine ganze Familie war in Treblinka ermordet worden. Und an Werner. Ihm fehlte ein Arm. Und darum vielleicht auch der Sinn für Humor. Sie stellte Kartoffelsalat auf den Tisch. Und Fleischbällchen. Manchmal auch nur belegte Brote. Dann setzte sie sich in den Sessel in der Ecke des Esszimmers. Strickte. Warme Socken, einen Schal. Hörte weg, wenn sich die Gemüter der Männer daran erhitzten, wer sich warum zu welcher Analytischen Gesellschaft formiert und zusammengeschlossen hatte, festgefahrene Frontverläufe, wie es ihr schien, es ging auch um Schuld und Schuldzuweisungen. Einmal gab es einen handfesten Streit. Elias hatte von »all den feigen Mitläufern des Göring-Instituts« gesprochen. »Keiner von uns hatte eine Wahl«, entgegnete Werner. Marietta schaute erschrocken zu David, und richtig, ihm gefror das Gesicht. Und an der Idee einer deutschen Volksgesundheit sei halt zunächst auch nichts Verdächtiges gewesen, fuhr Werner fort. Da schlug David mit der flachen Hand auf den Couchtisch, der sanftmütige David. Wie er das behaupten könne. Nachdem er wisse, wohin die deutsche Volksgesundheit geführt habe, zu … Hier stockte David, schlug die Augen nieder, für das, was er da vor seinem inneren Auge sah, hatte er wohl keine Worte. Bis er weitersprach, den Blick jetzt wieder auf Werner geheftet. Warum es für Werner eigentlich jetzt ausgerechnet die Psychoanalyse sein müsse. Eine zutiefst jüdische Wissenschaft. Wenngleich es auch dort Verräter gegeben habe, warf Elias ein, in den eigenen Reihen. Und David: Wenigstens habe es noch eigene Reihen gegeben, jüdische, drüben im Exil. An den Rest des Abends erinnert Marietta sich nicht. Nur noch daran, dass ihr die Diskussion wie ein undurchsichtiges Dickicht erschien.

Überhaupt konnte man sich verheddern im Sprachgewirr, wenn die Anhänger von Freud, Jung, Klein und Ferenczi, von Winnicott und wie sie alle hießen in wundersam blutleeren Begriffen Seelengebiete abzirkelten und Seelenpfade abmaßen, und dabei ging es doch immer um Menschen.

Sie las. Max Frisch. Nelly Sachs. Arno Schmidt. Wenn die Freunde ihre Fälle besprachen, gab sie vor, weiterzulesen, und hörte zu. Später, zum zweiten Teil des Abends, zogen sie alle um, vom Essplatz auf das Sofa und die Sessel, und mit ihnen die Schwaden von Rauch.

Sie setzte sich dazu, neben Elias aufs Sofa. »Ich hab den Albtraum noch immer«, begann Werner. »Ich irre unter einem schwarzen Himmel umher und suche meinen Arm. Aber da sind nur die Arme der Toten, sie ragen aus der schweren Erde, winken flehentlich. Und ich kann nichts für sie tun, denn ich muss ihn unbedingt finden, meinen Arm. Wo ist nur mein Arm? Und dann, endlich, liegt er da, er leuchtet weiß auf der schwarzen Erde. Ich bücke mich, hebe ihn auf.

Und in diesem Moment zerfetzt mich ein scharfer Schmerz, davon wache ich auf. Jede Nacht.«

»Was sagt Klotzinger denn dazu?«, fragte David.

»Dass es da nicht viel zu deuten gibt. Ziemlich konkret der Traum. Bringt mich in meiner Lehranalyse nicht weiter. Ich versuche es jetzt mit Entspannungstraining. Autogene Organübungen.«

»Verdammt.« Elias schüttelte den Kopf. »Da hocken wir hinter unseren Patienten mit unserem analytischen Feinbesteck. Bearbeiten mit haarfeinen chirurgischen Schnitten die Triebschicksale und Übertragungen, während da ein Mensch liegt und an seinen Kriegswunden verblutet. Ja. Auch noch Jahre danach. Und damit meine ich nicht nur abgetrennte Arme und Beine.«

Werner fasste sich mit der verbliebenen Hand an die Prothese.

»Warum hockt ihr denn überhaupt hinter ihnen?«, fragte sie. »Warum sitzt ihr euch nicht gegenüber und schaut euch in die Augen? Wie normale Menschen es tun, wenn sie sich etwas zu sagen haben.«

Werner schaute sie an, mit einem irritierten Ausdruck im Gesicht, als hätte er sie noch gar nicht wahrgenommen. Und dabei saß sie ja neben Elias.

»Mir ist schon klar, dass es da ums freie Assoziieren geht«, lenkte sie ein.

»Genau.« Werner klang empört, wenn sie es richtig sah, war er der Buchstabentreue in der Runde, dem es um die reine Lehre ging. »Das Vor- und Unbewusste des Analysanden muss frei und unbeeinflusst aufsteigen können. In die freischwebende Aufmerksamkeit des Analytikers.«

Das hatte Poesie. Sie stellte sich Seifenblasen vor, die sich von den leicht geöffneten Lippen des liegenden Patienten ablösten und über der Couch schwebten, und der Analytiker in seinem Sessel las in diesem flüchtigen Schillern, und gemeinsam fanden sie die richtigen Worte dafür, damit die Seifenblasen nicht ungenutzt und unerkannt zerplatzten.

David war offenbar noch mit den chirurgischen Schnitten beschäftigt, von denen Elias gesprochen hatte. »Freud hat sein Bild vom traumatischen Ereignis als Pfahl im Fleisch ja relativiert«, sagte er. »Und damit auch, dass es durch die Therapie quasi exzidiert werden kann.« Davids Stimme war so dünn und klein wie seine ganze Erscheinung. Trotzdem wurde er immer gehört, sie hatte das schon oft beobachtet. Weil er selbst auch zuhörte, glaubte sie. »Mir leuchtet das auch viel mehr ein«, fuhr er fort, »die traumatische Neurose als Infiltrat, die den psychischen Organismus besetzt hält. Das heißt ja, dass es dann darum geht, es herauszuarbeiten, den Widerstand schmelzen zu lassen und so der Zirkulation den Weg zu bahnen in ein bisher vom Trauma überlagertes und versperrtes Gebiet.«

Ihre Hand wanderte zu ihrem linken Knie.

»Ja, David.« Elias hatte sich vorgebeugt, saß jetzt auf der vorderen Kante des Sofas. »Das sagt er über die Hysterie. Aber was ist mit dem Krieg? Kann das ... das Schreckliche, das den Menschen widerfahren ist im Krieg, kann das wirklich schmelzen? In den Kreislauf des Lebens zurückfließen? Ist es nicht vielmehr eingeätzt als unauslöschliche Spur?« Er deutete auf Werner. »Der monströse Augenblick, in dem ihm der Arm abgerissen wurde, er ist doch immer da. Gegenwärtig. Real. Das ist doch keine Reminiszenz wie bei den Hysterischen. Ach, ich weiß nicht.« Er fuhr sich mit der Hand über seine Locken, als könnte er dadurch das Krause in seinem Kopf glätten. »Wir verlieren uns in den Geschichten, den Erzählungen, dem Assoziieren. Den Überwölbungen und Abkömmlingen dessen, was wirklich passiert ist. Und dabei gibt es in der Kriegsneurose immer dieses factum brutum.« Elias schaute zu ihr hinüber, und sein Blick hatte etwas Bittendes, etwas Trauriges, das sie erschreckte.

Ach, Elias, mein lieber Elias, dachte sie und stand auf: »Ich hole euch noch etwas zum Knabbern.« In der Küche setzte sie sich an den Tisch. Legte ihre Hand auf ihr linkes Knie, auf jene daumengroße dunkle Stelle, wo der Dreck des Bodens sich in ihr festgesetzt hatte. Dreck, der blieb, was und wo er war, dem sich Hunderte Mal erneuernden Gewebe zum Trotz. Unter ihrer Haut stand mit schmutzig grauer Signatur eingeschrieben, wie sie und alles, was heil gewesen war in ihr, auf die Knie gezwungen worden waren. Dort, vor Großmutters Haus, vor der Treppe zum Hof.

Damals. Sie bohrte ihre Fingernägel ins Fleisch, damit der Schmerz einen Platz hatte. Sie tat das auch sonst, wann immer die Bilder sie jäh überkamen, sie fortreißen wollten und es ein Halten brauchte.

An diesem Abend aber musste sie der Traurigkeit Einhalt gebieten, der Traurigkeit in seinem Blick. Elias war ihr ja längst nah genug gekommen, um die dunkle Stelle zu entdecken. Und zu fragen. Und sie,

sie hatte ihm eine Geschichte erzählt. Eine von Ferien auf Großmutters Hof, einem Roller, einem Schotterweg und einem Mädchen mit aufgeschürftem Knie, das Spucke in die Wunde reibt. »Dann tröste ich es mal, das kleine Mädchen«, hatte Elias gesagt und ihr Knie geküsst. »Eigentlich doch schön. So hast du ihn immer bei dir, den Hof deiner Großmutter. Du warst doch so gerne dort.«

Sie wird es mit ins Grab nehmen. Ihr factum brutum. Das letzte Kleid hat keine Taschen. Sagt man. Aber ihr Knie, das hat welche, verborgen in seinen Hautfalten trägt es Schotter von Großmutters Hof mit sich herum. Ihre spitzige, steinige Wahrheit. Und erst dann, wenn alles an ihr sich auflösen wird, in der stillen Tiefe der Erde, wird sie sie hergeben und dem Erdreich überlassen.

II

Das Sonnenlicht ist weitergewandert zum Kopfende der Couch, legt sich warm auf ihr Gesicht, stiehlt sich ins Dunkel hinter ihre geschlossenen Lider, malt Lichtpunkte an ihren Himmel. Gelbe. Rötliche. In einen davon setzt sie Elias. Ihr Fixgestirn. Seine fast schwarzen Locken, wie er mit der Hand hindurchfährt. Und dieser Lichtpunkt, das ist Großmutter. Auf der Ofenbank. Sie strickt. Elias. Großmutter. Johann. Ihre Sterne. Je früher sie erloschen sind, je weiter entfernt, desto heller strahlen sie. Jetzt schweben sie. Tanzen. Elias. Wie er oft bei ihr war und doch weit weg. Er hätte ja fragen können. Nicht lockerlassen. Wie bei seinen Patientinnen.

Als Elias begonnen hatte, in eigener Praxis zu arbeiten, verließ sie nachts das Ehebett, schlich sich im Dunkeln aus dem Zimmer, im Nachthemd und in ihren Wollsocken die Treppe hinab, über den Flur, durch das Wartezimmer, über die Holzdielen des Sprechzimmers. Bis zum Perserteppich, wo Couch und Sessel standen wie auf einer Insel, die zum Stranden einlud, auch jetzt, im Geheimen und in der Dunkelheit. Durch das Fenster sah sie den Mond. Sie legte ihren Kopf auf die Kissenrolle, auf der vielleicht noch ein Haar einer Patientin war. Stellte sich vor, sie wäre sie.

Sie spürt Elias' Blick auf ihrem Hinterkopf. Augen auf sich ruhen. Er wartet darauf, dass sie spricht. Sein Warten hängt über ihr wie ein Baldachin.

Ist Ihnen kalt, fragt er, als sie weiterhin schweigt. Seine Stimme klingt warm.

Nur an den Füßen. Den Rest spüre ich nicht. Sie zögert. Wir haben uns geliebt heute Nacht. Mein Mann und ich.

Wollen Sie darüber sprechen?

Ist Ihnen schon einmal aufgefallen, wie viele schlimme Wörter mit »Sch« beginnen: Schuld, Schande, Scham. Schmerz. Schreck.

Sie weichen aus, sagt er.

Ja. Nein. Dem, was immer da ist in mir und doch nicht da ist, kann ich nicht ausweichen. Nie mehr.

Im Schreck liegt die Überraschung. Sie können doch nicht mehr überrascht werden von dem, was vorbei ist, sagt er.

Darüber muss ich erst nachdenken.

Schönheit, sagt er.

Die kann auch schrecklich sein. Aber am schrecklichsten ist die Leere, das Loch.

Später kroch sie leise wieder zu ihm ins Bett. In der Luft lag noch die feuchte Süße ihres Beisammenseins.

»Waren sie wieder da, die Schrecken?«, fragte er und nahm ihre Hand. »Wir haben uns doch geliebt.«

»Schlaf ruhig weiter«, sagte sie, »ich habe mir nur ein Glas Wasser geholt, ich mach mir nun mein Nachtlicht an.«

Und dann schaute sie auf sein Schlafgesicht, auf das Fremde in seinen selbstverlorenen Zügen. Irgendwann schloss auch sie ihre Augen und lauschte dem leisen Ploppen seiner Lippen nach, als hätte er eine kleine Feder in die Luft gepustet und hielte sie dort, über seinem Mund, in der Schwebe.

Am Morgen, er hatte ihr Kaffee ans Bett gebracht, wie er es nach diesen Nächten manchmal tat, sie hielt die Tasse mit beiden Händen, am Morgen im Bett neben ihm sitzend sagte sie: »Ich bin gestern einer deiner Patientinnen begegnet, als ich nach Hause kam, sie lief auf dem Gartenweg an mir vorbei. Total verheult.«

»Ja, ein Durchbruch«, sagte er. »Sie hatte einen Durchbruch.«

»Zum Kleinkind«, sagte Marietta, »rotznäsig und schmollend, wie sie war. Ich kann es erkennen. Wenn sie durch den Garten davonlaufen, lese ich in ihren verheulten Gesichtern, wer bei dir auf der Couch gelegen hat, ein Kleinkind oder ein Mädchen, ein Junge oder eine Frau, ein Mann.«

»Das siehst du?«

Sie nippte an ihrem Kaffee.

»Ja. Ich lese in allen Gesichtern. Auch bei meinen Schülern versuche ich das, es rechtzeitig in den Gesichtern aufsteigen zu sehen, die Langeweile, den Übermut. Die Feindseligkeit. Die Boshaftigkeit.«

12

Im Aufzug bleibt sie allein. Als sie über die Rollatorenpiste zur Parkbank läuft, sieht sie, dass dort bereits jemand sitzt. Der Herr ohne Haare, der bei einem der Musikabende im Veranstaltungsraum in der Reihe vor ihnen gesessen hatte. »Sieht immer ein bisschen unangezogen aus, so ein Glatzkopf«, hatte Gisela ihr zugeflüstert. Marietta hatte zunächst »ungezogen« verstanden. Und jetzt hockt der Glatzkopf da, auf ihrer Parkbank, unter dem grünen Sonnenschirm der Kastanie. Also dreht sie um, verflucht diese Extrastrecke, setzt sich an einen der Tische am Rand der Terrasse und wartet.

»Einen Kräutertee bitte«, sagt sie, als die Bedienung kommt. »Haben Sie Fenchel?«

Aus der Tasse steigt die Süße des Fenchels auf, ein Hauch Anis, eine Spur Menthol.

Ein Eichhörnchen huscht über das Gras, nur ein, zwei Meter von ihr entfernt. Dasselbe, das ihre Nuss geschnappt hat, während sie auf der Couch lag?

Was da vorhin wieder in ihr aufgestiegen ist, hinter den geschlossenen Lidern. Woher das nur immer kommt? Und wie klar sie ist, ihre inwendige Welt. Klarer als die Konturen der Welt hier draußen.

Innen drin fühlt sie sich gerade aufgeregt. Ein bisschen wie vor einem Rendezvous, denkt sie. Rendezvous? Wie kommt sie denn jetzt darauf? Sie trifft doch einen kleinen, verängstigten Jungen.

Interessanter Einfall, hört sie Elias sagen. An was denkst du bei Rendezvous? – An dich. – Elias lächelt: Nicht ausweichen. Was verbindest du noch damit? – Etwas Zartes. Einen Anfang. Und dass man noch nicht weiß, wohin es führen wird. – So, so, sagt Elias, einen Anfang. Von was denn?

Sie weiß es nicht, sie weiß nur, dass sie sich wünscht, der Junge möge zutraulicher werden. Näher kommen oder sich gar zu ihr setzen, auf die Parkbank. Auf der immer noch der Glatzkopf sitzt. Hoffentlich schlägt der da drüben keine Wurzeln. Schade, dass erst Juni ist und die Kastanie noch nicht ihre stacheligen Früchte abwirft. Sie stellt sich trotzdem vor, wie er sich auf den Kopf fasst und aufspringt.

Und wenn der Junge heute gar nicht kommt? Er kann ja nicht den ganzen Tag da im Gebüsch hocken. Oder doch? Vielleicht sollte sie ihm auch eine Nuss hinlegen. Eine Schokoladennuss.

Sie winkt der Bedienung. »Haben Sie Schokolade? Ich meine, Schokoladentafeln?«

Auf der Parkbank tut sich etwas, der Glatzkopf steht auf. Fix geht das. Ein Vitaler also. Bloß der Schädel ist kahl. Das Alter schlägt sich seine Schneisen.

Die Bedienung legt eine Tafel Schokolade auf ihren Tisch. »Bitte schön. Vollmilch.« Sie zahlt. Macht sich auf den Weg, langsamer, als sie es gerne hätte. Nicht dass ihr noch einmal jemand die Bank wegschnappt. Endlich angekommen lässt sie sich auf die Sitzfläche fallen. In ihr blitzt etwas auf. Kinderspiele, die Reise nach Jerusalem. Dann der Schmerz. In den Knien, im Rücken.

Sie verschnauft.

Die blühenden Rhododendrenbüsche sehen überladen aus, als hätte jemand sie mit roten Papierkügelchen beworfen, die sie nun nicht mehr loswerden.

Sie nimmt die Schokolade aus der Tasche, legt sie neben sich.

In der Lücke zwischen den Büschen tut sich nichts.

Mit beiden Händen zieht sie ihre Strümpfe hoch. Dass selbst die ihr zu weit geworden sind.

Als sie wieder hochschaut, ist der Junge aufgetaucht aus dem Blütenmeer, steht da auf seinem Beobachtungsposten. Hat noch immer diese schmuddelige blaue Hose an. An den Knien kleben braune Blätter. Er hockt wohl wirklich in den Sträuchern, hat sich dort ein Nest gebaut.

Sie nimmt die Schokolade, öffnet die Packung. Reißt ein Stück vom Stanniol ab, knickt einen Riegel von der Tafel, hält ihn in die Luft und legt ihn dann auf das Silberpapier.

»Na, du Eichhörnchen. Wie wäre es?«

Der Junge bleibt, wo er ist.

Sie bricht ein Stück Schokolade ab, führt es demonstrativ an ihren Mund. »Hmmh. Lecker!«

Der Junge macht ein paar Schritte auf sie zu. Bleibt auf halbem Weg stehen. Als sie erneut und wie in Zeitlupe die Hand zum Riegel bewegt, kommt er näher, jetzt schneller. An der Bank bleibt er stehen, schaut zur Schokolade, dann zu ihr. Er knabbert an seiner Unterlippe. Sie nickt ihm zu.

»Geht doch«, sagt sie, als er endlich nach der Schokolade greift und ein Stückchen abbeißt. Lutscht. Kaut und schluckt. Sie bricht einen weiteren Riegel ab. Den steckt er sich quer in den Mund.

So machen sie es mit der halben Tafel. Die andere Hälfte hält sie ihm in der Verpackung hin.

»Vorrat«, sagt sie. »Fürs Nest.«

Beim Aufstehen hält er wieder ihren Stock.

Nach dem Abendbrot setzt sie sich in den Sessel, macht das Radio an. Auf SWR 2 bringen sie Klaviermusik. Chopin. Schön.

Sie denkt an den Jungen. Bestimmt hat er die Schokolade schon vollends gegessen. Kleine Jungen sind so. Aber er ist so scheu. Immer auf der Hut. Sie müsste ihn ablenken. Aber von was eigentlich? Sie weiß ja nichts über ihn. Nur, dass er geflohen ist. Sonst wäre er nicht drüben untergebracht. Und nicht einmal das weiß sie sicher. Sie weiß über ihn nur, was sie sieht. Julia würde das gefallen. Es ist etwas Wundes und Verlorenes in seinem Blick, seinem Gesicht, in der Art, wie er dasteht. Bei ihr, an der Parkbank, ist der Junge sicher. Er ist doch ein Kind.

Ein Buch, denkt sie. Ich könnte ihm ein Bilderbuch mitbringen.

Meine fünf Bärlein.

Johann hatte das Buch geliebt, hatte Abend für Abend mit den Waldabenteuern der Bärenkinder mitgefiebert. Auf dem Titelbild beugt sich die Bärenmutter mit ihrer blauen Schürze über das Fußteil eines riesigen Bettes, in dem die fünf Bärlein liegen und schlafen. Wenn sie Johann schließlich den Gutenachtkuss gab, sagte sie: »Gute Nacht, mein Bärlein.« Wenn sie es vergaß, protestierte er: »Du musst es noch sagen.«

Sie könnte Frau Meier bitten, ihr das Buch oben aus dem Bücherregal zu holen.

»Die fünf Bärlein?«, hatte Elias sie an der Kasse des Antiquariats gefragt. »Was ist das denn?«

»Johann«, hatte sie geantwortet.

»Ach so.« Elias legte seine Hand auf ihre.

»Schon gut. Und was hast du gefunden?«

»Freud«, sagte er. »Die Erstausgabe, Band zwölf.« Er strich mit der Hand über den rehbraunen Ledereinband.

»Eine Rarität«, sagte der Mann hinter der Kasse. »Von 1934. Die Lagerbestände wurden größtenteils von den Nazis vernichtet.«

»Aber dieses hier hat überlebt.« Sie nahm den Freud vom Tisch und tat ihn zu den fünf Bärlein in die Tasche.

Sie sieht ihn wie heute, Herrn Müller. Und das Antiquariat Müller & Gräff. Sie und Elias trafen sich immer erst an der Kasse wieder, jeder mit Fundstücken in der Hand, nach einer Stunde, manchmal auch mehr, nachdem sie beide, jeder für sich, die Reihen aus Buchrücken durchkämmt hatten wie ein Suchtrupp ein Waldstück. Elias hielt dabei den Kopf schräg zur Seite, zog Buch um Buch heraus, blätterte es auf, stellte es wieder zurück.

In ihrer Erinnerung ist alles noch auffindbar. Das stumpfe Papier an den Fingern. Das glatte Leder. Das raue Leinen. Auf dem Einband und den Seiten die

Spuren der Hände eines anderen, vielleicht schon verstorbenen Lesers. Die ermatteten Farben. Die handgeschriebenen Widmungen auf der Aufschlagseite. Die alten Druckschriften. All das – und darin geborgen lag zeitlos die Geschichte, die Idee, das Herz eines Dichters oder Denkers.

Manchmal schauten Elias und sie gleichzeitig auf, schauten einander an. Ein Lächeln. Oder ein Winken mit einem Buch. Einem Fundstück. Einer Kostbarkeit.

»Wollen wir mal wieder stöbern gehen?« Wenn Elias das fragte, am Samstagmorgen beim Frühstück, entfaltete sich vor ihr eine Spanne von Glück. Die stille Vorfreude in der Straßenbahn, die leise Spannung, wenn sie die Auslagen in den tiefen Schaufenstern musterte, das helle Bimmeln der Ladentür, das dämmrige Licht, der Geruch. Herrn Müllers Begrüßung. Seine Nickelbrille.

»Bis später«, sagten sie zueinander, und dann trennten sich ihre Wege, wie nach Plan fingen sie in entgegengesetzten Ecken des Raumes an. Jeder für sich. Und doch verbunden.

Einmal erzählte ihr Elias beim Abendbrot von Donald Winnicott, von seiner Schlüsselszene, in der das Kind gelernt habe, zu zweit allein zu sein, in der Anwesenheit der Mutter spielend sie und sich selbst zu vergessen – in der Zuversicht, Mutter sei und bleibe immer da. Als er dann den Winnicott aus dem Regal holte und ihr daraus vorlas, hatte sie an Müller & Gräff gedacht. »Wie bei unserer Stöberei«, sagte sie. Elias verstand sie sofort.

Elias. Sie kann ihn vor den überladenen Bücherregalen des Antiquariats stehen sehen, im schmalen Profil oder mit dem Rücken zu ihr. Wie er versunken liest, sich die dunklen Locken aus dem Gesicht streicht, umblättert. Sie sieht ihn mit Einstecktuch, mit Hosenträgern und Anzughose. Im dunkelblauen Rollkragenpulli. Im grauen Pullunder, in seiner ersten Jeans, immerhin in Bluejeans, während neben ihm ein langhaariger Mann in Schlaghose und olivgrünem Parka in einem Buch blättert. Und er, ihr Elias, so ganz er selbst, ein bisschen von gestern, ein bisschen aus der Zeit gefallen, wie die Bücher um ihn herum.

Im Radio wird nun gesprochen. Eine ruhige Männerstimme. Nachrichten. »Heute wurde ein fünfzehnjähriges syrisches Mädchen mit ihrem kleinen Bruder von mehreren Jugendlichen mit Schlagstöcken durch den Stadtpark getrieben. Ein Passant verständigte die Polizei.« Nun hört man eine andere, eine bebende Stimme, wohl die des Passanten. »Es war eine Hatz. Wie Freiwild haben sie die Kinder gejagt.«

Wie Freiwild.

Wie ein Hase.

Ein Reißen geht durch ihren Kopf. Lauf weg!, schreit es in ihr, schon wetterleuchtet ein Bild durch den Riss. Der Russe legt sein Gewehr an. Mit der Hand sucht sie ihr Knie. Die Stelle. Sie drückt darauf, drückt ihre Fingernägel fest hinein. »Halt«, flüstert sie. Und noch einmal: »Halt. Denk an etwas anderes.« Die fünf Bärlein. Die bunten Bilder. Wie sie in den sprudelnden Bach fallen. Wie sie um Hilfe rufen. Wie die Frösche sie auf ihren Rücken nehmen. Wie ein Mädchen mit langen Zöpfen am Ufer kniet, ihnen die Hand hinstreckt, wie sie sie packt und rettet.

Der Junge. Vielleicht kennt er gar keine Bären. Vielleicht sollte sie lieber mit ihm malen. Ihn malen lassen. Sprechen tut er ja anscheinend nicht. Oder für ihn etwas malen. Unten im Schreibwarengeschäft haben sie bestimmt Buntstifte und Malblock. Sie wird morgen Früh hinuntergehen und fragen.

Sie schaltet das Radio aus. Schließt die Augen. Ihr Herz galoppiert noch immer. »Ist ja gut«, flüstert sie. »Ist ja gut.«

Wenn sie doch beten könnte. Wie die murmelnden Alten in der Kapelle der Resi, deren Finger den Rosenkranz entlangwandern, Perle für Perle, Gebet für Gebet, Trost für Trost.

Jeder Baum ein Gebet, das den Himmel beschwört. Rose Ausländer.

»Schau, wie still und regungslos die Bäume am Abend stehen. Sie horchen. Sie horchen in den Himmel und zu den Sternen«, hatte Großmutter zu ihr gesagt und die Hände gefaltet. Marietta saß neben ihr, auf der Bank unter den Buchen, in dieser totalen Windstille, die mit dem Abend kam. Die ersten Sterne waren schon aufgegangen, ein bisschen dunkles Blau hing noch am Himmel und ein Rest von Grün im Laub, und sie konnte sehen, wie die Buche horchte, wie jedes einzelne Blatt lauschte, auf den Himmel, auf die Sterne. Auf sie und Großmutter.

Näher ist sie in ihren hundert Jahren dem Himmel nicht mehr gekommen.

Morgens öffnet sich ihr der Himmel durch ein Tor aus Vogelstimmen. Am Abend horcht sie mit den regungslosen Bäumen zu den Sternen. Und in der dunklen Nacht, nachdem sie sich dem Schlaf überlassen hat, wird alles auf den Boden ihres Selbst fallen, immer nur dorthin. Im Schlaf ist das so. Und wohl auch im Tod.

Tranströmer. Sie muss das morgen bei ihm nachlesen.

13

Sie schreckt auf.

Die Türglocke. Wer kann das sein? So kurz vor Mittag?

Als Julia vor ihr steht, sind es wieder die Haare des Mädchens, die ihr sofort ins Auge fallen. Das Verfilzte. Das Stumpfe. Eine Erinnerung steigt auf in ihr wie modriger Geruch. Und will gar nicht zu der Freude passen, die sie empfindet, als Julia durchs Zimmer geht, mit der Zeitung wedelt, alles Abgestandene wegpustet.

»Ich bringe Ihnen das Wochenblatt.« Julia reicht ihr die Zeitung. »Habe ich Ihnen ja versprochen. Ich fürchte nur, Sie werden enttäuscht sein.«

»Setzen Sie sich doch«, sagt sie und spürt jetzt ein neugieriges Kribbeln. Sie geht zum Schreibtisch, wo ihre Lesebrille liegt. »Auch eine Enttäuschung erkenne ich nur mit meiner Lesebrille.«

Ein Foto. Schwarz-weiß. Ihr Zopf, dünn wie Reisig. Ihre Unterschenkel, dünn wie zwei Stöcke. Du lieber Himmel! Wie eine Vogelscheuche hockt sie da. Eine Vogelscheuche in Wollsocken.

Sie sitzt auf der Bank. Unter einer Laube aus Blättern. Auch die Rhododendren sind zu sehen. Und zwischen ihnen die Lücke. Unter dem Bild stehen wenige Zeilen Text. »Marietta Stein. Neunundneunzig Jahre alt. Und immer noch fit.« Julia zieht die Zeitung zu sich. »Und so weiter. Blablabla.« Sie lässt die Zeitung in ihrem Rucksack verschwinden, zieht etwas Flaches heraus. Ein Computer.

»Das mit der ›Verabredung mit dem Tod‹ haben sie nicht übernommen. Wir sind doch kein Datingportal für Lebensmüde, meinte der Redakteur. Er hat's einfach nicht kapiert.«

Sie legt den Computer auf den Tisch, klappt ihn auf. »Ich habe hingeschmissen. Das Volontariat. Die können ihren Sch…«

Sie schaut auf.

»Scheiß«, sagt Marietta.

»Ja. Allein machen. Ich konzentriere mich aufs Fotografieren. Ich will auf die Akademie. Das wollte ich schon immer, das Volo war nur eine Zwischenlösung, hat nie richtig gepasst.« Ihre Stimme sprudelt durch den Raum wie Brausebläschen in einem Glas. »Jetzt bewerbe ich mich bei der Akademie. Und zwar mit Bildern wie diesen. Schauen Sie.«

Auf dem Bildschirm erscheint ein Bild. Das Bild einer sehr alten Frau, die eine Tasse hält. Da pustet sie wohl gerade in ihren Tee. Darüber, von der Mitte des Bildes aus, legt sich langsam ein weiteres Bild, bis es den gesamten Bildschirm einnimmt. Ihr Auge. Ein funkelnder See zwischen den zerklüfteten Ufern ihrer Lidspalte. Von der Seite schiebt sich ein neues Bild hinein, der Rücken ihres Sessels, darüber ihre Schultern, ihr weißes Haar, der weiße Zopf. Dann öffnet sich wieder ein neues Bild aus der Mitte, blauer Stoff, darauf eine einzelne weiße Haarsträhne wie ein Riss.

Und so geht es weiter. Die Bilder wechseln offenbar automatisch. Ansichten, aus deren Mitte sich eine Nähe öffnet wie eine unbekannte Blüte.

Julia hat sich zurückgelehnt, Marietta spürt ihren Blick auf sich ruhen.

Dieses Foto ist wohl entstanden, als Julia vor ihr auf dem Boden saß. Ihre Unterschenkel, die Wollsocken, das Kleid, ihr Schoß, darüber ihr Kopf wie ein ferner Schneegipfel. Dann wieder nur ein Ausschnitt, der Bund ihres Wollsockens, darüber ein heller Streifen Haut.

Ihre Hand auf dem Holz. Danach ein Bild, bei dem sie zweimal hinschauen muss, um ihre Hand zu erkennen, weil etwas Fremdes darüberliegt, ein bläulicher Schleier. Darunter feine, unregelmäßige Linien, ihre dünne, faltige Haut, wie sanfte Kräuselungen im Wasser sieht das aus. Und die Altersflecken, braune, kleine Inseln im gekräuselten Meer.

»Ende«, sagt Julia.

Marietta spürt Tränen in ihren Augen aufsteigen, überlaufen, herabrinnen. Julia verschwimmt. Und auch das Bild, das sie sich bisher von diesem Mädchen gemacht hat, scheint zu verschwimmen. Was macht Julia da nur mit ihrer Kamera und ihrem ganz eigenen Blick?

»Danke«, sagt Marietta. »Sie sind ja eine Künstlerin.«

Julia lächelt. »Danke, dass Sie sich darauf eingelassen haben.«

»Du bist da, weil Augen dich wollen. Oder so ähnlich. Domin. Oder Ausländer.«

»Bitte?«, fragt Julia.

»Nicht so wichtig. Eine Marotte von mir. Dauernd aus der Literatur zu zitieren. Eine Freundin hat mal gesagt, dass in meinen Gehirnwindungen genauso viele Lesezeichen stecken müssen wie in meinen Büchern.« Sie zeigt zum Bücherregal.

»Ich würde gerne noch weitere Fotos mit Ihnen machen«, sagt Julia. »Für die Bewerbungsmappe.«

»Manchmal haben Sie aber geschummelt«, sagt sie. »Zum Beispiel bei den Inseln im Meer. Noch ist meine Haut nicht blau.«

»Inseln im Meer?«, fragt Julia.

Marietta tippt mit dem Zeigefinger auf die Altersflecken auf ihrer Hand.

»Da steckt viel Bildbearbeitung drin. Wirklichkeit ist relativ. Und Schummeln auch«, sagt Julia. »Aber dass man an Inseln im Meer denkt, das wollte ich gar nicht.«

»Inseln im Meer.« Heute malt Julias Finger seine Denkspuren auf den Tisch. »Landschaften. Körper-Landschaften des Alters. So könnte ich mein Projekt nennen. Immer zwei Fotos mit demselben Motiv nebeneinanderstellen: Ein Foto, das zeigt, was ist. Fast dokumentarisch. Ein anderes, das einen Ausschnitt zeigt und ihn verfremdet, zur Landschaft, die das Leben geformt hat.«

»Mein Leben?«, fragt Marietta.

Julia nickt.

Mariettas Blick fällt auf die Couch. Auf ihr liegt die Einkaufstasche mit dem Block und den Malstiften, die hat sie gleich nach dem Frühstück besorgt. »Haben Sie den kleinen Jungen auch auf einem Foto? Der plötzlich dastand? Und dann weglief?«

»Ja. Warten Sie.« Julia zieht den Computer zu sich. »Ah, hier. Kam mir vor wie eine Erscheinung, als der Kleine da aus dem Gebüsch aufgetaucht und wieder verschwunden ist und dazwischen wie versteinert dastand.« Sie dreht den Bildschirm zu ihr. »Es ist ein bisschen unscharf.«

Der Junge flieht, raus aus dem Bild. Samt seiner schmuddeligen Jogginghose. Unscharf. Aber erkennbar.

»Können Sie etwas für mich tun?«, fragt Marietta. »Mit dem Foto rüber zu den Flüchtlingsunterkünften gehen? Fragen, wer er ist? Woher er kommt?« Und was ihm zugestoßen ist. Das sagt sie nicht.

»Warum wollen Sie das wissen?«, fragt Julia.

»Bitte«, sagt Marietta. »Dann können Sie wiederkommen und fotografieren.«

Auf der Couch schließt sie sofort ihre Augen. Die vielen Fotos auf dem Bildschirm haben sie angestrengt. Aber schön waren sie. Besonders. So wie Julia.

Sie weiß jetzt, woran sie die Haare erinnern. An die Haare der Ausgebombten, wenn sie in den Trümmern suchten, Asche und Dreck und Rauch in den Haaren. Solche Bilder sind wie Glutnester. Wie leicht sie immer wieder entfacht werden. Und mit dem Alter immer leichter. Während das, was sie entgegenzusetzen hat, immer mehr abschmilzt. Die Grenzen lösen sich auf zwischen damals und heute. Eine Durchlässigkeit, ein geräuschloses Gleiten hinüber und wieder zurück. Immer auch zurück.

Wie jetzt, zurück zum Jungen, den sie gleich treffen wird, zum Rendezvousgefühl, das sich in ihr schon wieder ausbreitet, zur Tasche mit dem Malblock und den Stiften, die schon an der Wohnungstür hängen.

»Ein Geschenk für den Enkel?«, hat die Verkäuferin im Residenz-Schreibwarengeschäft gefragt.

Julia könnte ihre Enkelin sein. Und der Junge ihr Urenkel. Dann wäre vieles anders.

Beim Hinsetzen ist es, wie es eben ist, wenn der Halt fehlt, die Parkbank hat keine Armlehnen.

Sie verschnauft.

Die Sonne hat sich schon hinter die Baumkronen geduckt, die Rhododendrenbüsche halten ihre Blütentrauben in den späten Nachmittag. Ihr Rot ist tief, schwer und rein, als könnte es sich erst jetzt ganz auf sich selbst besinnen, ohne Ablenkung durch das Mittagslicht.

Sie hebt den Malblock und die Schachtel mit den Stiften demonstrativ in die Luft, dreht und wendet sie, als müsste sie erst begreifen, was sich da im Innern ihrer Einkaufstasche verborgen hält, dann legt sie beides neben sich auf die Bank.

Und wartet.

Sitzt da zwischen Stock und Malsachen.

Summt sie weiß nicht was. Dreht ihren Stock in den Händen, schwingt ihn hoch durch die Luft wie eine Fahne und sagt: »Huhu. Ist da wer?« Stellt ihn wieder ab. Summt. Hustet möglichst laut. Tut so, als wollte sie aufstehen und der Stock rutschte ihr weg. Sagt: »Na, das war wohl nichts.« Und: »Dann muss ich wohl alleine malen.« Legt sich den Malblock auf den Schoß. Nimmt Grün heraus. Dreht den Stift hin und her: »Was soll ich denn malen? Was male ich denn?« Verrückt ist das, was sie hier aufführt, hoffentlich schaut ihr niemand dabei zu und denkt sich seinen Teil. Wie sie sich den ihren, denn jetzt hört sie Johanns Stimme: Das Gras, Mama. Zuerst das, was unten ist. Also beginnt sie am unteren Rand des Papiers. Malt das Gras. Dann einen hellblauen Himmel. Baumkronen. Darunter zwei Sträucher, dazwischen eine schnurgerade Schneise, als hätte Moses höchstpersönlich das rote Blütenmeer geteilt.

»Auftragsmalerei« hatte sie es genannt. Das war, als Heinrich der eingespielten Zweisamkeit zwischen Johann und ihr zuschaute, während einer seiner Heimaturlaube. Und darauf meinte, dass sie den Jungen verwöhnen würde.

Jetzt die Bank, Mama! Und dann dich. Und daneben mich.

Sie malt die Bank, den Stock, ihr blaues Kleid, die Unterschenkel mit den Wollsocken, zwei auf dem Kopf stehende Streichhölzer. Ihr graues Haar.

Aber dein Haar ist doch gar nicht grau, es ist weiß, Mama, ganz weiß.

Aber dann sieht man es ja nicht auf dem weißen Papier.

Nein, Mama, weiß, beharrt Johann in seinem Sinn für Genauigkeit. Ein Bild musste dem, was offensichtlich war, gerecht werden. Dein Haar muss weiß sein.

Damals war ihr Haar gelb wie das frische Stroh in Gittes Stall. Heinrichs Haare waren dunkel gewesen. Auch die von Johann.

Dem Jungen malt sie schwarzes Haar, eine blaue

Hose, tupft dunkelgraue Flecken darauf. Malt ihn, wie er vor der Bank steht. Ihren Stock hält.

Aber hier, vor ihr: nichts und niemand. Sie ist heute zu spät dran. Er hat sein Nest im Gebüsch wohl schon verlassen, ist drüben bei den anderen oder wo auch immer er ist, wenn er nicht in den Büschen hockt. Ob er auf sie gewartet hat? Und dann enttäuscht abgezogen ist? Vielleicht kommt er nicht wieder. Vielleicht ist es zerrissen, das Band zwischen ihnen, zart und frisch, wie es war, besiegelt mit nichts mehr als einem Riegel Schokolade. Sie wird ihn nicht wiedersehen.

Gestern im Radio. Was sie im SWR berichtet haben. Die Hatz auf das syrische Mädchen und ihren kleinen Bruder. In ihrem Bauch zieht es heiß hinauf, gleich wird die Angst sich entfachen, ihr Herz sich aufbäumen und davongaloppieren. Es folgt einem eigenen Gesetz. Sie hat es oft genug erlebt. Hastig faltet sie das Bild zusammen, steckt es zu Papierblock und Stiften in die Tasche. Stützt sich auf ihren Stock, mit der anderen Hand auf die Sitzfläche. Und hoch. Diesmal ist ihr Zurückfallen ungewollt und ein Hindernis. Eine Mahnung. Irgendwann wird es nicht mehr gehen ohne Rollator. Oder überhaupt. Wird sie es nicht mehr schaffen bis zur Bank. Irgendwann. Wann soll das sein, wenn man neunundneunzig ist?

Der zweite Versuch bringt sie in den Stand.

Sie geht über den Rasen zur Schneise, berührt mit dem Stock ein paar Mal die Büsche, als klopfte sie an. Geht weiter. Die Sträucher reichen ihr bis zum Kopf, das rote Blütenmeer könnte anschwellen und zusammenschlagen über ihr. Drüben markiert ein schmaler, gemähter Streifen die Grenze der Resi, vermutlich vom Gärtner bewacht, dahinter beginnt im struppigen Unterholz das Reich des Jungen. Sie geht weiter, ein, zwei, drei Schritte. Unter dem alten Laub lauern Wurzeln.

Der Oberschenkelhalsbruch ist eine der sieben Plagen des Alters, sagt Gisela in ihrem Kopf, was also um Himmels willen tust du hier?

Sie setzt ihre Füße langsam auf. Und hier, irgendwo hier befindet sich das Nest des Jungen. Wahrscheinlich huscht er auf allen vieren durchs Unterholz. Ihm klebten ja noch Blätter an der Hose. Für sie geht es jedoch nicht mehr weiter. Sie zieht das gefaltete Bild aus der Tasche, schaut sich um.

Auf der Erde liegt ein handtellergroßer flacher Stein, ein weiterer daneben, gut zum Beschweren. Aber bis zum Boden ist es weit, und sie will ja nicht umfallen und den Käfern Gesellschaft leisten. Also steckt sie das Papier in die enge Astgabel eines Bäumchens – ungefähr in Augenhöhe des Jungen.

Sie steht wieder im Blütenmeer, als vor dem Beet eine Frau erscheint, jemand vom Personal, den Namen auf dem Schild an der Bluse kann sie auf die Entfernung nicht lesen.

»Alles okay?«, fragt die Frau, sie bleibt brav auf dem Rasen. »Ich beobachte Sie schon eine Weile.«

»Mir geht es prima«, sagt Marietta und zieht ihren Stock aus der Erde. »Nur die Haltegriffe fehlen hier im Gestrüpp.«

Sie lacht, ein Lachen eingeklemmt zwischen Kehle und Mund, in ihrem Bauch schwelt die Angst noch immer, auch der Frau ist wohl nicht zum Lachen. Sie hat diesen Muss-ich-mir-Sorgen-machen-Ausdruck im Gesicht.

»Alles in Ordnung bei mir.« Marietta betritt wieder Land. »Ich habe noch fast alle Tassen im Schrank.«

Sie weiß genau, wonach das hier aussieht. Die Unordnung im Kopf, das Verlorengehen im eigenen Trakt, was einen früher oder später ins Nebenhaus führt und in die Memory-Wohngruppe. In der Resi fängt das genau so an: Jemand stochert und stochert mit dem Schlüssel in einem Türschloss auf der falschen Etage. Jemand steht im Aufzug und weiß nicht, wohin. Jemand trägt ein Schlafanzughemd unter der Jacke. Eine Neunundneunzigjährige verirrt sich im Park ins Gebüsch.

»Sie sind doch Frau Stein?«, fragt die Frau. »Vom dritten Stock?«

»Genau«, sagt sie, »ich wollte nur schauen, ob es eigentlich einen Zaun gibt, also ob die Resi eingezäunt ist.«

»Ja, es haben schon andere Bewohner in der Verwaltung nachgefragt. Machen Sie sich auch Sorgen wegen der Flüchtlinge, die jetzt da drüben untergebracht sind?« Die Frau zeigt Richtung Feld. »Offenbar kommen sie auch in den Park. Vielleicht brauchen wir einen Zaun.«

»Wie wäre es mit Sorgen um die Geflüchteten?«, sagt sie. »Ich brauche bestimmt keinen Zaun.«

Dass der Junge es nicht mehr zur Bank schafft, das darf doch nicht sein.

14

Nach dem Abendbrot geht sie gleich ins Bad, richtet sich fürs Zubettgehen. Und kann dann doch nicht schlafen. Ihr Körper fühlt sich so schwer und träge an, aber durch ihren Kopf wirbeln die Bilder des Tages.

Am ruhelosesten jedoch ist ihr Herz. So wird sie nicht in den Schlaf finden. Also macht sie sich auf den Weg, vom Bett zum Bad, wo der Morgenmantel hängt, und weiter zum Schreibtisch. Schiebt Tackes Ordner zur Seite. Schaut nach draußen in die Nacht. Irgendwo dort in den Sträuchern und Bäumen klemmt ihr Bild in einer Astgabel. Hoffentlich bleibt es trocken heute Nacht. Sie hätte es jetzt gerne hier auf dem Holz liegen. Um es anzuschauen. Weiter daran zu malen.

Sie schlägt die neue Kladde auf. Blättert durch die ersten Seiten, liest, was sie geschrieben hat. Wie kurz ihre Einträge sind. Tagesrückblicke einer Neunundneunzigjährigen.

Über was kann sie denn schreiben in der Nacht, wenn so viel von dem, was am Tag war, in Wahrheit unter Tage war. In den tiefen Stollen der Erinnerung, die seltsam hell ausgeleuchtet sind.

Über Tage. Unter Tage. Das Kinderbuch fällt ihr ein, das man unten im Schreibwarengeschäft kaufen kann. Der Maulwurf – ein Leben unter Tage.

Die Wiese neben Großmutters Garten. Das von dunklen Maulwurfshügeln durchbrochene Grün. Sie hatte mit Großmutter auf der Lauer gelegen. Bis ein Maulwurf sein Näschen aus den Erdhügeln in die frische Luft steckte. Und dann wieder abtauchte, zurück in seine Tunnel und Gänge, die weitverzweigt und tief unter ihnen lagen. »So tief wie unser Keller in Königsberg?«, hatte sie gefragt.

Maulwurf. Maul. Wurf. Er wirft die Erde mit seinen Schaufeln über die Grasnarbe, nicht mit dem Maul.

Sie schaut zum Bücherregal, zum Fach mit den Lexika. Wagt einen weiteren Übergang. Holt ihr etymologisches Wörterbuch.

26. Juni

<Maul> kommt von altdeutsch <Molte>: Erde.

Maulwurf meint: Erdwerfer.

Mit 99 bist du eine Erdwerferin.

Schaufelst und wirfst das Unterste nach oben, das Vergrabene an die Luft, die Vergangenheit in den Tag.

Erdhügel sind der Aushub des Erdinnern. Und für den Maulwurf der Weg ans Licht. Elias hätte das gefallen.

Die Psychoanalyse als Erdaushub. Patienten als Maulwürfe. Als Erdwerfer. Und am Ende der Stunde ist die Couch umgeben von Erdhügeln, über den ganzen schönen Teppich verstreut. Unter den Fingernägeln des Patienten und des Analytikers steckt schwarze

Erde. Aus dem Weg geräumter Widerstand, ausgebuddeltes Verdrängtes.

Morgen bringe ich Tacke seinen Neckar zurück. Und lasse mir einen anderen Fluss geben. Mal sehen, ob er gesprächiger wird, der tackige Tacke. Folgt keinen Flüssen mehr. Ausgetackert. Versickert. Liegt da mutterseelenallein in seinem Fernsehsessel. Findet Freunde »unnötig«. Was für ein Mensch ist er? Ein Solitaire. Und ich die Grüne Dame.

Julia. Ihre Fotos. Von mir. Himmel, mir steigt schon wieder die Rührung in die Augen. Dass mein müder Körper noch einmal auf so besondere Weise gesehen wird. Als vom Leben gezeichnete Landschaft.

Ob sie zu den Unterkünften geht? Und etwas in Erfahrung bringt über den Jungen? Auch seinen Namen?

Bestimmt findet er das Bild. Dann freut er sich hoffentlich. Und kommt wieder zur Bank.

Mein Knie. Meine dunkle Stelle.

Factum brutum. Den Begriff habe ich heute ausgebuddelt aus einem meiner Stollen. Du hast ihn hineingelegt, Elias. Vor langer Zeit.

Ach, Elias. Ich konnte auch mit David nicht darüber sprechen. Er saß da hinter seiner Couch, dieser kleine, stille Mann mit den großen Ohren. Nein, das meine ich nicht wörtlich. Er saß da und war so freundlich zu mir, und dabei hat keiner in seiner Familie überlebt.

Ich habe mit ihm über Mutter gesprochen. Über das Mädchen, das ich war. Zu Hause in Königsberg. Und zu Hause im Dorf, bei Großmutter. Danach hat

David mich gefragt. Ob das Dorf keinen Namen habe. Weil ich immer nur vom »Dorf« redete.

Unter dem neuen Namen finde ich es nicht mehr, und unter dem alten Namen habe ich kein Recht mehr darauf. So etwas in der Richtung habe ich gesagt. Und dann hätte ich vermutlich gerne geweint. Darüber, dass Großmutter und Großvater vermisst geblieben sind. Aber herrje. Vielleicht hätte ich das alles über David nicht wissen dürfen. Aber ihr wart ja Freunde, und ich bin oft dabeigesessen. Von wegen Abstinenz. Du konntest mich wohl nur einem Freund anvertrauen.

Hast du sie eigentlich nie bemerkt, meine nächtlichen Ausflüge auf deine Couch? Du hast nie etwas gesagt.

Der Junge, ich glaube, er kommt aus Syrien. Und ist fünf, sechs, höchstens sieben Jahre alt. Er hat fast schwarzes Haar. So wäre Johann mit mir hier in der Stadt angekommen.

Heute ist er nicht erschienen an unserer Bank im Park. Ich kann nicht aufhören, an ihn zu denken. Er passt genau in die Lücke in meinem Herzen.

Die Kirchturmuhr schlägt, sie zählt nicht mit, aber es ist noch nicht eins. Spät genug. Sie hat viel geschrieben. Niemand wird das je lesen. Und wenn es jemand versuchen wollte, er würde an der Handschrift scheitern. Ihr Schriftbild verliert an Kontur. Und die Zeilen haben einen Hang nach unten.

Sie ist so müde, kaum schafft sie es bis ins Bad, zum Bett, auf das Bett und ins Liegen.

Der Schlaf findet sie sofort und senkt sich mit ihr hinab.

Lauf, Johann! Lauf weg!!!

Und Johann läuft, von Großmutters Hof über das freie Feld, wie ein Haken schlagender Hase, dann der Schuss, und wie ein Hase geht Johann zu Boden. Johann!

Lauf, Johann! Lauf weg!!!

Vier Mal hört sie den Schuss. Vier Mal erstickt ihr Schrei unter der schweren Decke des Schlafs. Dann erst taucht sie auf aus dem Alb. Sie rollt sich auf die Seite, zieht ihre Beine heran, so weit es geht, sucht mit einer Hand die Stelle am Knie, krümmt sich wie ein Reiter über den Hals eines rasenden Pferdes, krallt ihre Finger ins Fleisch. Und weint.

15

Sie schlägt die Augen auf. Um sie ist seltsam halbes Licht. Ihr Mund ist trocken. Wasser, denkt sie, ein Glas Wasser. Tief in ihr ist ein Nachgeschmack. Etwas Wundes hat sich dort verkrochen. Und etwas Weiches liegt in ihren Armen, weich und darunter fest. Sie schließt die Augen. Öffnet sie. Schaut zur Seite. Die Nachttischlampe brennt. Auf dem Boden neben ihrem Bett steht der Koffer.

Das ungewohnt Vertraute, was da in ihrem Arm liegt. Sie schlägt die Decke zurück, schaut hin: Es ist Brummel. Wie kommt Brummel dahin? Jetzt erwischt sie ein Zipfelchen der Nacht. Sie ist zum Schrank gegangen. Hat den Koffer herausgenommen. Und dann aus dem Koffer den Brummel. Da neben dem Bett steht er, jetzt wieder geschlossen. Der Koffer, mit dem sie über das Eis geflohen ist. In der einen Hand den Koffer. In der anderen Hand eine Lücke. Johann. Lauf weg! Johann! Lauf weg! Der Schuss. Nun ist alles zurück. Wie hat sie geweint heute Nacht. So sehr geweint. Sie schließt die Augen. Macht sie wieder auf. Atmet. Ein. Aus. Spürt Atemzug für Atemzug tiefer hinein in dieses verlorene Sein, in dem sie sich nach dem Aufwachen finden muss, als hätte sie selbst sich im Schlaf wie einen Schlüssel verlegt.

Jetzt ist Morgen. Gleich gibt es Kaffee. Und ein

weißes Brötchen und rote Marmelade. Sie drückt den Bettknopf, wird gehoben, bis sie sitzt, Brummel setzt sie neben sich. Sie sagt: »Ich komme gleich wieder.« Im Bad muss sie verschnaufen, sie hat schon keine Kraft mehr. An der Küchenspüle holt sie sich ein Glas Wasser, öffnet die Wohnungstür und lehnt sie dann an. Sie wird heute im Bett bleiben. Den Kaffee möchte sie trotzdem.

Zurück im Warmen legt sie einen Arm um Brummel. »Wir beide«, sagt sie. Sie streicht ihm über das Fell, den Bauch, die abgewetzten Stellen.

Der Traum dieser Nacht. Der eigentlich ein Film ist. Mitgeschnitten vor langer Zeit und jederzeit abspulbar. Im Wachen. Im Schlafen. »Was stand denn heute wieder auf dem Nachtprogramm?«, fragte Elias sie einmal, als sie schreiend aufgeschreckt war in der Nacht und er mit ihr. Er nahm ihre Hand, aber sie wusste, es wurde sogar ihm manchmal zu viel.

»Frühstück«, ruft jemand.

»Im Bett«, ruft sie zurück und schiebt Brummel unter die Bettdecke. Das Wandlicht geht an.

»Alles gut bei Ihnen?«, fragt eine zierliche Frau, die nicht Frau Meier ist. Sie hält das Frühstückstablett in den Händen.

»Alles gut«, antwortet Marietta. »Ich brauche heute nur ein bisschen länger. Ich frühstücke im Bett.«

Brummel sitzt vor ihr auf der Bettdecke und schaut sie einäugig an. Wann hat er das Auge verloren? Davor? Danach? Auch ihr Schlafzimmer schaut einäugig hinaus in eine wolkenlose Welt. »Wollen wir nicht mal das Licht hereinlassen?«, hat die Frau vom Hauspersonal eben gefragt, als sie die Thermoskanne auf den Nachttisch stellte. Als ob sie ein Kind wäre – oder eine von den ganz Alten, die angeblich wieder werden wie die Kinder. Natürlich weiß sie genau, wie das hier aussieht: Eine Greisin spielt im Bett mit ihrem Teddybären. Seit ihrer Zeit als Grüne Dame weiß sie, was in den Schränken und Schubladen der Resi verborgen liegt – und hervorgeholt wird, wenn das Heimweh kommt. Hinübergerettetes.

Zauberdinge, mit denen die Alten in die Vergangenheit zurückkehren, so vollkommen zurück, wie nur die Alten es können. Wie die Frau aus dem vierten Stock mit dem Topflappen. Während sie weinte, schmiegte sie ihre nasse Wange daran, an den von der Mutter gehäkelten roten Topflappen, den sie in der Schublade ihres Nachttisches verwahrte. Und hervorholte, wenn sie wieder das kleine Mädchen war, das nach dem Topflappen griff, den die Mutter eben noch in der Hand gehabt hatte, in der Hast des Luftalarms – in der Angst, dass die Bombennacht dieses Mal alles verschlingen würde, und in der bangen Ahnung, dass sie dieses Stück Stoff, mit dem die Mutter immer die Pfanne hielt, später irgendwie brauchen würde.

Spitzendeckchen, Teddybären, Spielzeugeisenbahnen, Suppenterrinen, Puppen. Wie heißen diese russischen, ineinander verschachtelten Puppen noch gleich? Bei den Alten, denkt sie sich, liegt das kleinste Püppchen, das man weit innen wähnt, gleich unter der Haut.

»Du bist auch so ein Zauberding.« Sie streicht Brummel über den Kopf. »Pardon. Teddybär.«

Er hatte verloren ausgeschaut auf Großmutters vereistem Hof, und obwohl manche Filmsequenz aus diesen Tagen unscharf geblieben ist, so unscharf wie das Gefühl, am Leben geblieben zu sein, sieht sie unter all den von den russischen Soldaten auf den Hof geworfenen Dingen ganz klar den blauen Stoff, der einmal die Küchengardine gewesen war, den Jesus, der an seinem Kreuz an der Wand überm Küchentisch gehangen hatte und jetzt kopfüber in der eisigen Luft – und am klarsten sieht sie Brummel vor sich, den frostigen Flaum auf seinen großen Ohren und seinen traurigen Blick – da noch mit beiden Augen. Oder schon mit einem?

Eisig musste es auch für die Kühe sein, sie standen auf dem gefrorenen Boden hinter der Scheune, in deren Stroh die jungen russischen Soldaten schliefen. Und davor Wodka tranken. Ihr Lärmen war bis auf den Hof zu hören. Und wo waren Großmutter und Großvater?

Sie wollten dableiben, auf dem Hof, bei den Kühen, den Hühnern, den Schweinen, sie konnten das Vieh doch nicht im Stich lassen. Nicht sich selbst, nicht den Russen überlassen. »Aber du, Marjellchen, du geh. Geh und such die Eltern.«

Und jetzt stand sie vor dem, was die Soldaten durch die Tür und die Fenster geworfen hatten, dem Heimeligen und Heiligen, was nun nur noch ein Haufen war, ein Scheiterhaufen, so kam es ihr vor, auf dem ihr bisheriges Leben und was ihr lieb gewesen war in dieser eisigen Luft lichterloh brannte und in Rauch aufging. Sie konnte es vor sich brüllen hören, irr vor Schmerz, und hinter sich auf der Treppe zum Hof, dort, wo Großmutter immer ihren Arm um sie gelegt hatte, während sie den Hühnern zuschauten, dort auf der Treppe spürte sie etwas dunkel Bedrohliches, sie hätte sich nur umdrehen müssen, dann hätte sie sie gesehen, die russischen Soldaten in ihren harten Stiefeln und bauschigen Hosen, nur vielleicht waren sie da auch gar nicht und sie kamen erst später in ihre Träume. Breitbeinig standen sie auf der obersten Stufe der Treppe, lachten, rauchten, fassten sich mit der Hand in den Schritt, würgten und spien vor sich, die Stufen hinab.

»Mit einem Auge bist du davongekommen«, sagt sie und zieht Brummel zu sich. »Ich wüsste gern, wo das andere geblieben ist.«

Sie sagt es leichthin, während schwer, immer noch schwer die andere Frage wiegt – was, wenn sie nicht geschrien hätte: Lauf, Johann! Lauf weg!!! Wenn sie nicht hätte schreien können. Sich den Mund zugehalten hätte. Dann wären sie zusammen in Gertruds Haus angekommen, sie und Johann.

Immer und immer wieder hatte sie es sich so vorgestellt, auf dem Bett in ihrer Dachkammer, in der Nacht, am Tag, mit offenen und mit geschlossenen Augen. Sie hatte das Drehbuch umgeschrieben. Bis der Film, gegen ihren Willen, wieder im Original ablief.

Wie heute Nacht. Sie weiß es ja. Das, was passiert ist, liegt sicher verwahrt im Archiv ihres Leibes. Auch das, worüber sie mit niemandem, nicht einmal Elias, gesprochen hat. Über ihre Schuld. Sie setzt Brummel neben sich. »Erinnerst du dich, wie du jeden Abend neben Johanns Kopf gesessen hast? Er wollte dich nicht neben sich legen. Brummel passt auf, sagte er.«

Sie drückt ihn an sich, wiegt sich und ihn hin und her. »Und dabei sind es doch die Mütter, die auf ihre Kinder aufpassen müssen.« Ihr kommen die Tränen. Sie wischt sie mit dem Handrücken weg. Es ist genug.

Im Fenster steht rein und blau der heutige Himmel. Draußen ist kein Eis, sondern ein Junitag, die Sonne scheint. Auch für den Jungen. Vielleicht streicht er heute dann wieder durchs Gebüsch. Sie darf ihn nicht noch einmal verpassen.

Vorher wird sie Tacke den Ordner zurückbringen. Schauen, wie es ihm so geht. »Ich räume den Koffer mal weg, Brummel«, sagt sie. »Du kannst draußen bleiben. Soll das Personal doch denken, was es will.«

16

Der Türöffner summt. Sie geht durch das schummrige Licht des Wohnungsflurs. Tacke sitzt am Tisch. Vor ihm liegt einer seiner Ordner. »Ah, Sie sind das.«

Er trägt wieder Hemd und Pullover, unter dem Tisch stecken seine Füße in den grauen Pantoffeln.

»Flusserinnerungen?«, fragt sie.

»Isar.« Er blättert um.

Zuvorkommend ist er nicht gerade, aber das weiß sie ja. Sie steht da im Raum, hält den Ordner im Arm wie vorhin den Brummel, er wird ihr langsam schwer. »Ich bringe Ihnen den Neckar zurück.« Sie geht zum Regal und füllt die Lücke zwischen Mosel und Oder. »Darf ich mich setzen?«

»Wenn es sein muss«, sagt er und zieht den Ordner zu sich, sodass er exakt parallel zur Tischkante liegt.

In der Ecke steht einsam ein zweiter Stuhl, den holt sie sich. Als sie sich auf dem Tisch abstützt, ist er so wackelig, wie sie sich fühlt. Einer dieser Tische aus den Fünfzigern oder Sechzigern, mit hellblauer Resopalplatte und konisch zulaufenden Holzbeinen. Ein Tisch, zwei Stühle, der Fernsehsessel, die Regale. Tacke hat offenbar auch Auslese gehalten, als er in die Resi gezogen ist. Es sei denn, in seinem Zuhause ging es ähnlich spartanisch zu wie hier.

»Ich bin dem Neckar bis zur Rheinmündung gefolgt. Und Ihnen«, sagt sie. »Hat Spaß gemacht. Danke.«

Tacke ist versunken in die Isar, zumindest tut er so, sie kennt das von ihren Schülern, früher, wenn sie befürchteten, aufgerufen zu werden, und sich regungslos und scheinbar konzentriert über ein Blatt oder ein Buch beugten. »An vielen Stationen Ihrer Reisen war ich noch nicht. Am Hölderlinturm in Tübingen schon. Das haben Sie wunderschön eingefangen. Die Schwäne, ihre Spiegelungen im Wasser, die Flussweiden.«

Immer noch scheint die Isar vor ihm interessanter zu sein als der Neckar und das Gespräch mit ihr. »Kennen Sie Hölderlins Gedicht Hälfte des Lebens?«, fragt sie.

»Gedicht?« Auch diesen Blick kennt sie von ihren Schülern.

»Ich kann es auswendig.« Sie beginnt, die Verse aufzusagen. Als sie zu den sprachlosen Mauern und klirrenden Fahnen kommt, rieselt es ihr kalt ins Herz.

»Soll mich das aufmuntern?«

Das Ähnlichkeitsprinzip funktioniert bei Tacke also nicht. Er gehört nicht zu denen, die sich von Worten berühren lassen, die zur eigenen Not passen. »Hölderlin hat noch ein weiteres Gedicht geschrieben. Der Neckar. Ein Lobgesang auf dessen Schönheit. Ich kann Ihnen das Buch holen.«

»Nicht nötig.« Tacke schaut ins Leere.

»Hälfte des Lebens«, brummt er.

Aha, denkt sie. Hölderlin hat ihn doch erreicht.

»Hälfte des Lebens«, wiederholt er. »Schön wäre es.«

»Nun ja, das Leben kann zu allen Zeiten mitten entzweigehen«, sagt sie.

Tacke wendet sich wieder der Isar zu. Blättert um.

»Nicht nur in seiner Hälfte. Auch mit neunzig«, ergänzt sie.

»Hab's kapiert«, sagt Tacke. »Lassen wir das.«

Oder während du noch ein Kind bist, zerbricht dein Leben schon. Sie denkt an den Jungen. »Haben Sie gesehen, drüben sind jetzt Flüchtlinge untergebracht.« Sie zeigt zum Fenster. »Ich habe gehört, die Resi will einen Zaun errichten.«

»Richtig so. Die sollen da bleiben, wo sie sind. Oder noch besser: Dahin zurückkehren, wo sie hergekommen sind.«

»Da ist Krieg. Sie wissen schon: Bomben, Raketen, Tote und so.« Er muss doch wissen, was das bedeutet. Er hat den Krieg doch selbst erlebt.

Als Nazi, hört sie Gisela. Mitsamt seinem Hitlerbärtchen.

So reagiert aber keine Grüne Dame. »Wo waren Sie denn im Krieg?«

»Flakhelfer. An der Acht-Acht-Flugabwehrkanone. Mit siebzehn.« Er fährt sich mit der Hand in den Hemdkragen, weitet ihn, wie Männer es tun, wenn es eng wird.

So, so Flakhelfer, denkt Marietta. Es gibt das Gerücht, Tacke sei in der Waffen-SS gewesen.

»Und die da ...« Seine Hand fährt Richtung Fenster durch die Luft, als wolle sie ein paar Insekten verscheuchen. »Wir haben schon genug Probleme.«

Mit seinem gestärkten Hemdkragen und dunkelblauen Pullover sieht Tacke ziemlich preußisch aus.

Und sein Gesicht: tipptopp rasiert. Ums Bärtchen herum. Sie kann sich Tacke gut als Soldat vorstellen. Mit einem Stahlhelm. Oder mit dem Totenkopf der SS auf seiner Mütze. Durch ihr von der Nacht aufgeriebenes Inneres zieht etwas Bitteres, Scharfes.

»Wissen Sie eigentlich, dass das unter Ihrer Nase nur ein zurechtgestutztes Kaiserreich ist?«

»Bitte?«

»Hitlers Bärtchen war in Wahrheit ein zurechtgestutzter Kaiser-Wilhelm-Bart.« Sie malt mit den Händen die nach oben gezwirbelten Bartenden vor ihr Gesicht. »Zurechtgestutzt, damit der Schnauzer bei den jungen Kerlen unter die Gasmasken passte. Im Ersten Weltkrieg.«

»Keine Ahnung, wovon Sie sprechen.« Tacke klappt den Ordner zu.

Das war's, denkt sie. Tacke wird mich nie mehr reinlassen.

Sie versucht ein Lächeln. »Nicht so wichtig.«

»Ich habe keine Lust darauf, dass mir die Haare vollends ausfallen«, sagt Tacke. »Und auf all das andere auch nicht. Das habe ich dem Arzt gestern gesagt. Die können ihre Chemo ohne mich machen.«

»Wollen Sie darüber sprechen?«, fragt Marietta.

»Können Sie mitnehmen.« Tacke tippt mit dem Finger auf den Ordner und steht auf. »Die Isar bei Bad Tölz. Oder Lenggries. Ideal zum Flusswandern. So klares und erfrischendes Wasser haben Sie und Ihr Hölderlin noch nicht erlebt.«

Der Lachs schwimmt in Sahnesoße. Sie zerdrückt eine Salzkartoffel, mischt sie hinein. Der Brei zergeht sämig im Mund. Ob Tacke gerade auch Lachs in Sahnesoße isst? Oder eine leberschonende Diät? Vielleicht ist ihm auch der Appetit vergangen. Er hat abgenommen, das ist ihr eben aufgefallen. Er sieht anders aus als früher, wenn er ihr auf dem Flur begegnet ist oder im Restaurant. Jeder verändert sich hier. Wird krummer, kleiner, dünner. Unter dem Schleifstein des Alterns. Aber Tacke hat Krebs, das schleift noch mal ganz anders ab. Und er will keine Chemotherapie machen. Das auszusprechen hat er sich ja schön für das Ende ihres Besuchs aufgehoben. Elias hatte das manchmal erzählt, beim Abendessen unter der Pendelleuchte, ihrem Mond, der auf sie beide schien, dass ein Patient das Wesentliche erst bei der Verabschiedung preisgegeben hatte, sozusagen mit dem Händedruck und kurz bevor er aus der Tür war. Mal sehen, ob Tacke beim nächsten Besuch bereit ist, darüber zu sprechen. Ohne Chemo wird es wohl noch schneller gehen. Oder es ist so oder so nichts mehr zu machen und die Ärzte bieten ihm die Therapien als Ablenkung von genau diesem Wissen an und er kann sich darauf einlassen oder der Sache ins Auge sehen. Gisela hatte sich nicht ablenken lassen. »Taschenspielertricks« nannte sie die ganzen Behandlungsvorschläge. Und dass sie auf ihren letzten Metern nicht damit anfangen wolle, sich in die Tasche zu lügen. Wo doch das letzte Hemd eh keine Taschen habe.

Und jetzt Tacke. Vielleicht gehört das zu seiner kruden Art, sich seinen Tod nicht weichzukochen. Er ist schon ein unangenehmer Zeitgenosse. Und wenn das stimmt mit der Waffen-SS. Himmel noch mal. Dann ist er einer von denen, die es immer noch nicht besser wissen. »Die Flüchtlinge sollen dahin zurückkehren, wo sie herkommen.« Das hat er gesagt.

Was, wenn sie sich damals begegnet wären? Sie denkt an die deutschen Soldaten, die ihnen den Weg wiesen, über das Eis: »Zehn Meter Abstand zum nächsten Wagen halten!« Trotzdem verloren sich Unzählige im Nebel, brachen ein ins Eis und in die tödlichkalte See. Tacke, ein junger Soldat. Und sie, ein Flüchtling.

Sie legt Gabel und Messer auf dem Teller ab, der immer noch bedeckt ist mit Soße, auch den Lachs schafft sie nicht ganz. Sie will den Jungen heute nicht wieder verpassen. Ob Julia wohl etwas über ihn in Erfahrung bringt? Sie wird es versuchen, da ist Marietta sich sicher. Sie beide haben ja eine unausgesprochene Abmachung: Auskünfte zum Jungen gegen Fotos für die Bewerbungsmappe. Daher wird Julia mit dem Foto des Jungen zu den Containern gehen, seine Eltern oder wen auch immer finden, jemanden, der den Jungen kennt. Und dann wird sie mitsamt ihrer Kamera zurückkommen. Und mit Informationen. Durch die offene Tür kann sie Brummel auf dem Bett sitzen sehen. Sie wird ihn mit auf die Couch nehmen. Sieht ja niemand.

Sie legt sich Brummel in die Kuhle zwischen Arm und Brust. »Na, wie geht es heute«, flüstert sie ihm ins Ohr. Sein Fell kitzelt sie am Hals. Sie krault ihm den Bauch.

Sicher gibt es in Tackes Schrankfächern weder einen Teddy noch sonst etwas Vertrautes, Heimeliges. Bei ihm kann sie sich das einfach nicht vorstellen. Er hat ja keine Kinder.

Und Gisela? Ob sie in ihrem Schrank etwas verborgen gehalten hatte? Außer ihren Briefen? Wer weiß. Auf jeden Fall hatte Gisela ihre Blumen. Und eine Melodie. Die sie summte, wann immer sie sich unbeobachtet glaubte oder Mariettas Anwesenheit zu vergessen schien.

»Was summst du da eigentlich immer?«, hatte sie Gisela gefragt, als sie sich schon näher waren und allmählich anfingen, sich gegenseitig ihre Marotten anzuvertrauen.

»Mendelssohn«, antwortete Gisela und sang: »Denn er hat seinen Engeln befohlen über dir, dass sie dich behüten auf allen deinen Wegen.« Sie stellte die Teetasse ab. »Und einmal war er wirklich zur Stelle.«

»Wer?«, fragte Marietta.

»Ein Engel.« Gisela lehnte sich in ihrem Ohrensessel zurück. »Die Russen haben meine Tante erschossen.«

»Klingt nicht nach einem Engel, der zur Stelle war«, sagte Marietta, aber Gisela sprach schon weiter. Die Schwester ihrer Mutter, Tante Clara, sei Gutsherrin gewesen auf Ländereien südlich von Güstrow im Mecklenburgischen. Und gegen Ende des Krieges hätten sie sich dorthin geflüchtet, um dem Elend in den Städten zu entkommen. Und um wieder vereint zu sein, wenigstens die Frauen. Ihre Schwester Edith, ihre Mutter und deren Mutter, also ihre Großmutter, seien aus Leipzig angereist. Sie selbst aus Berlin, wo sie eine Ausbildung gemacht habe, »du weißt ja, ich war auf der Handelsschule«.

Wie ähnlich unsere Lage damals war, dachte Marietta. Mit einem Unterschied: Ich war selbst schon Mutter. Und verantwortlich für Johann.

Gisela erzählte weiter: »Als ich im Torbogen ankam, liefen meine Mutter und Edith mir entgegen, sie hielten sich an den Händen und mit der freien Hand winkten sie mir zu. Hinter ihnen ging Großmutter mit kleinen trippelnden Schritten. Und dort, unter dem Torbogen, lagen wir uns dann in den Armen.« Gisela schluckte. »Wir hatten uns wieder.« Ihre Stimme zerbröselte wie trockenes Herbstlaub.

Erst dann habe sie bemerkt, dass eine von ihnen doch fehlte, sie habe nach Tante Clara gefragt und im Blick ihrer Großmutter sofort erkannt, dass etwas Furchtbares geschehen war. »Erschossen«, habe Großmutter geflüstert. »Die Russen sind da.«

Die Russen sind da, wiederholte Marietta bei sich. Wie vertraut dieser Satz ihr war. Und wie angefüllt mit Grauen.

Aber dies war Giselas Geschichte. Nicht ihre. »Und dann?«

Dann habe Gisela sie auch gesehen, die Soldaten, einer schlenderte lässig über den Hof, ein anderer lief die Treppe hoch, nahm zwei Stufen auf einmal, die Flügeltür zu dem, was einmal Tante Claras Empfangshalle gewesen war, stand weit offen. Ein weiterer Soldat lehnte rauchend am Stamm der großen Eiche, und der habe dann etwas in ihre Richtung gebrüllt, es habe roh geklungen und fremd, nur nicht für Großmutter, die in Vilnius aufgewachsen war und russisch sprach. »Wir sollen verschwinden«, habe Großmutter gesagt. »Ihr dürft nicht auffallen, Mädchen. Habt ihr das verstanden? Nicht auffallen!« Gisela schaute ins Leere, dann räusperte sie sich. »Der Krieg ging zu Ende. Und die Zeit der Zwangsarbeit begann.«

An dieser Stelle machte Gisela eine längere Pause und schüttelte eine Weile mit dem Kopf, als wollte sie heute verneinen, was schon damals nicht hätte wahr sein dürfen. Gisela schaute sie an: »Jetzt kommt der Teil mit dem Engel.« Ihre Stimme war jetzt wieder ganz und fest.

Gisela und Edith hatten auf dem Feld arbeiten müssen, vom ersten Tageslicht an, bis es dunkel wurde. Die Mutter in der Küche und am Brotofen. Nur hundert Gramm Brot pro Person und Tag kamen davon bei ihnen an – wenn die Mutter nicht heimlich etwas abzweigte. Ein Laib weniger fällt niemandem auf, beruhigte sie die Großmutter. Wir backen zwanzig Brotlaibe pro Backgang und ich weiß nicht wie viele am Tag.

Jeden Morgen, nachdem ein Soldat an die Tür ihres Zimmers im Nebengebäude gedonnert hatte, das sie sich allesamt teilten, und noch bevor sie die steile Holztreppe auf den Hof hinunterstiegen, jeden Morgen nahmen sie sich an den Händen und sangen gemeinsam. Auch wenn nur Zeit für ein paar Takte war.

»Die Lieder waren uns geblieben«, sagte Gisela.

»Ja, von der Musik hast du mir erzählt«, antwortete Marietta. »Ihr habt immer viel zusammen musiziert. Gesungen. Und Klavier gespielt.«

»Genau«, warf Gisela ein. »Wir sangen sogar mehrstimmig. Und Mutter spielte wundervoll Klavier. Und Edith auch. Vor dem Krieg.«

Jetzt waren die Russen da. Dennoch hätten sie ihn mehrstimmig gesungen, »du weißt schon, den Mendelssohn«.

Immer hätten sie Angst gehabt, dass eine von ihnen am Abend nicht zurückkehren würde. Zusammengebrochen vor Schwäche. Oder erschossen, warum auch immer.

Sie waren so unberechenbar, die Soldaten.

Einmal hatten sie die Kartoffeln anhäufeln müssen, Gisela und Edith, die Städterinnen, waren immer langsamer als die anderen Frauen und Mädchen. Als sie ein ganzes Stück zurückgefallen waren und die Pflanzreihen vor ihnen noch immer endlos schienen, ließ ihre Angst sie hektisch werden, sodass sie mit ihren kleinen Hacken die Erde nur noch andeutungsweise anschoben an die Pflanzen – und wieder wussten sie nicht, wie dieser Tag heil zu Ende gehen sollte. Da kam der Soldat, der sie beaufsichtigte, näher. Er lächelte, schob sie zur Seite, während er etwas zu ihnen sagte. Sanft. »Er war so jung.« Gisela schloss einen Moment die Augen, sie hatte sich den Klang seiner Stimme wohl aufbewahrt, irgendwo tief drinnen. »Und stell dir vor, Marietta, dann hat er mit uns die Reihen gehäufelt, bis wir wieder gleichauf mit den anderen waren.«

»War das der Engel?«, fragte Marietta. »Der Soldat?«

»Eben nicht.« Gisela schüttelte den Kopf, bevor sie weitererzählte. Dass sie am Tag darauf wieder zurückgefallen seien, dass der Soldat diesmal auf einem Stuhl am Rande des Felds gesessen habe, sein Hemd aufgeknöpft bis hinunter zum Bauch. Dass er aufgestanden und auf sie zugegangen sei, auf eine betont lässige Art, in der einen Hand die Peitsche, dass er vor ihnen stehen geblieben sei und sie angeschaut habe. Und dass er nicht mehr lächelte. »Und dann schlug er erst mir und dann Edith ins Gesicht.« Gisela legte ihr Gesicht in ihre Hand, als brennte es noch immer.

»Warum hat er das getan?«, fragte Marietta.

»Wer weiß das schon?«

»Und der Engel?«

»Der kommt jetzt«, sagte Gisela.

Und nun erzählte sie Marietta ihre Engelsgeschichte. Und ein paar Tage später wieder. Und letztlich so oft, dass es Marietta schließlich vorkam, als wäre sie dabei gewesen. Und als hätte es sich genauso zugetragen, obwohl man sich das eigentlich nicht vorstellen konnte. So unglaublich war es. Aber vielleicht gehörte das ja dazu, zur Kunst des Überlebens, den unglaublich dunklen Geschichten, die der Krieg den Menschen ins Leben schrieb, ebenso unglaublich helle, tröstliche Geschichten entgegenzusetzen. Auch wenn man dafür ein bisschen schummeln musste.

Auf dem Gut gab es eine Remise, in der die Kutschen standen, der hölzerne Pflug, die Hacken und Sensen. Aber jetzt war sie leer, die Russen hatten alles geplündert. Manchmal gingen Edith und Gisela hinein, standen dort eine Weile, schwiegen, wie in einem Kirchenraum sei es ihnen vorgekommen. Und dann, eines Abends im Sommer, entdeckten sie dort den Flügel, Tante Claras Flügel, er war den Russen im Salon wohl im Weg gewesen und darum in die Remise gebracht worden. Und da stand er jetzt. »Wie ein trauriges, verstummtes Tier.« Gisela und Edith seien sofort zur Großmutter gelaufen und hätten es ihr erzählt. Und Großmutter wiederum sei sofort zu ihrem Bett gegangen, also zu dem, was damals ihr Bett gewesen sei, einer alten Tür mit einem Strohsack darauf. Sie habe zwischen Strohsack und Holz gegriffen und die Noten hervorgezogen, den Mendelssohn, sie hatte diese Habseligkeit heimlich aus einem der Haufen mit den geplünderten Dingen gerettet. »Kommt, Mädchen, kommt«, sagte sie und wedelte mit den Noten.

Als sie nun wieder in der Remise standen, kam diese ihnen nicht mehr vor wie eine Kirche, sondern wie ein Konzertsaal, einer mit vermutlich herrlicher Akustik.

Großmutter setzte sich auf den Klavierhocker, Gisela und Edith stellten sich rechts und links neben sie. Großmutter strich die Blätter auf dem Notenhalter glatt, fing an zu spielen, und dann sangen sie, dreistimmig, und die Großmutter sang und begleitete dabei auf dem Klavier. Sie sangen in den hohen leeren Raum. Es klang wundervoll.

An dieser Stelle ihrer Erzählung fing Gisela leise an zu singen: »Denn er hat seinen Engeln befohlen über dir, dass sie dich behüten.« Und dann sagte sie: »Wir vergaßen alles um uns herum, es war wie früher. Vor dem Krieg.«

Bis sie Schritte hörten.

Ein russischer Soldat kam auf sie zu, mit zackigen Schritten, er war sehr groß, sein Hemd hing ihm bauschig aus der Hose, und die Absätze seiner Stiefel knallten auf dem Steinboden. »Singt weiter, Mädchen«, flüsterte Großmutter. »Um Gottes willen singt weiter.« Und das taten sie, auch noch, als der Soldat sich schließlich zu ihnen hinter den Flügel stellte. Und so sangen sie, sie sangen mit zitternden Stimmen, sangen um ihr Leben.

»Dass sie dich behüten auf allen deinen Wegen.«

Der Atem des Soldaten ging schnaufend. Gisela konnte den Alkohol riechen, so nah stand er bei ihnen.

»Dass sie dich auf den Händen tragen und du deinen Fuß nicht an einen Stein stoßest.«

»Und dann, Marietta, geschah das Unmögliche.« Hier zitterte Giselas Stimme, wie sie damals beim Singen gezittert haben musste. Der Soldat sagte etwas auf Russisch, dann machte er einen Schritt zurück und noch einen, und dann ging er am Flügel vorbei Richtung Ausgang. Aber er ging ja nicht, nein, er schlich, er schlich auf Zehenspitzen über den Steinboden und durch den leeren Raum, in dem Großmutter, Edith und Gisela weitersangen. Bis zur letzten Note. Erst dann nahm Großmutter die Hände von den Tasten, Marietta stellte sich immer vor, dass sie es sehr langsam tat und dabei ihren Kopf einzog, als wagte sie sich aus der Deckung und als rechnete sie dennoch mit einem Hinterhalt.

»Unglaublich«, sagte Marietta nach einer Weile. »Was hat der Soldat nur gesagt?«

»Das haben wir Großmutter hinterher auch gefragt.« Gisela räusperte sich. »Er sagte: Die Mädchen beten ja zu Gott.«

Gisela weinte. Jedes Mal aufs Neue.

»Wie gut, dass deine Großmutter bei euch war«, sagte Marietta vorsichtig. »Und euch zum Weitersingen angetrieben hat.«

»O ja«, antwortete Gisela. »Sie war der Engel. Das ist aber noch nicht alles.« Hier machte Gisela jeweils eine lange Pause, bevor sie weitersprach. »Erst als wir aufgehört hatten zu singen, erst dann haben wir die anderen entdeckt. Die anderen Männer. Ihre Gesichter. Sie schauten durch die offenen Fenster hinein. Sie mussten dort schon die ganze Zeit gestanden haben, zehn, zwanzig Soldaten. Und was danach geschah, glaubst du nicht.«

»Nun sag schon.«

»Als wir schließlich an ihnen vorbeigingen, kam einer auf mich zu und reichte mir die Blüte einer Heckenrose, einer weißen, wie sie an der Wand der Scheune wuchsen. Über seine unrasierten Wangen liefen ihm Tränen. Ich habe nicht verstanden, was er zu mir gesagt hat, aber es klang sanft.« Giselas Stimme brach. »Fast zärtlich.«

Sie schaute eine Zeit lang ins Leere, bevor sie zu ihrem Schlusssatz kam: »Am schlimmsten war die Willkür.« Und damit beendete sie ihre Erzählung. Es war ihr Schlussstrich unter das, was sie zu sagen hatte, sooft die Rede auf den großen Krieg kam. Was die Willkür ihr, der Großmutter, Mutter und Schwester sonst noch angetan hatte, erfuhr Marietta nicht. Wenn sie fragte, winkte Gisela ab. »Ist vorbei. Sind ja nur alte Geschichten.« Und dann, nach einer Pause, in der sie die Augen schloss, fügte sie hinzu, und in ihrer Stimme lag etwas Beruhigendes, Tröstendes: »Wir haben ja überlebt.«

Ja, ich habe überlebt, denkt Marietta und hält Brummel in die Luft über ihr Gesicht.

Und bleiben von allem wirklich nur die Geschichten?

Sie sollte langsam aufstehen von der Couch und sich richten für den Park. Die Tasche mit den Malsachen und der Schokolade liegt schon bereit. Ja, es sind nur Geschichten, die man sich und den anderen erzählt. Wieder und wieder, bis das Erlebte in der Erzählung ganz und gar aufgegangen ist. Brummel sitzt auf ihrer Brust und blickt sie einäugig an. Jetzt fällt es ihr wieder ein. Er muss das Auge später verloren haben. Sie kann sehen, wie sie ihn auf Großmutters Hof an einem seiner Arme aus dem Haufen zieht, ihn vor sich hält, wie traurig er sie da anschaut, aus beiden Augen. Wie sie ihn aus dem Haufen rettet, auf den die Russen alles geworfen hatten, was ihnen im Haus im Weg gewesen war. Wie sie auch den Koffer rettet und das Album mit den Fotos. Wie sie dasteht und friert. Und wie sie begreift, dass sie fliehen muss. Über das Eis. Und dass sie sich schon vor Tagen dem Treck hätte anschließen sollen, der jenseits der Felder vorbeigezogen war. Sie wird ganz allein aufbrechen müssen. Sie hört die russischen Männer auf der Treppe zum Hof, sie würgen Ekliges hoch und spucken es aus. Sie spürt sie hinter sich. Sie sind über ihr. In ihr.

Wieder denkt sie an Gisela, wie ihr die Tränen liefen, wann immer sie vom Soldaten mit der Heckenrose erzählte.

Die wieder und wieder erzählten Geschichten, sie bewahren unsere Gefühle, aber sie verändern sie nicht. Unser Schmerz, unsere Trauer, sie sind in unseren immer gleichen Erzählungen eingeschlossen wie eine Fliege im Bernstein.

17

Sie starrt auf die Lücke in den Rhododendrenbüschen. Mit der linken Hand hält sie den Stock, die rechte ruht neben ihr auf der Bank auf der Tasche mit dem Malzeug. Über ihr in der Kastanie singt eine Drossel. So viel Klang aus so wenig Körper.

»Der liebe Gott hat der Singdrossel für jedes Lied, das sie kennt, einen braunen Punkt auf die Brust gemalt«, hatte Großmutter ihr erklärt, während sie in der Abenddämmerung auf der Treppe zum Hof saßen und den Vögeln zuhörten.

»So viele Lieder kennt sie?«

»Ja, und horch, sie singt jede Melodie gleich mehrere Male hintereinander.«

»Warum?«

»Sie will sie sich merken«, antwortete Großmutter. »Ihr fallen ja immer neue ein.«

In der Lücke zwischen den Büschen tut sich immer noch nichts. Sie wartet, sie weiß nicht, wie lange schon.

»Na endlich«, sagt sie, als der Junge schließlich auftaucht, und dabei breitet sich ein warmes Strahlen in ihr aus. Und auch auf dem Gesicht des Jungen sieht sie so etwas wie Freude oder doch zumindest ein Erkennen, er kommt über das Gras auf sie zu, bleibt vor ihr stehen.

»Da bin ich aber froh.« Heute ist er in kurzer, sauberer Hose. »Komm, ich mach dir Platz.« Sie legt die Tasche auf die andere Seite, dann lehnt sie den Stock an die Bank. Der Junge berührt die Sitzfläche mit der Hand, dreht sich um, lehnt sich rücklings dagegen.

Ob er ihr Bild wohl gefunden hat? Oder es gar bei sich trägt?

»Ich beiß schon nicht«, sagt sie.

Er zieht sich hoch in den Sitz.

»Jetzt aber«, lacht Marietta, aber der Junge schaut mit hängendem Kopf auf seine Füße, die Hände lässt er rechts und links aufgestützt auf dem Holz. Also macht sie es ihm nach und schaut vor sich auf das Gras. Auf ihre grauen Wollstrümpfe, ihre Birkenstocksandalen. Auf seine Füße, die in Turnschuhen stecken, die wohl einmal weiß gewesen sind, und die er vor- und zurückbaumeln lässt. Die Wölbung seiner Wade, vollkommen wie ein braunes Ei. Sie würde gerne mit dem Finger darüberstreichen. Der Junge hebt jetzt beide Füße gleichzeitig an und lässt sie wieder fallen. Noch einmal. Und noch einmal. Wann hat sie das zuletzt getan? Als sie so alt war wie er? Das wäre doch etwas, das nach neunzig Jahren noch mal zu tun. Aber ihr Wille kommt nicht an in ihren Muskeln, ein Wollen ohne Kraft ist das. Alle kleinen Kinder zappeln so mit den Beinen, wenn sie eigentlich still sitzen sollten.

Johann konnte das lange nicht, still sitzen. Ihre Stadtwohnung war klein, also ging sie mit ihm in den Park oder hinunter zum Pregel, am liebsten aber waren ihm die Wochenenden bei Großmutter und Großvater, dort gab es dann kein Halten mehr. Nach solchen

Tagen, wenn er dann beim Vorlesen auf ihrem Schoß saß und sie ihm über die Waden und die Knie strich, rührten sie sie an, die Zeichen seiner bestandenen Abenteuer auf seinen Knien, die so oft rote Abschürfungen oder blaue Flecken mitbrachten vom Tag auf dem Lande. Diese wilde Lust, zu laufen und zu rennen. Um die Wette mit Fritz vom Nachbarhof. Über die Wiesen, die Dorfwege. Über den Hof.

Johanns Blick, als er dort, wo der Hof in die Wiese übergeht, noch einmal stehen bleibt, sich zu ihr umdreht. Lauf weiter! Jemand legt ein Gewehr an. Johann ist fast schon bei den Birken. Die zeigen in den Himmel. Der Lauf des Gewehrs zeigt auf ihren Jungen. Folgt ihm. Die Explosion, die die Luft zerreißt und dann Johann. Ihr Knie. Sie sucht die Stelle an ihrem Knie. Sie bohrt ihre Fingernägel hinein, hält sich fest, an ihrem Fleisch, an seinem Schmerz. Schließt die Augen. Atmet. Ein. Aus. Greift nach der Tasche. »Schluss damit. Jetzt wird gemalt.« Der Junge schaut sie erschrocken an, sie hat es wohl sehr laut gesagt. Sie zieht die Schachtel mit den Buntstiften aus der Tasche, legt sie zwischen sich und den Jungen. Den Papierblock muss sie herauszerren, er verhakt sich im Stoff und dann erwischt er den Stock, wirft ihn um ins Gras.

»Himmel noch mal.« Sie öffnet die Schachtel, nimmt Grün heraus. »Man muss immer unten anfangen.« Mit heftigen Strichen peitscht sie Grashalm für Grashalm auf das Papier. Und plötzlich ist da ein Klecks, ein nasser Tropfen, und dann noch einer und noch einer, es regnet ins Gras. Sie hält inne. Tränen sind das. Sie weint ja. Der Junge drückt sich mit den

Armen ab vom Holz, geht zum Stock, hebt ihn auf und lehnt ihn vorsichtig zurück an die Bank, auf die er sich dann wieder setzt.

Eine Heulsuse ist sie heute. Und das vor dem Jungen. Der doch selbst allen Grund hat, traurig zu sein. Fern von daheim. Sie legt das Grün zurück in die Schachtel, schnäuzt sich.

»Also. Ein Stück verregnetes Gras haben wir schon. Und jetzt?« Sie zeigt auf die Stifte, tut ratlos. Der Junge ist es wohl auch, er rührt sich nicht. Also hält sie ihm die Schachtel hin, zeigt hinein, zuckt mit den Achseln. Er tippt auf den blauen Stift. Sie malt den Himmel. Und über dem Gras eine kurze blaue Hose, sodass noch genug Platz für seine Beine ist.

Gelb. Die Sonne. Jetzt wieder ihn, seine Turnschuhe. Grau?

Rot. Sein T-Shirt.

Während sie malt, beugt er sich über das Blatt, sodass ihre Arme sich beinah berühren.

Schwarz. Seine Haare. Mit dem Schwarz malt sie gleich noch ein paar Vögel in den Himmel.

Hellbraun. Seine Beine, Arme, Hände, sein Gesicht.

Dunkelbraun. Das Holz der Büsche. Und ihren Stock. Den malt sie so, dass er ihn hält. Jetzt seine Augen. Seinen Mund.

Sie zeigt auf den Jungen im Bild und dann auf ihn. Er nickt. Den Riegel Schokolade schiebt er sich in seine Hosentasche. »Oje. Da schmilzt sie aber«, sagt sie. »Vergiss nicht dein Bild.« Während er über den Rasen zu den Büschen geht, hält er es mit beiden Händen vor sich wie einen Schild.

Heute hat das Eichhörnchen die Nuss gleich an Ort und Stelle geknackt, auf der Fensterbank liegt nur noch die zersplitterte Schale. Sie wird ihm vor dem Schlafengehen eine neue hinlegen.

Auch der Junge war heute zutraulich. Er hat sich neben sie auf die Bank gesetzt. Ob er das Bild wohl jemandem zeigt? Das würde Fragen aufwerfen. Von seiner Mutter. Seinem Bruder. Oder mit wem auch immer er hier ist. Wo warst du? Wer hat das gemalt?

Vor ihr auf dem Holz des Schreibtisches liegt Tackes Ordner. 1988. Isar. Flusswandern, hat er gesagt. Zwischen Lenggries und Bad Tölz. Sie schlägt die erste Seite auf. Türkisgrünes Wasser, sehr klar, seicht, man sieht bis in die Tiefe, auf die Steine im Flussbett, auch die Ufer öffnen sich zu weißen Steinstränden, darüber neigt sich dunkler Wald. Schön. Aber kein Tacke in Badehose. Wer hätte ihn auch fotografieren sollen? Er war immer allein unterwegs. Überhaupt gibt es in seinen Ordnern reichlich Natur und wenig Mensch.

Ein See, darin der rot marmorierte Himmel, die schwarze Bergkette. Eine vollkommene Berührung ohne Gewicht. Wäre davor nicht der Strand und darauf ein Boot, es wäre eines dieser Bilder, auf dem du die Welt auf den Kopf stellen kannst.

Neben dem Foto steht: Abendrot am Walchensee.

Tacke hat ein Auge fürs Schöne. Nur nicht in seiner Wohnung.

Weiter unten, etwas abgesetzt, gibt es eine Notiz: Auf dem Grund des Walchensees: Flugzeugwracks von 1944. Eine Messerschmitt Bf 109 und ein britischer Bomber Typ Avro Lancaster.

Noch ein leerer Isarstrand.

Sie blättert weiter. Ein auf die komplette Seite vergrößertes Foto. Eine winzige Bucht, von Bäumen umstanden, eher wie ein Becken, wie ein Kinderbecken, und richtig, da ist ein kleines Mädchen, sie sitzt auf einem großen Stein. Ihr Badeanzug ist gelb, sie lässt ihre Beine ins Wasser hängen, schaut ins Wasser. Ein blonder Zopf liegt auf ihrem gebräunten Rücken. Dieses Foto hat Tacke nicht beschriftet.

Sie denkt an das Foto in ihrer Schublade, auf dem auch sie einen Badeanzug trägt, auch ihr Zopf hängt wie ein festes Hanfseil den Rücken hinab. Sie ist eine junge Frau. Sie schaut aufs Meer, ins wogende Vor und Zurück des Wassers, sie folgt der aus der Weite heranrollenden Kraft, wie sie sich vorschiebt und zur Welle wölbt, unaufhaltsam und über eine Grenze hinaus, bis sie vornüberkippt und schäumt, zurücksinkt und im Sand zu versickern scheint, nicht ohne vorher über ihre, Mariettas, Füße gekrabbelt zu sein, ihr ist, als schöbe das mächtige Meer seine Finger vor zu ihr, als suchte es sie und berührte sie dann doch nur kurz, eine Liebkosung, ein Gruß.

So steht sie und schaut ins Blau, ins Licht und aufs Wasser, und im nächsten Moment, dem Moment eines anderen, möglichen Fotos jenseits dieses Fotos, einem Moment, den sie so klar erinnert wie den auf dem Foto, im nächsten Moment schreckte sie zusammen. Ein Kitzeln auf ihrer Wange. »Du stehst da schon eine Ewigkeit.« Elias. Er strich mit ihrem Zopfende über ihre Wange wie mit einem Pinsel.

»Hast du mich erschreckt«, sagte sie.

»Das wollte ich nicht.« Elias ließ ihren Zopf los,

legte seine Hände von hinten auf ihren Bauch. »Du bist so schön. Ich habe ein Foto gemacht.«

Er legte sein Kinn auf ihre Schulter, sodass sie jetzt beide Richtung Meer schauten. »Du verbrennst dich noch. Komm zurück in den Strandkorb.« Sie erinnert sich genau an dieses satte Zerfließen, erst in die blaue atmende Weite, dann hinüber in Elias' Berührung. Er nahm ihre Hand, die sie fest umschloss, als müsste sie erst wieder an Land gezogen werden, bevor sie mit ihm über den warmen Sand gehen konnte. Zurück zum Strandkorb – in ihr Muscheldasein, das jedes Jahr begann, sobald sie im August in St. Peter-Ording in ihrem Strandkorb angekommen waren. Ganze Tage verbrachten sie darin wie in einer nur halb offenen Muschel, ihre warmen, weichen Körper vor Sonne und Wind geschützt und nah beieinander, vor sich im Sand die Tasche mit Leseproviant.

»Wie gut, dass es die Nordsee gibt«, sagte sie und legte ihren Kopf an seine Schulter, wie immer saß er rechts von ihr.

»Und uns beide.« Elias' Zehen krabbelten über ihren Fußrücken, sie spürte den rauen Sand, den sie mitbrachten.

Der Himmel war von einem reinen, durchscheinenden Blau, der Horizont ein dünner Streifen Dunst, darunter lag das Graublau der See, durchzüngelt von der weißen Gischt. Irgendwo weit draußen verlor sich die Nordsee unmerklich in den Atlantischen Ozean. Sie stellte sich Elias' Eltern vor, wie sie drüben auf Long Island ihre Füße in den grenzenlosen Ozean hielten. Dann dachte sie an ihre eigene Mutter. Und daran, dass die wogenden Leiber der Nordsee und Ostsee sich an keiner Stelle wirklich berührten.

»Mutter kann es einfach nicht akzeptieren«, sagte sie.

»Was?«

»Dass ich der Ostsee untreu geworden bin.«

»Ja. Für sie ist das die Heimat.« Elias nahm ihre Hand.

Es war jedes Jahr dasselbe, wenn sie auf dem Weg in den Urlaub einen Abstecher nach Kiel bei Mutter und Vater machten. Irgendwann wollte Mutter zum Hafen. Dort stand sie dann, schaute aufs Wasser, seufzte. »Hier sind dein Vater und ich angekommen«, sagte sie. »Fünfundvierzig, mit diesem grässlichen Schiff.«

»Ich weiß, Mutter«, sagte sie. »Komm, lass uns nach Hause gehen.«

»Es gibt so schöne Strände hier.« Mutter war noch nicht fertig. »Ich verstehe nicht, warum ihr euch nicht an unserer Ostsee etwas sucht für den Urlaub.«

»Lass gut sein.« Vater nahm Mutters Hand.

Und jetzt, im Strandkorb, hielt Elias ihre Hand. »Lass gut sein, Marietta.«

Aufgehoben in ihrer Muschel fiel es ihr leicht, die Dinge gut sein zu lassen. Ihre Gedanken trieben ziellos und doch gehalten, wie Bojen auf dem Wasser. Die Möwen kreischten. Der Wind spielte mit dem Sand.

Das mächtige Meer, die wärmende Sonne, der weite Himmel. Die Menschen, Mütter, Väter, Kinder, Paare, Einzelgänger – aus ihrer Muschel heraus verfolgte sie das alles wie eine Souffleuse das Geschehen auf der Bühne über ihr. Sie kannte die Texte, und das meiste, was passierte, war vorhersehbar vertraut. Alles andere war weit weg – das traurige Gesicht der Mutter am Hafen in Kiel. Die Stapel Aufsatzhefte zu Hause auf ihrem Schreibtisch.

Auch Elias sollte keinem seiner Patienten Zugang zu ihrer Muschel gewähren. Sie hatte ihn darum gebeten, einmal im Jahr wollte sie mit ihm wirklich allein sein. Meist hielt er sich daran. Zog nur seine Fachliteratur, kaum waren sie morgens im Strandkorb angekommen, aus der Tasche mit den Büchern.

Aber manchmal legte Elias das Buch zur Seite, schaute lange wie ins Leere, in sich gekehrt, und dann wusste sie, er war mit seinen Gedanken bei einem Patienten und nicht hier bei ihr. Einmal stupste er sie an, sie ließ ihr Buch sinken. »Darf ich dich was fragen?«

»Kommt darauf an.«

»Ich habe da eine Patientin in Not. Sie muss Schreckliches erlebt haben. Aber sie schweigt wie in Schockstarre. Bleibt stumm. Ich dachte, vielleicht hast du etwas …«

Noch bevor er den Satz beendet hatte, war sie wütend aufgestanden. Sie ließ ihn dort sitzen, mit seiner Patientin in Not, ging zum Wasser und dort eine Weile am Spülsaum entlang.

»Bist du eifersüchtig?«, fragte Elias, als sie zurückkam.

»Nein«, sagte sie. »Darum geht es nicht.«

Er schwieg. Und sie dachte, dass er es wohl einfach müsse, er musste versuchen, zu helfen und zu retten, und dass er es sich wohl nicht erlauben könne, damit aufzuhören. Nicht einmal im Urlaub.

»Ein Gedicht«, sagte sie schließlich. »Vogel Klage.

Gerade erschienen. Domin. Ich suche es dir heraus, wenn wir wieder daheim sind.«

Nach dem Abendessen gingen sie noch einmal ans Meer. Die Sonne legte ihren goldenen Finger über das Wasser, als zeigte sie auf sie beide – zwei Menschenkinder, die sich an den Händen hielten. Sie küssten sich. Gingen ein paar Schritte. Küssten sich. Er hob eine sehr weiße Muschel auf, säuberte sie im Wasser und legte sie ihr in die Hand.

»Du und ich, wir sind Treibgut«, sagte sie. »Mich hat die Ostsee ausgespuckt. Und dich die Nordsee.«

In der Nacht liebten sie sich. Sie hielt die Augen fest geschlossen, wie immer. »Mein Maulwurf« nannte Elias sie dann manchmal. Und jetzt, während er sich in ihr auf und ab bewegte, spürte sie das Meer, seine sich vorschiebende und zurückflutende Kraft, dann eine sich aufbäumende und auf dem Höhepunkt brechende Woge. Ihre schäumende Gischt. Und schließlich das sich zurückziehende Wasser. Bis Elias schwer und matt auf ihr lag.

So war es gut.

Sie zieht die Schreibtischschublade auf. Sie könnte nach dem Foto mit dem Zopf suchen. Also taucht sie ihre Hand in die Fotos, lässt sie durch die Finger gleiten. So viele Bilder, und doch ergeben sie kein Leben. Sie zieht die Hand heraus, schiebt die Schublade wieder zu. Schlägt die Kladde auf, greift zum Bleistift und schreibt.

Als ob du deinen Zeh eine Sekunde lang in den springenden Fluss hältst, der dein Leben ist. Und gleich wieder zurückziehst. Nicht mehr und nicht weniger ist eine Fotografie.

Flusswandern stelle ich mir schön vor.

Habe ich wohl verpasst.

Mutter. Was hat sie alles verpasst? Mutter, wie sie im Bett liegt, und ich, ihre kleine Tochter, sitze auf dem Bettrand, wie ich ihren Blick suche, der mich aber nur streift. Mutter, wie sie bei unserem alljährlichen Besuch am Kieler Pier steht und Richtung Meeröffnung blickt. Ihre Gestalt. Erst aufrecht, groß, mit blondem, dichtem Haar, dann immer grauer, dünner, gebeugter, kleiner und schließlich auf einen Stock gestützt. Aber immer dieses alterslos Stumpfe, Leere in ihrem Blick. Als Kind habe ich das mit Traurigkeit verwechselt.

David habe ich auch danach gefragt, als ich auf seiner Couch lag – was hat ihr nur gefehlt? Er sagte, dass wir nicht wissen könnten, was in ihr vorgegangen sei. Aber erforschen könnten, was in mir vorgegangen sei, als Tochter meiner Mutter.

Der sanfte, ernste David, dessen Mutter, dessen gesamte Familie in Treblinka umkam.

Der Traum, den ich als Mädchen so oft geträumt habe, der, in dem Mutters Augen waren wie beschlagene Fenster.

David antwortete darauf mit Kohut, beschrieb den »Glanz im Auge einer Mutter«, den der Säugling, den das Kind so dringend braucht. Als einen Spiegel, in dem das Selbst sich finden kann.

Das machte mich weinen.

Als erwachsene Frau auf einer Analytikercouch weinte ich wie damals als Mädchen in meinem Bett, wenn ich einsam war und Lotte an mich drückte.

Ach, Elias. Wie lange hast du darauf gewartet, dass ich mit David endlich zu dem kam, weswegen du mich ihm anvertraut hattest. Zu dem, was mich nachts schreien ließ und hochschrecken.

Lotte. Dass Großmutter ein Stoffhuhn für mich genäht hatte! Lotte, die ich abends auf den Boden setzen und in die Hände nehmen, aufs Bett setzen konnte wie Großmutter ihre blinde, alte Lotte auf die Hühnerleiter.

Drüben auf ihrem Bett sitzt Brummel. Später wird sie sich zu ihm legen. Ein bisschen kindisch kommt sie sich ja schon vor. Sie tippt sich mit dem Stift gegen die Stirn. Ein. Zwei. Drei Mal.

So kindisch wie damals, als Elias sie in ihrem Arbeitszimmer überrascht hatte, als sie auf ihrem Tagbett lag, Brummel im Arm. Wie ertappt sie sich gefühlt hatte. Wie lange hatte sie Brummel und den Koffer vor Elias verborgen gehalten. Sie setzte sich auf, legte Brummel verstohlen hinter sich. Elias setzte sich neben sie, holte ihn wieder hervor und nahm Brummel auf seinen Schoß.

»Wer ist das denn?« Er tippte dem Teddy auf den Kopf.

Sie schwieg sehr lange, daran erinnert sie sich genau. Weil etwas in ihr etwas nicht preisgeben wollte.

»Brummel«, sagte sie schließlich und nahm ihn Elias vom Schoß, legte ihn neben sich. »Er heißt Brummel.«

»Aha«, sagte Elias. Mehr nicht. Ganz der Analytiker.

Sie stand auf, holte den Koffer, hob ihn auf das Bett, öffnete ihn, legte Brummel vorsichtig hinein. Schloss den Koffer wieder und stellte ihn auf die Dielen. Elias war ihr mit den Augen gefolgt, aber als sie sich wieder zu ihm setzte, schaute er schweigend vor sich auf den Teppich. Sie tat es ihm nach.

»Elias«, sagte sie nach einer Weile. »Brummel war Johanns Teddy.«

Elias nickte und schwieg weiter. Auf diese Analytikerart, die sie rasend machen konnte.

»Jetzt weißt du es.« Sie stand auf. Er blieb sitzen.

»Zeit für das Abendessen«, sagte sie.

Später am Tisch und unter dem Mond mied sie das Thema, erzählte vom Schulmorgen. Aber Elias hörte nicht richtig zu, er blickte immer wieder an ihr vorbei Richtung Fenster oder Wand. Und dann sagte er: »Johann wäre jetzt zwölf Jahre alt.«

»Ja«, sagte sie. »Und Brummel wäre längst aus seinem Bett verbannt.« Sie nahm sich eine weitere Scheibe Brot. »Wenn du das meinst.«

»Vielleicht.« Elias stützte sein Kinn auf seine Hände, schaute sie an. »Marietta. Wir können immer noch ein Kind bekommen.« Er kam ihr jetzt traurig vor und verletzlich. »Ein gemeinsames Kind. Es ist noch nicht zu spät.«

Draußen ist es Nacht geworden, so lange sitzt sie schon hier am Schreibtisch. Ihre Augen tränen, sie zwinkert ein paarmal. Über den Bäumen und dem Licht aus den Wohncontainern liegen Schlieren, als schaute sie durch schlampig geputzte Fenster.

Ob der Junge ihr Bild wohl noch einmal anschaut? Es vielleicht sogar aufhängt über seinem Bett? Sie darf die Nuss für das Eichhörnchen nicht vergessen.

Ein gemeinsames Kind. Wann war es zu spät gewesen? Ihre Hand schmerzt, sie schaut sich ihr Geschriebenes an, die Buchstaben taumeln die Zeilen entlang wie Schlafwandler.

Das kann kein Mensch lesen. Gut so.

Sie blättert um. Eine frische weiße Doppelseite.

Sie schreibt.

Geliebter Elias. Ich konnte nicht. Es kam mir vor, als würde ich Johann durch ein anderes Kind ersetzen, so empfand ich es damals. Als würde ich Johann verraten. Das hatte mit meiner Schuld zu tun. Und die Schuld hatte mit dem anderen zu tun. Und das wiederum mit meinen geschlossenen Augen, wenn wir uns liebten. Und weil ich dir das nicht erklären konnte, ohne dir wehzutun und mich abgrundtief zu schämen, konnte ich dir auch den Rest nicht zeigen, all das, was damit zusammenhing … Und jetzt hocke ich hier mit meinen fast hundert Jahren. Eine Mutter ohne Kind. Eine uralte Mutter mit einem Kind, das niemals älter wurde als sechs Jahre.

Es tut mir leid, Elias. Hast du dir wirklich ein Kind gewünscht? Oder ging es dir dabei vor allem um mich? Um meinen Verlust. Meine Lücke. Du hattest ja deine Patienten. Waren sie nicht allesamt wie Kinder für dich?

Schon richtig. Manchmal war ich eifersüchtig.

Es ist ja nicht so, dass ich es mir nicht vorgestellt hätte. O doch! Wie es geworden wäre, unser spätes gemeinsames Kind. Mit fünfunddreißig, sechsunddreißig. Wem von uns beiden hätte es wohl mehr geähnelt? Es hätte sich ja entscheiden müssen. Wir waren so unterschiedlich. Deine schwarzen Locken. Und mein Zopf, mein Ährenbüschel. Und wir kamen aus so verschiedenen Welten. Ein Wunder, so ein Glück, dass wir uns gefunden haben.

Ich muss ins Bett. Zu Brummel.

Bis ich liege, dauert es. Du würdest staunen, wie lange ich heutzutage brauche, bis ich endlich im Bett liege.

Marietta schließt die Augen, muss nur einen kurzen Moment suchen, dann ist sie mittendrin: wie hinter ihr die Tür aufgeht, die leicht knarrende Tür ihres Arbeitszimmers, in dem sie am Schreibtisch sitzt, dem gleichen Tisch, an dem sie jetzt sitzt. Sie dreht den Kopf. Elias' schmale Gestalt im Halbdunkel, seine Schritte auf sie zu, seine Schritte, die sind wie seine Fragen, behutsam und zielstrebig zugleich, sie beugt sich wieder über das Aufsatzheft, das im Lichtkegel der Lampe aufgeschlagen vor ihr liegt. Sie legt den Stift nicht aus der Hand. Doch sie schreibt nicht mehr. Sie wartet. Seine Hände legen sich auf ihre Schultern. Der sanfte Druck seiner Fingerspitzen. Der kreisende

Druck seiner Daumen in ihrem Nacken. Sie lehnt ihren Kopf nach hinten an seinen Bauch. Komm zu mir ins Bett, sagt er. Es ist schon nach zwölf.

Es wäre ein Kind der Liebe geworden.

18

Als sie das Zimmer betritt, liegt Tacke in seinem Sessel, er hat die Füße hochgelegt und mit ihnen seine Filzpantoffeln.

»Ach, Sie«, sagt er und rührt sich nicht.

»Ja, ich«, sagt sie.

Tacke sieht müde aus und irgendwie grau. Mimikry, denkt sie und schaut sich im Zimmer um. Und Leberkrebs. Irgendwann wird seine Haut gelb werden. Sie stellt den Isar-Ordner zurück ins Regal, schiebt den Stuhl vom Tisch neben den Sessel und setzt sich.

»Wie geht es Ihnen?«, fragt sie.

Tacke antwortet nicht.

Auf dem Resopaltisch steht noch sein Frühstückstablett und sieht nicht so aus, als hätte er es angerührt.

»Haben Sie keinen Appetit?«

»Was wird das denn?«, fragt Tacke und fährt die Rückenlehne hoch. »Wollen Sie vielleicht auch noch Händchen halten?«

Sie rutscht mit ihrem Stuhl zurück, vergrößert den Abstand zum Sessel und zu ihm. »Besser so?«

»Sparen Sie sich Ihren Psychokram«, knurrt Tacke. »Bei mir wird nichts mehr besser.«

»Bei meinem letzten Besuch, beim Abschied, haben Sie etwas gesagt …«

»Auf Wiedersehen. Vermute ich.«

»Schön wär's.« Sie muss lachen. »Übrigens. Das waren wieder klasse Aufnahmen. Von der Isar. Und Flusswandern stelle ich mir toll vor. So durch das klare, seichte Wasser zu gehen.«

»Man trägt dabei spezielle Schuhe. Flussschuhe.« Tacke schaut vor sich auf seine Pantoffeln. »Wegen der Steine und Kiesel.«

»Ihre Fotos könnten einem schon Lust machen. Wenn ich jünger wäre«, sagt Marietta. »Also, viel jünger … da habe ich definitiv was verpasst.«

»Tja, irgendwann ist es halt zu spät.« Tacke schaut immer noch auf seine Pantoffeln. »Für alles. Reue hilft dann auch nicht mehr.«

»Das klingt, als würden Sie sich damit auskennen.« Tacke schaut hinüber zum Regal, oben links bleibt sein Blick hängen, und für einen Moment scheint er sie vergessen zu haben. Bis er eine kleine zuckende Bewegung mit dem Kopf macht, als schüttle er etwas ab.

»Letztes Mal«, sagt sie, »haben Sie über die Chemo gesprochen. Die Sie nicht machen wollen. Obwohl die Ärzte es raten.«

»Haben die Weißkittel Sie etwa geschickt?«

»Nein. Ich bin freiwillig hier.«

Fast freiwillig, denkt sie, ein fast freiwilliger Grünkittel. Und dass es freiwilliger wäre, wenn seine Stimme nicht immer diesen knurrenden Unterton hätte.

»Es ist keine richtige Chemo«, knurrt er jetzt. »Irgend so ein Immunzeugs. Aber ich bin ja nicht blöd. Ich weiß, was ›palliativ‹ bedeutet.«

»So, was denn?«

»Nichts mehr zu machen.«

»Vielleicht kann man damit lindern?«, fragt sie.

»Den Tod?« Tacke lacht. »Sehr witzig. Hören Sie«, sagt er. »Warum machen Sie das?« Dabei schaut er zur Zimmerdecke, als erwartete er die Antwort von dort oben.

»Was?«

»Das hier. Mich besuchen. Mit mir reden. Sich meine Ordner anschauen.«

»Ich weiß nicht.«

Sie denkt an das, was sie in seinen Reiseberichten gesehen hat. Oder nicht gesehen hat. An die menschenleere Schönheit auf seinen Fotos. Und dass jemand, der immer allein war und es noch immer ist, doch einsam sein muss.

»Auf Ihren Fotos sind nie Menschen zu sehen«, sagt sie. »Bis auf das Mädchen. In dieser kleinen Isarbucht.«

»Und?«

»Der einzige Mensch in zwei dicken Ordnern. Ein kleines Mädchen mit Zopf.«

»Lassen Sie mich raten. Der Alte ist hinter kleinen Mädchen her«, sagt Tacke. »Das denken Sie doch.«

Sie zuckt etwas zusammen. »Nein, das denke ich nicht. Wie kommen Sie darauf?«

Tacke streicht sich mit zwei Fingern über den Schnurrbart, als vergewisserte er sich, dass alles noch an seinem Platz ist.

»Aber dass ich ein alter Nazi bin, das denken Sie.«

»Na ja«, sagt sie zögernd. »Ja. Schon. Genau wegen dem da.«

Sie tippt sich zwischen Lippe und Nase.

»Ich war ja noch ein Kind«, sagt Tacke. »Ich war fünfzehn, als sie mich zum Flakhelfer gemacht haben.«

»Ging es für manche Flakhelfer später nicht weiter in die SS?«

»Zwangsrekrutierung.« Tacke schaut sie an, eine ganze Weile. Dann schüttelt er fast unmerklich mit dem Kopf, und in dieser winzigen Bewegung liegt eine so große Traurigkeit, dass sie zum ersten Mal das Gefühl hat, ihn beinahe zu mögen. In seinem Fernsehsessel kommt er ihr jetzt vor wie ein alter, räudiger Hund, der an seiner Hütte angekettet ist. Einer, der nicht mehr weiß, was er tun oder sagen soll, wenn er einmal aufgehört hat zu kläffen.

»Das Mädchen ist nicht meine Tochter«, sagt er schließlich. »Falls Sie das denken. Ich habe keine Kinder.«

»Ich weiß.«

»Ach ja? Und Sie?«

»Einen Sohn«, sagt sie. »Gestorben. 1945.«

»Lange her«, sagt Tacke und hievt sich hoch. »Wollen Sie heute die Ems mitnehmen?«

Einen Moment lang muss sie sich besinnen. Dann stützt sie sich auf die Armlehnen des Sessels und steht auf, folgt Tacke zum linken Ende des Regals.

Da steht die Ems. Zwischen Elbe und Enz. Links daneben Aar, Alster und Donau. Und ganz links, als erster Ordner im ganzen Regal, der Main.

»Der hat sich aber vorgedrängelt.« Sie tippt auf den Mainordner. »Frankfurts Stadtgebiet haben Sie sicher umfahren, oder?«

»Nicht den Main«, bellt Tacke.

Er schiebt sich zwischen sie und das Regal. »Heute gibt es die Ems.«

»Ja, auch gut«, sagt sie.

Er reicht ihr den Ordner. »Der einzige deutsche Fluss, der von der Quelle bis zur Mündung seinen Namen beibehält.«

»So?«

»Ja. Mündet in die Nordsee.«

»Apropos Mündung.« Sie drückt den Ordner an sich. »Vielleicht denken Sie noch mal drüber nach. Über das, was die Ärzte Ihnen raten.«

In der Tür dreht sie sich noch einmal um. »Und wenn Sie schon einmal dabei sind, beim Nachdenken: darüber auch.« Noch einmal deutet sie mit dem Finger zwischen Lippe und Nase.

»Zeit für unsere Mittagsruhe«, sagt sie, nimmt Brummel vom Bett und geht mit ihm zur Couch. Dort liegt die Tasche mit dem Malzeug, die legt sie auf den Teppich und setzt Brummel zwischen Kopfkissen und Wand.

»Hier kannst du einer alten Frau beim Hinlegen zusehen«, sagt sie.

Beim Altwerden musst du alles, was du tust, erst noch zerdehnen, um klarzukommen, alles in seine Teile zerlegen – wie jetzt so etwas Einfaches wie das Hinlegen: den linken Ellenbogen seitlich aufstützen, den Oberkörper hinunterlassen, die Füße nebeneinander, die Beine anheben und ablegen. Auf der Seite liegen. Sich auf den Rücken drehen. Sie setzt sich Brummel auf die Brust. »So geht das«, sagt sie. »Ganz schön mühsam.«

Aber die rote Grütze eben, die war lecker. Und darüber die Vanillecreme. Ob Tacke wenigstens etwas zu Mittag gegessen hat? Was soll sie nur von ihm halten? Aber geradeheraus ist er. Echt knurrig. Knurrig echt.

Hoffentlich war sie beim Abschied nicht zu direkt. Nun ja, sie wird es erfahren, wenn sie ihm die Ems zurückbringt.

Ems. Und als erster Ordner im Regal der Main. Da wurde er ja einen Moment lang beinahe panisch. Überhaupt. Irgendetwas treibt ihn um. Etwas, was durch Reue auch nicht besser wird. Reue, etwas nicht getan zu haben. Oder die zweite Sorte Reue, die Reue, etwas getan zu haben. Und, Himmel, warum läuft jemand auf seinen letzten Metern immer noch mit einem Hitlerzitat im Gesicht herum?

Wie möchte sie denn sterben?

Einfach nicht mehr aufwachen. Das Sterben verschlafen.

Sehr witzig, hört sie Tacke sagen.

Am Abend mit reinem Herzen einschlafen. Mit reinem Herzen. Klingt nach Kinderbibel.

Sie denkt an Großmutter. Wie sie am Abend auf der Bank unter den zwei Buchen saßen und in den Himmel horchten. Zwei Menschen, die sich nah sind, und zwei Bäume, deren Blätterkronen zu einer geworden sind, lauschen regungslos auf die Sterne. Die Luft steht still. Die Zeit steht still.

Die Welt kam ihr so groß vor, und dort neben Großmutter unter der Laube der Bäume war sie in dieser unfassbaren Weite sicher und geborgen.

Das wünscht sie sich in ihrem Herzen: die tiefe Ruhe unter den Buchen auf Großmutters Hof. Aber ihr Herz ist wieder so schreckhaft in letzter Zeit. So wund. In ihren Nachtträumen, in ihren Tagträumen. Wenn sie aus ihnen erwacht. Nietzsches Mitternachtslied fällt ihr ein. Aus tiefem Traum bin ich erwacht. Die Welt ist tief. Und tiefer als der Tag gedacht. Tief ist ihr Weh.

Das tiefe Weh der Welt. Manchmal findet ein Dichter ewig gültige Worte.

Gleich wird sie zum Jungen gehen. Mit ihm auf der Bank unter der Kastanie sitzen. Und malen.

19

Es klingelt an der Tür. »Moment«, ruft sie. Das ist bestimmt Julia. Julia mit Neuigkeiten über den Jungen. »Himmel noch mal«, stöhnt sie, als sie sich langsam über die Seite aufsetzt, das verdammte Alte-Frau-legt-sich-hin-Programm rückwärts abarbeitet. Irgendwo in ihr ist immer noch eine andere Sequenz gespeichert, eine, die schon lange nicht mehr funktioniert: aufspringen, loslaufen, zur Tür eilen.

Es klingelt noch einmal. »Ich komme«, ruft sie.

Als sie endlich die Tür öffnet, ist da niemand. Sie tritt auf den Flur, da geht Julia, sie ist schon fast beim Aufzug.

»Stopp«, ruft Marietta. »Ich bin da!«

Und dann, als sie im Zimmer stehen und Julia ihren Rucksack abstellt, sagt sie: »Ich habe geruht. Ein bisschen Geduld müssen Sie mit mir schon haben.«

Und dabei kann sie es ja selbst kaum erwarten. »Bitte setzen Sie sich doch.« Tee gibt es heute keinen.

Julia zieht den Rucksack zu sich her. Erst der Junge, denkt Marietta. Aber Julia holt gar nicht die Kamera heraus, sie legt ihren Computer auf den Tisch, klappt ihn auf.

»Und?«, fragt sie.

»Ich fahre den Laptop hoch«, sagt Julia.

»Ich meine den Jungen. Waren Sie drüben?«

»Langsam, langsam.« Julia lacht. »Ein bisschen Geduld müssen Sie mit mir schon haben.« Sie dreht den Bildschirm so, dass sie ihn beide sehen können.

Lange Reihen grauer Container, wie ineinandergesteckte Legosteine, drei Reihen übereinander.

»Die haben dort ein Büro«, sagt Julia, »da bin ich hin. Sie waren aber etwas skeptisch, als sie meine Kamera gesehen haben. Ich habe ihnen gesagt, dass ich Fotografie studiere und übe und dass mich die Menschen dort interessieren. Kleine Notlüge.«

»Lügen ist relativ«, sagt sie.

»Ich hab trotzdem einen Wisch unterschrieben«, sagt Julia. »Veröffentlichung nur nach Genehmigung.«

Der Bildschirm ist schwarz geworden.

Julia drückt eine Taste.

Jeder Container hat zwei Fenster, mit denen er sie anzuschauen scheint, pro Container ein Augenpaar, wie der Blick eines Einzelnen aus einer anonymen Menge heraus. Manche Rollläden sind halb hinuntergelassen, Augenlider auf Halbmast, oder misstrauisch nur einen Spaltbreit geöffnet.

»Im Büro hab ich das Foto vom Jungen nicht erwähnt. Ich bin auf dem Gelände herum, hab Leute angesprochen, ihnen das Bild gezeigt.«

»Und?«, fragt sie.

»Enis. Ihr Junge heißt Enis. Er ist sieben.«

»Enis«, wiederholt sie. »Ist das ein syrischer Name?«

»Ja.« Julia drückt eine Taste. »Enis kommt aus Damaskus.«

Ein neues Bild. Ein einzelnes, weit geöffnetes Fenster eines Containers. Darin ein Gesicht, ein Junge. Ein schwarzer Junge.

»Das ist nicht Enis«, sagt Marietta.

»Nein.«

Julia nimmt ein paar Filzlocken, die ihr ins Gesicht gefallen sind, und knotet sie mit beiden Händen im Nacken zusammen. »Was ist das eigentlich mit Ihnen und dem Jungen?«

»Ihre Haare. Wie wäscht man die eigentlich?«, fragt Marietta. »Dauert das nicht ewig?«

Julia schaut sie an.

Himmel, was soll sie ihr denn sagen? Das, was da ist zwischen dem Jungen und ihr, fühlt sich so lichtscheu an wie das geheime Leben unter den Steinen. Hebst du sie an, flüchtet es, sucht sich einen anderen geschützten Ort. Aber das Mädchen ist ja schließlich für sie dorthin gegangen, zu den Containern. Hat etwas herausgefunden. Und sitzt deswegen hier.

»Der Junge, also Enis«, sagt sie bemüht beiläufig. »Er kommt mich hin und wieder besuchen, wenn ich im Park sitze.«

»Das wusste ich nicht.«

»Unser kleines Geheimnis.«

Julia tippt schwungvoll auf eine Taste. »Schauen Sie.«

Ein schlauchförmiges Zimmer. An der rechten Wand ein Bett, dahinter ein Stockbett. Auf dem Einzelbett sitzt ein Mann und schaut in die Kamera.

»Das ist Adil Abbas. Enis' Onkel. Ein Mann, den ich angesprochen habe, hat mich zu ihm gebracht. Adil ist Lehrer. Spricht ziemlich gut Englisch. Ich hab ihm die Wahrheit gesagt, warum ich da bin. Und ihn dann gefragt, ob ich fotografieren darf. Er war erst zurückhaltend, misstrauisch. Aber dann hat er mir alles erzählt.«

»Was alles?«, fragt Marietta und kann es sich gut vorstellen, wie Adil sich öffnet unter dem Auge von Julias Kamera.

Julia lässt sich zurück gegen die Stuhllehne fallen, fährt sich mit der Hand über ihr Gesicht und erzählt. Plötzlich wirkt sie gar nicht mehr so jung, wie sie ist. Sie erzählt von Adil und seinem Bruder, Enis' Vater. Aus Damaskus. Beide mussten zum Militär, davor seien sie geflohen, zusammen mit ihren Frauen und dem kleinen Enis. Mit dem Boot Richtung Italien.

Julia schluckt, bevor sie weiterspricht. »Aber dann haben die Schmuggler sie auf irgend so einer Mini-Insel vor der Küste ausgesetzt, einfach so, sie und all die anderen. Dutzende, die über das Mittelmeer wollten.«

Marietta bewegt sich nicht.

»Und dann waren da plötzlich andere Männer, rannten auf sie zu, brüllten. Vermutlich eine weitere Schlepperbande. Bande, also Gang, so hat Adil sie genannt …« Julia hebt eine Hand und legt für einen Moment ihr Gesicht hinein.

»So krass«, sagt sie, als sie wieder aufschaut. »Sie mussten in Reihen niederknien, im Sand. Sich ihre Ausweispapiere auf die Köpfe legen. Die Hände hinter dem Rücken kreuzen. Ich … ich kann mir das einfach nicht vorstellen.«

Doch, denkt Marietta, ich kann mir das genau vorstellen.

»Enis musste zwischen seinem Vater und seiner

Mutter knien«, fährt Julia fort und zupft dabei an einer ihrer Haarsträhnen. »Adil gleich daneben. Und …«

Julias Stimme wird leiser. Dann sei der Mutter der Ausweis vom Kopf gerutscht und einer der Schlepper habe ihr in den Rücken getreten und gebrüllt. Enis' Vater habe sich nicht beherrschen können, habe sich umgedreht und etwas zu dem Mann gesagt.

»Und da, da hat er beiden in den Kopf geschossen.« Julia spricht jetzt so leise, dass sie sich zu ihr hinüberbeugen muss. »Der Scheißkerl hat beide erschossen. Seine Mutter. Und seinen Vater. Einfach so.«

Mariettas Hand wandert Richtung Knie.

»Adil sagt, er hört jede Nacht im Schlaf die Schüsse und sieht seinen Bruder nach vorne aufs Gesicht fallen.« In Julias Augen steht das Wasser. »Er hat das so … so tonlos erzählt. Als wäre er gar nicht richtig da.«

Ihre Finger haben die Stelle an ihrem Knie gefunden. »Und der Junge?«

»Adil sagt, Enis habe sich nicht gerührt. Der Kleine hat sich nicht bewegt. Ist knien geblieben. Versteinert. Seitdem spricht er nicht mehr.«

Marietta atmet tief ein und aus. Starrt auf das Bild im Computer. An der linken Wand steht ein Schrank. Eine Lichtröhre an der Decke. An der Wand neben dem Schrank ein paar Fotos.

»Welches ist Enis' Bett?«, fragt sie.

»Keine Ahnung. Eines der Stockbetten.« Julia beugt sich vor, tippt. Ein neues Bild schiebt sich vom Rand nach innen. Frauen, Kinder, Männer an einem langen, festlich gedeckten Tisch. Eine Großfamilie, denkt Marietta. Reich belegte Platten. Gefüllte Schüsseln. Volle Gläser. Ein Krug mit Blumen. Alle schauen in die Kamera. Alle haben dunkle Haare. Zwei der Frauen tragen Kopftücher.

»Enis.« Julia tippt mit dem Finger auf einen Jungen, einen sehr kleinen Jungen. »Und das ist seine Mutter. Das da sein Vater. Das ist Adil. Und hier Adils Mutter. Also Enis' Großmutter. Sie ist in Damaskus geblieben.«

Um die Familie und den Tisch herum sieht man einen Streifen der Wand, an der das Foto jetzt hängt. Als könnte die weiße Wand eines Flüchtlingscontainers der Welt, an die das Bild erinnert, als Rahmen dienen.

Als könnte das gehen.

Sie denkt an den Jungen. Nicht an den Kleinen auf dem Foto, sondern an den, zu dem sie gleich gehen wird. Als ginge sie durch einen Tunnel, nur dass es andersherum ist, an seinem Ende ist es dunkel, während nun, in der Mitte, gleißendes Licht ist. Auch in ihrem Kopf. Am Ende des Tunnels, inmitten der Schwärze dort, weiß sie den Jungen, der nun einen Namen hat. Enis.

»Ich muss los«, sagt sie zu Julia. »Wollen Sie morgen Früh zum Fotografieren kommen? Gegen zehn?«

Etwas muss sie noch wissen. »Hat der ... Bruder ...«

»Adil«, hilft ihr Julia.

»Hat Adil gesagt, wie Enis' Großmutter heißt?«

Julia schüttelt den Kopf, klappt den Bildschirm hinunter. »Also dann. Bis morgen Früh.«

Sie legt ihre Hand auf Julias Arm: »Danke.«

Kaum sitzt sie, hat den Stock angelehnt und die Tasche abgelegt, beides links, sodass rechts von ihr Platz für den Jungen ist, kaum hat sie tief ein- und ausgeatmet, da geht eine Bewegung durch die Rhododendren, da erscheint auch schon der Junge. Er hält nur einen kurzen Moment inne, schon geht er auf sie zu und schon steht er vor ihr, und dieses Mal geht es ihr zu schnell, dieses Mal ist sie es, die Zeit gebraucht hätte, um den Jungen anzuschauen aus einer Entfernung und ihm seinen Namen zu geben. Enis. Diesen Namen, an dem nun eine grauenvolle, unvorstellbare Geschichte klebt. Jenes Unvorstellbare, das sie sich nun doch vorstellt. Vorstellen muss. Der siebenjährige Junge, der Enis heißt. Der kleinere Enis, der neben seinen Eltern im Sand kniet.

»Enis«, sagt sie. Und noch einmal: »Enis. Du armer, armer Junge.«

Sie sieht, wie er aufhorcht, wie ein kurzes Leuchten über sein Gesicht zieht, sie nennt den Jungen noch einmal beim Namen. »Enis.«

Sie hört ihr Herz rasen und ihr Blut rauschen, und in ihr steigt ein Weh auf, ein namenloses Weh, so mächtig, dass es über die Ufer tritt. Fast könnte es den Jungen mitreißen, sie sieht ihn verschwimmen, herausschwimmen aus ihrem Blick.

Etwas Warmes legt sich auf ihre Hand. Sie wischt sich mit dem Rücken der freien Hand über die Augen, das Gesicht, und da sitzt er neben ihr, der Junge, und hält ihre Hand.

»Es tut mir leid«, sagt sie. »Es tut mir so leid.«

Ihre Blicke begegnen sich, seiner ist sehr dunkel, sie versucht ein Lächeln, das schuldet sie ihm.

»Hallo, Enis«, sagt sie. »Ich habe Schokolade dabei.«

Er trägt wieder eine kurze Hose. Während sie die Schokolade auspackt, baumelt er mit den Beinen, und dann lutscht er an seinem Riegel, als wäre es ein Eis am Stiel und er ein ganz normaler Junge.

Seine Knie sind dreckig von der Erde, und auf einem entdeckt sie eine kleine dunkelrote Kruste, dort hatte er wohl eine Abschürfung, so eine, wie Jungen sie mitbringen von einem ungestümen Tag. Da steigt schon wieder das Wasser in ihr auf, sie bewegt ihre Hand langsam zu seinem Knie, hält sie einen Moment darüber in der Schwebe, er ist ihr mit den Augen gefolgt, sie legt ihre Hand ab, so behutsam wie eine Feder. Das Baumeln hört auf, und so bleiben sie eine Weile sitzen, ihre Hand auf seinem Knie, in seiner Hand der Schokoriegel, an dem er abwechselnd knabbert und lutscht.

Sie sieht ihre Haut auf seiner Haut und denkt an seine Großmutter und dass das Alter eben ein Gleichmacher ist und ob Enis wohl immer wiederkommt, weil sie ihn an seine Großmutter erinnert, die noch in Damaskus ist.

Eine Gruppe Distelfinken hat sich in den Rhododendren niedergelassen. Ihr Stieglitt, Stieglitt steigt aus den Büschen auf.

»Klingt, als müssten sie ihre Stimmbänder mal ölen, findest du nicht?«, sagt sie und zieht vorsichtig ihre Hand zurück.

Sie bricht noch einen Riegel ab von der Schokolade und legt ihn dem Jungen hin. »Aber hübsch sind sie. Mit dem roten Tupfer am Kopf und dem gelben Band am Flügel.« Sie zieht die Stifte aus der Tasche und legt sie auf die Bank. Der Schokoriegel ist verschwunden. Dann legt sie sich den Block auf den Schoß, nimmt den schwarzen Stift, malt einen Ast und darauf die Umrisse eines Vogels, nimmt helles Braun für den Körper, malt es nur hier und da hinein. Der Junge hat sich mit ihr über das Blatt gebeugt, schaut aufmerksam zu. Sie malt dem Stieglitz die rote Maske des Gesichts, das gelbe Flügelband, dann hält sie den Block vor sich und dem Jungen in die Luft.

»So ein Stieglitz sieht immer aus wie nicht fertig ausgemalt«, sagt sie und lacht.

Und richtig, der Junge nimmt ihr den Block aus der Hand, legt ihn sich auf die Beine, nimmt Grün für die Schwanzfedern, Blau für den Bauch, Orange für den Hals, und so geht es weiter. Beim Malen erscheint seine Zungenspitze zwischen den Zähnen, und in den Mundwinkeln hat er Schokolade. Enis, sagt sie im Stillen. Und immer wieder: Enis. Und dann laut: »Was für ein prächtiger, fröhlicher Vogel, Enis.«

Er schaut sie an, aber er ist noch nicht fertig, er malt einen blauen Himmel und darin eine große gelbe Sonne, die zwei schwarze Punkte als Augen erhält, und jetzt fehlt nur noch ihr Mund, aber der Stift hält inne. Und auch in Enis scheint etwas stillzustehen. Er sitzt regungslos, nur seine Zähne bearbeiten die Unterlippe, und gerade will sie sagen, und jetzt noch ein lachender Mund, da malt er der Sonne ein Lachen, und noch eins und noch eins, sein Strich ist hastig und grob, er drückt den Stift fest aufs Papier, noch einen lachenden Mund und noch einen haut er der Sonne ins Gesicht, sie ist schon ganz schwarz.

»Enis?«, sagt sie. Und da fasst er den Stift mit der Faust und fährt damit über das gesamte Bild, hin und her und hoch und runter, sein Oberkörper bewegt sich mit der Faust und dem Schwarz, das Farbe für Farbe auslöscht und den Vogel tilgt, so dringlich, heftig, roh, dass sie ihn lässt – auch als er schließlich stoppt, aufspringt, den Block in die Luft reißt und fortschleudert ins Gras.

Einen kurzen Moment schaut er sie an, und in seinem Gesicht findet sie nichts als Wut und Schmerz und Angst.

»Enis?«, fragt sie, aber da läuft er schon los, fort von ihr, über die Wiese hinein ins Gebüsch.

20

Nein, nicht …«, flüstert sie, aber die Rhododendren haben Enis längst verschluckt. Vor ihr auf der Wiese liegt das Bild wie ein Flecken verbrannter Erde. Und sie, sie fühlt sich, als hätte sie sich ordentlich die Finger daran verbrannt.

Sie atmet tief ein.

Aus. Ein.

Plötzlich scheint es ihr zu viel, aufzustehen und den langen Weg bis hinauf in ihre Wohnung zu gehen.

Wenn Gisela noch wäre. Dann könnte sie sich doppelt aufstützen, auf ihren Stock und auf die Aussicht, bei ihr vorbeizuschauen, auf einen Tee, ein Plaudern, eine Weile Sittich gucken.

Bei mir, da warten nur Geister auf mich, Gisela. Man muss alt sein und alle überlebt haben, um das zu verstehen.

Schluss jetzt, hört sie Gisela antworten. Denk an was Schönes.

Brummel. Er wartet auf meinem Bett auf mich.

Hmhhh. Gisela wiegt ihren Kopf hin und her.

Tackes Ems-Ordner. Den blättere ich heute Abend noch durch.

Na ja.

Julia. Morgen Früh kommt das Mädchen zum Fotografieren.

Gut. Gisela nickt.

Sie wird Julia bitten, ein weiteres Mal zu den Unterkünften zu gehen und nachzuschauen, ob es Enis wieder besser geht. Vielleicht gibt sie Julia Schokolade für ihn mit. Und vielleicht wird er dann wieder auftauchen bei ihr an der Bank. Gerade jedoch vermag sie sich das nicht vorzustellen. Es lag etwas Endgültiges darin, wie er das Bild zerstört und den Malblock von sich geschleudert hat.

Und wie er fortlief.

Sie schreckt zusammen.

Neben der Bank steht ein Mann.

»Ich habe sie jetzt schon mehrfach beobachtet«, sagt er.

Es ist der Glatzkopf.

»Bitte?«

»Wie sie mit dem Jungen von drüben«, er zeigt Richtung Feld, »dem Flüchtlingsjungen hier sitzen. Der schleicht durch unsere Beete. Und …«

»Und?«, fragt sie.

Er zeigt auf die Stifte neben ihr auf der Bank. »Machen Sie hier einen auf Beschäftigungstherapie?«

»Und wenn?«

»Ich versteh ja, wenn Sie Gesellschaft brauchen. Aber muss das einer von denen sein?« Der Glatzkopf geht über den Rasen und nimmt den Malblock hoch. »Sehen Sie. Und schon liegt deren Müll auf unserer Wiese.«

»Geben Sie das sofort her.« Sie greift den Stock, nimmt Schwung, steht auf.

Der Glatzkopf schüttelt den Kopf, während er Enis' Bild auf Armlänge vor sich hinhält und mustert, dann kommt er auf sie zu, den Block hält er am ausgestreckten Arm wie einen übel riechenden Lumpen. »Nicht, dass ich was gegen Flüchtlinge hätte. Aber es muss schon klar sein, wo die Grenzen sind.« Er lässt den Block auf die Sitzfläche der Bank fallen, dann dreht er sich um und geht.

Im Aufzug lehnt sie den Kopf an das kühle Metall der Wand, schließt die Augen, niemand steigt zu, die anderen sitzen beim Abendessen, im Restaurant oder in ihren Wohnungen.

Der Weg den Flur entlang zieht sich, der Sessel in der Flurnische auf halbem Weg scheint verlockend für eine Pause, aber das wären auch wieder zwei Übergänge mehr: hinsetzen, aufstehen. Und in ihrer Wohnung wird sie sich ausruhen können, solange sie will. Also geht sie weiter. Bis zur Wohnung, die einmal Giselas war und vor der sie jetzt stehen bleibt, ihr Ohr an die Tür legt und lauscht.

Nichts.

Sie stellt sich Gisela vor, wie sie in ihrem Ohrensessel sitzt, auf dem runden Tischchen die Teekanne, daneben zwei Tassen ihres Fürstenberg-Porzellans Bunte Blume. Auf der Fensterbank der Käfig, in der Luft Erichs Brabbeln und Gurren. Und dann Giselas raue Stimme: Erich, wir haben Besuch!

Einen kurzen Moment ist sie versucht, anzuklopfen, aber da, wo einmal Giselas Blumen blühten, reihen sich jetzt ja graue Ordner an graue Ordner, und Tacke in seinem Fernsehsessel würde sie nur anknurren.

Also geht sie weiter in ihre Wohnung, gießt sich

ein Glas Wasser ein, nimmt einen Erdbeerjoghurt aus dem Kühlschrank, stellt beides auf den Tisch und setzt sich in den Sessel.

»Geschafft«, seufzt sie und nimmt einen Schluck Wasser. Durch die geöffnete Tür sieht sie Brummel auf dem Bett sitzen.

Ein aufregender Tag war das heute. Erst Tacke, dann Julia, dann Enis. Lebendige Menschen, keine Geister, denkt sie.

Julia. Wie voller Verheißung und Zukunft sie ist. Fotografin will sie werden.

Während bei Tacke ja alles absehbar ist. Bei mir wird nichts mehr besser, hat er ja selbst gesagt.

Und dann der Glatzkopf. Ein Vitaler. Noch. Wart's ab, denkt sie, die Haare sind erst der Anfang.

Und der Junge.

Enis.

Sie hätte nicht anfangen sollen, den Stieglitz zu malen. Einen harmlosen Vogel. Als wäre nichts. Als wäre dem Jungen nichts geschehen. Und als ließe das Unfassbare, das, was ihm geschehen ist, etwas so Argloses zu wie das Malen eines bunten Vogels und einer strahlenden Sonne.

Oder wie die Erinnerung daran.

Vielleicht hat Enis' Großmutter mit ihm gemalt, an ihrem Küchentisch. Oder seine Mutter. Daheim.

Das Malen mit Gertruds Nachbarsjungen, Werner, fällt ihr ein. Damals, kurz nach ihrer Ankunft. Wie weh ihr das getan hatte.

Denk an was Schönes, hört sie Giselas mahnende Stimme.

Also schaltet sie das Radio ein. Im Deutschlandfunk bringen sie Literaturempfehlungen. Neuerscheinungen. Himmel, wer schreibt nur all diese Bücher? Ihre stehen hinter ihr im Regal, Schulter an Schulter in geschlossenen Reihen, und in jedem von ihnen öffnet sich eine Welt. Nicht müde wird sie, sich hineinzubegeben, viele von ihnen erfüllen sie mit einer Zärtlichkeit, die nicht zu erklären ist, nur auszudrücken, indem sie sanft über den Einband streicht, sooft sie ein Buch in die Hand nimmt, wie eine tastende Begrüßung ist das. Aber diese Unmengen an neuen Büchern, jedes Jahr. Wer soll die nur alle lesen?

Sie sucht einen anderen Sender.

Chormusik. Kyrie eleison.

Sie erkennt sie sofort. Bachs h-Moll-Messe.

»Bloß nicht«, seufzt sie und schaltet das Radio aus.

Elias liebte Bach. Insbesondere seine h-moll Messe, die er immer wieder hörte. Und die sie schon damals schwer ertragen konnte. »Kannst du dich dieser Musik nicht überlassen?«, fragte Elias, als sie wieder einmal sehr plötzlich vom Sofa aufgestanden war, weil ihr schon die ersten Takte Furcht einflößten, dieser Schrei nach Erbarmen.

»Sie zieht mich dorthin, wo ich nicht sein kann«, antwortete sie, die Hand auf der Klinke der schon geöffneten Tür.

»Und wohin wäre das?«

Sie lauschte den vereinzelten Bewegungen der Stimmen, in die sich die gemeinsame Klage aufgelöst hatte, jede Stimme flehte und suchte jetzt auf ihre Art und doch durch ein geheimes Gesetz mit den anderen verbunden.

»Weiß nicht«, antwortete sie. »Auf dünnes Eis?«

Elias nahm den Tonarm von der Schallplatte, schaute zu ihr und dann versonnen ins Leere. »Für mich ist Bachs Musik wie das offene Meer. Und ich, ich hisse meine Segel.«

»Ja, da sind wir wohl verschieden.« Sie schloss die Tür wieder, ging auf ihn zu. Als sie ihre Arme um ihn schlang, erwiderte er es sofort. »Ich liege lieber sicher vertäut im Hafen«, nuschelte sie in seinen Pullover. »Zumindest bei Seegang in h-moll.«

So standen sie eine Weile, dann löste Elias sich aus der Umarmung, ging zum Regal mit den Schallplatten, zog eine heraus und dann die Platte aus der Hülle, ging neben dem Schallplattenspieler in die Hocke und setzte den Tonarm auf. Wie sie seine konzentrierten und behutsamen Bewegungen liebte! Ein warmes Knistern zog vom Herz hinunter in ihren Unterleib, begleitet vom noch tonlosen Knistern der Schallplatte und dann der einsetzenden Musik.

»Chopin, Walzer«, sagte er.

Er nahm ihre Hand, zog sie zum freien Platz vor dem Fenster, legte seine Hand auf ihren Rücken. »A-moll«, sagte er, und sie, sie überließ sich seinen vorsichtigen Tanzschritten, fast auf der Stelle tanzten sie, mehr als Wiegeschritte waren es nicht. Das Klavier verstummte, begann neu. »Cis-moll«, flüsterte er ihr ins Ohr, und sie legte ihren Kopf an seine Schulter und stellte sich vor, dass er das mit seinen Patienten genauso machte, er setzte ihren Tonarm behutsam in eine andere Rille als die, in der sie vor langer Zeit hängen geblieben waren. Oder er ermunterte sie, eine gänzlich andere Platte zu versuchen. Irgendwann küsste sie ihn auf die Wange und dann auf den Mund

und bewegten sie sich eng umschlungen Richtung Tür und über den Flur. Als er schließlich vor ihr die Treppe hochging, hielt sie sich mit einer Hand an seinem Hosenbund fest, bis sie am Bett ankamen.

Und dann, als er über ihr war, schloss sie ihre Augen, und er küsste sie auf die Lider.

Das Licht im Zimmer ist trüb geworden, und für einen Moment schließt sie die Augen, spürt Elias' Lippen erst auf dem linken, dann auf dem rechten Lid, ihr ist, als müsste sie nur die Augen öffnen, und da wären sein Gesicht, sein Blick, sein Mund.

»Ach, Elias«, seufzt sie und schlägt die Augen wieder auf.

Und schon verfliegt Elias' Gegenwart wie ein Duft, so wie die Farben im Raum und draußen vor dem Fenster in der Dämmerung schon versickert sind, während sie in ihren Erinnerungen war, in einem Innern, in dem Myriaden von Knospen darauf warten, sich zu öffnen und Erinnerungen zu verströmen. Es gibt Geschmacksknospen, warum soll es nicht auch Erinnerungsknospen geben, denkt sie sich, und in ihnen wäre angelegt, was ihr Leben zurückgelassen hat, aber eben nicht fest und vorherbestimmt, sondern immer wieder neu als aufsteigender und verfliegender Duft.

Es ist noch dunkler geworden. Als sie sich auf die Sessellehne stützt und dann in den Stand, geraten Boden und Fenster in eine schwankende Schieflage, mit den Augen fixiert sie Giselas pinken, über der Stuhllehne hängenden Schal, atmet tief ein und aus. »Heftiger Seegang heute«, murmelt sie. Allmählich kommt alles wieder ins Lot und zur Ruhe, und sie geht hinüber zum Schreibtisch und setzt sich. Tackes Flusserinnerungen. Sein Ems-Ordner. Den wollte sie heute noch anschauen. Aber jetzt noch nicht.

Über das tiefe Abendblau ziehen lockere Wolken, ihre Ränder leuchten wie Zierborten. Das Grün der Bäume ist schon erloschen, durch ihre Kronen geht der Wind, ganz leicht, und wie damals als Mädchen, auf Großmutters Fensterbank sitzend, versucht sie, sich den Wind jetzt wegzudenken, damit die Buchen sich aus sich selbst heraus zu bewegen scheinen, Menschengestalten wie sie. Aber es will nicht gelingen, die Bäume bleiben stumm und was sie sind: Baumschatten, bewegt vom Wind.

Jenseits von ihnen wird Enis vielleicht gerade von seinem Onkel ins Bett gebracht. Wie hieß der noch gleich? Irgendetwas mit A. Sie stellt sich vor, dass Enis lieber unten im Stockbett schläft, weil er vom oberen Bett nicht hinunterfallen möchte. Ob Onkel A ihm wohl vorliest? Aus welchem Buch denn? Der Kleine versteht ja nur Syrisch. Vielleicht erzählt er ihm ja eine Geschichte, eine, die Enis schon so oft gehört hat, dass auf ihrem Fluss für ihn ein Schimmer von Vertrautem und Verlässlichem liegt. Enis liegt sicher mit nackten Beinen im Bett, es ist ja warm. Und sicher schweigt er. Sogar in seiner Wut vorhin blieb er stumm.

Aber sein Gesicht war beredt.

Lieber nicht daran denken.

Sie zieht Tackes Ordner zu sich, schlägt ihn auf.

Uferwiesen. Uferbäume, die sich über ihre Spiegelbilder beugen. Mal wieder schön getroffen, das muss man dem alten Knurrhahn lassen.

Sie blättert weiter, überfliegt die Seiten nur. Alles in allem das Übliche.

Tackes Fahrrad. Natürlich.

Ein See. Der Emssee bei Warendorf.

Ob das Mädchen mit dem Zopf noch einmal auftaucht?

Noch mehr Flussansichten. Die nächsten Seiten überblättert sie nur. Wiesen. »Parklandschaften bei Emsdetten«, liest sie. Blättert wieder zurück.

Der Dortmund-Ems-Kanal. Noch einmal Tackes Fahrrad. Dieses Mal an einen Baum gelehnt. Seine Fahrradtaschen liegen daneben im Gras. Viel Gepäck hat er nicht dabeigehabt.

Und dann, auf der nächsten Seite, ein Junge. In Shorts und T-Shirt. Er kniet auf einer schmalen Sandbank im Fluss, um sich herum gehäufelter Sand. Wie schon beim Mädchen geht das Foto über die ganze Seite. Die Haut des Jungen ist hell, seine Waden und Unterarme paniert mit Sand. Er scheint ganz gefangen von dem, was er tut, möglicherweise einen Damm oder eine Burganlage bauen, offenbar bemerkt er nicht, dass jemand ihn fotografiert.

Nicht jemand. Tacke.

Irgendetwas stimmt da nicht. Mit den Fotos. Und mit Tacke sowieso nicht.

Sie schlägt den Ordner zu.

Die faserigen Wolken glimmen rötlich, erkalten von den Rändern her. Die Fensterbank ist leer. Hat sie dem Eichhörnchen heute schon seine Nuss rausgelegt? Egal. Sie wird das morgen machen, sie gehört ins Bett.

Am Waschbecken fährt sie sich mit dem Lappen nur übers Gesicht. »Husch-husch-Wäsche« nannte Großmutter das, wenn sie vor dem Zubettgehen die Waschschüssel mied »wie der Deiwel das Weihwasser«. Im Spiegel sieht sie ihre Erschöpfung, sie hockt in den Furchen ihrer grauen Haut und auf ihren Lidern, die von einer schlappen Schwere sind, genauso wie ihre Arme und Beine. Und wie ihre Brüste, denkt sie, als sie noch einen Blick in den Spiegel riskiert, bevor sie ihr Schlafanzugoberteil zuknöpft. Wie nasse Waschlappen hängen ihre Brüste herab, nein, wie nasse Socken. Ein Paar nasse Socken an einer Wäscheleine.

»Himmel«, murmelt sie. »Ein Spaß ist das alles nun wirklich nicht.«

Während sie ihr Bett das erledigen lässt, was sie einst für Elias in seinen letzten Wochen getan hat, Oberkörper und Kopf mit beiden Händen zu stützen und vorsichtig niederzulassen, während sie sich also einer Mechanik überlässt, umarmt sie mit dem freien Arm Brummel. So verloren fühlt sie sich, auch noch, als sie liegt, Brummels Kopf in die Kuhle zwischen Kinn und Schulter drückt und eine Weile zuschaut, wie es vor dem Fenster und dann auch im Zimmer immer dunkler wird.

Sie schließt die Augen.

Sieht den Malblock auf der Wiese liegen.

Sieht den Jungen knien, sich nicht bewegen, starr geradeaus schauen, während sich links und rechts von ihm das Blut von Vater und Mutter ausbreitet. Sie schlägt ihre Augen wieder auf. Knipst die Nachttischlampe an.

Der Augenblick, in dem er innehielt – und dann alles Helle mit Schwarz, Schwarz, Schwarz übermalte. Der wütende Schmerz in seinem Gesicht.

Der plötzliche, wütende Schmerz, der auch sie überfallen hatte, damals, nach Johanns siebtem Geburtstag, als sie an Onkel Egons Schreibtisch gesessen und in ihr Heft geschrieben hatte und die Türe zum Arbeitszimmer aufging.

»Besuch für dich«, sagte Gertrud zu ihr und schob Werner, den Nachbarsjungen, ins Zimmer.

»Hallo, Werner«, sagte Marietta.

»Ich bringe den Teller zurück.« Werner ging zum Schreibtisch, stellte ihn dort ab. »Und ich soll mich noch mal bedanken. Für den Kuchen.«

»Und?«, fragte sie. »Hat er geschmeckt?«

Werner nickte eifrig, dann wanderte sein Blick neugierig über den Tisch. Sie dachte an seinen Vater, wie er ihr auf dem Gartenweg entgegengekommen war. Und an seine Mutter. Ihr wiederholtes: Bist du es, Josef? Bist du es?

»Wie geht es deinem Vater?«, fragte sie.

Werner zuckte mit den Achseln. Wie er sich auf dem Gartenweg geweigert hatte, diese elende Gestalt, die sein Vater sein sollte, zu begrüßen, wie er fast bockig zu Boden geschaut hatte, die Hände in den Hosentaschen vergraben.

»Habt ihr euch schon wieder aneinander gewöhnt?«, fragte sie. »Dein Vater und du?«

Erneutes Achselzucken.

Also schob sie das Heft zur Seite, nahm ein Blatt von Onkel Egons Manuskript und dann einen Buntstift aus der Ablage.

»Wollen wir etwas malen?«

Werner nickte, legte seine Ellenbogen auf den Tisch.

»Was denn?«, fragte sie. »Was wollen wir malen?«

Dabei dachte sie an Johann. »Zuerst das, was unten ist, Mama«, hörte sie ihn sagen.

Aber Werner sagte nichts, stattdessen griff er nach dem Stift in ihrer Hand, nahm ihn ihr ab und fing an zu malen, rote Striche mitten ins weiße Papier.

Da stand sie ruckartig auf, zog ihm das Blatt weg, den Stift ließ sie ihm. Werner schaute sie erschrocken an. Sie schob ihn zur Tür und hindurch über den Flur in die Küche und auf die Bank am Küchentisch. »Hier kannst du malen. Ich muss zurück an den Schreibtisch.«

Dort angekommen tat es ihr schon leid. Sie blieb eine Weile sitzen, versuchte einen Schmerz zu stillen, der nicht zu stillen war, schließlich ging sie zurück in die Küche, aber Werner war gegangen. Auf dem Tisch lag sein Bild, ein lustloses Gekritzel.

Sie denkt an Johanns Kopffüßler, ein großer und ein kleiner, darüber blauer Himmel und eine riesige gelbe Sonne. Später malte er sie, seine Mama, im Kleid und sich selbst in kurzen Hosen auf einer Wiese oder am Fluss. Oder er diktierte ihr gewissermaßen die Bilder, die er sich wünschte, in die Buntstifte hinein: unten am Rand die braune Ackererde, darüber das Pferd Hans, der Pflug und Großvater, seine großen Hände, wie sie die Sterzen halten, und die graue Mütze, die nicht fehlen durfte. Oder Brummel, wie er im dunklen Wald zu den fünf Bärlein stößt. »Du musst malen, wie sehr sie sich freuen!«

»Weißt du das auch noch?«, flüstert sie Brummel ins Ohr.

Jedes Bild wurde unten am Rand begonnen und dann, nachdem Johann es für fertig befunden hatte, sorgfältig aufgehängt – am Küchenschrank, an Johanns Schlafzimmertür, manchmal auch über seinem Bett.

Und darum, denkt sie sich, darum hatte es sie so getroffen, als Werner in der Mitte des Blattes zu malen angefangen hatte und nicht unten am Rand. Diese kleine Abweichung vom Ritual, das ihres und Johanns gewesen war. Lag doch in ihr zugleich die große, die ungeheuerliche Abweichung von der Ordnung der Dinge – Johann, ihr Kind, war tot. Und sie lebte.

Sie hatte damals alles vermieden, was ihr und Johann eigen gewesen war. Um nicht zu fühlen, was zu fühlen sie nicht ertrug. Manchmal vergaß sie sich trotzdem oder überschätzte sich wie an dem Tag, als sie Werner zum Malen einlud.

Und jetzt ist da wieder ein Junge. Enis.

»Du armes, armes Menschenkind«, flüstert sie und zieht sich die Bettdecke bis zum Kinn.

Ihre Augen wollen endlich zufallen, aber sie will dem Schlaf nicht nachgeben, ihren Blick lässt sie über die

Lichtpunkte an der Wand und die Schatten in den Ecken wandern, zur offen stehenden Tür des Kleiderschranks, zum Faltenwurf der Gardine, zu dem Wasserglas auf dem Nachttisch, in dem sich das Licht der Lampe spiegelt.

Es ist so still.

Die Stille dieser Nacht und das Dunkel hinter ihren geschlossenen Lidern, beides fürchtet sie. Eine Furcht, die ihr vorkommt wie die der kleinen Marietta, die zaudernd und mit klopfendem Herzen vor der Kellertür stand. Hinter der Tür war die steinerne Treppe, sie würde hinuntergehen müssen in den verborgenen, dunklen Grund ihres Hauses und bis zu einer weiteren Tür – dort hindurch in den fensterlosen Raum, in dem die Kartoffelkiste war und das Regal mit den Vorräten. Mit derselben Furcht, mit der sie damals jedes Mal zauderte, die Kellertür zu öffnen, zaudert sie nun, ihre Augen zu schließen.

Sie drückt Brummel fester an sich.

Die Kirchturmuhr. Sie zählt ihre Schläge. Es sind elf.

Nützt ja nichts, denkt sie und löscht das Licht nun doch. Schließt die Augen. Atmet ein.

Aus.

Denk an etwas Schönes, sagt Gisela.

Brummel hebt und senkt sich mit ihrem Bauch und mit ihm ihre Hände, die auf seinem Fell liegen wie auf einem atmenden Wesen.

Großmutters Hände, die gefaltet im Schoß ihres Kittels liegen.

Großmutter, wie sie neben ihr auf der Bank sitzt, unter den Buchen, deren Kronen schon dunkel sind, während der Himmel immer noch hell ist, ein klares, reines Blau.

»Schau, Marjellchen, wie sich zur Nacht für eine Weile das Dunkle fein säuberlich vom Hellen trennt.«

»Der liebe Gott backt.«

»Der liebe Gott backt doch nicht«, lacht Großmutter.

»Doch. Meiner schon.«

»Wie kommst du denn darauf, Marjellchen?«

»Er trennt das Dunkle vom Hellen, so sauber wie du das Eigelb vom Eiweiß.«

»Und dann?«

»Stellt er das Eiweiß beiseite.«

»Aber der Himmel ist doch blau«, sagt Großmutter. »Nicht weiß.«

»Ja, schon. Ich mein ja nur, als ob. Es ist, als ob er das macht.«

»Ach so.« Sie lachen. Stellen es sich vor, Gott, wie er in einer riesigen Schüssel mit Teig rührt. Mit einem Holzlöffel, noch länger als die Birken, sooo lang, von hier bis in den Himmel.

Bis Großmutter sagt: »Komm, Marjellchen. Wir gehen rein. Schlafenszeit.«

Ein.

Aus.

Ein.

Sie kniet auf dem Eis. Sie darf sich nicht bewegen. Wenn sie sich rührt, wird etwas Schlimmes passieren. Neben ihr kniet Enis. Auf seinem Kopf hockt ein Stieglitz und singt. Sein Stieglitt, Stieglitt ist der einzige Ton in einer wattigen, weißen Stille. Wie schön, denkt sie. Unter dem Eis wetterleuchtet die See. Aus dem Nebel heraus erscheint Tacke, er schiebt sein Fahrrad, ein Umhang aus Nebelschwaden umgibt ihn, während er auf sie zugeht und dann vor ihr und Enis stehen bleibt. Ach, Sie sind es, knurrt er und fährt sich über sein Bärtchen. Er ist Soldat, auf der Stirn hat er eine Tätowierung, den Totenkopf der SS.

Erst jetzt bemerkt sie die lange Reihe kniender Kinder, einmal von hier über das ganze Frische Haff. Tackes Junge ist auch darunter. Was tust du hier, fragt sie ihn. Und warum hat Tacke dich fotografiert? Ruhe, brüllt jemand hinter ihr. Lauter Soldaten sind da. Wenn sie hinter ihr auf und ab gehen, knarzt das Leder ihrer Stiefel. Sie grunzen und rotzen aufs Eis. Jetzt hat sie solche Angst, ihr Herz wummert. Jemand tritt ihr in den Rücken, sie fällt vornüber mit dem Kopf auf das Eis. Sofort auf die Knie, brüllt ein Soldat, und sie tut, was er sagt. Und da steht neben ihr Johann und balanciert Brummel auf seinem Kopf. Wenn Brummel hinunterfällt, wird Johann erschossen. Das ist ein Gesetz. Ein Gesetz der Russen. Nicht bewegen, Johann, flüstert sie, um Himmels willen nicht bewegen.

Mama, flüstert Johann. Tränen rinnen ihm übers Gesicht.

Frau, komm, brüllt der Russe und greift ihr in die Haare. Und da ruft sie: Johann! Lauf weg! Und Johann schaut sie erschrocken an, dabei rutscht Brummel ihm vom Kopf. Lauf weg, schreit sie, aber schon zerreißt der Schuss die Luft, und Johann sinkt aufs Eis. Die Soldaten packen sie an den Haaren und brüllen: Frau, komm! Dawei! Dawei! Nein, schreit sie. Nein! Ihr Schrei durchdringt den kalten Nebel und dann – endlich – auch ihren Schlaf.

Sie schreckt hoch.

Öffnet die Augen.

Im Zimmer ist es dunkel, aber sie kann die Soldaten sehen, Schattengestalten, die stumm und regungslos im Kreis um ihr Bett stehen. Noch einmal schließt sie die Augen, wartet, öffnet sie erneut, und da stehen sie immer noch, die Männer, sie ahnt ihre runden Gesichter und die schmutzigen Uniformen, sie weiß, sie lauern ihr auf. Sie warten darauf, dass sie sich bewegt, also muss sie so regungslos liegen bleiben, wie die Männer dort stehen.

Starr bleibt sie liegen.

Licht müsste sie machen, aber dazu müsste sie sich regen, und das darf sie nicht.

Aber Licht, sie braucht das Licht, um die Soldaten zu verscheuchen.

Unter der Decke tastet sie nach Brummel. Da ist er. Mit der einen Hand krallt sie sich in sein Fell, die andere krabbelt langsam, ganz vorsichtig unter der Decke Richtung Schalter. Als sie den Schutz der Decke verlässt, hält sie inne. Wartet, ob einer der Soldaten etwas bemerkt hat. Ihre Hand schleicht weiter über die ungeschützte Matratze, überbrückt den Abgrund zwischen Bett und Nachttisch, da, endlich, ist das Kabel. Ihr Herz rast, sie kneift die Augen fest zusammen – und drückt auf den Knopf.

Sie spürt hinter den Lidern das Licht, wartet eine Weile, atmet möglichst flach, rechnet mit allem. Sie kann ihr Herz schlagen hören, in ihrem Hals, in ihren Ohren, aber im Zimmer bleibt es ruhig.

Sie öffnet die Augen.

Die Soldaten sind fort.

Mit der Hand sucht sie ihr Herz. »Sch, sch, ist ja gut«, flüstert sie. »Ist ja gut. Sie sind fort.«

Sie waren ja nur ein Traum. Ein über die Ufer des Schlafs getretener Traum.

Ihre Hand hebt und senkt sich mit ihrem Atmen.

Auf.

Ab.

Auf.

Der Traum. Nicht an die Bilder des Traums denken.

Lenk dich ab!

Sie könnte sich an ihren Schreibtisch setzen. In die Schublade mit den Fotos greifen.

Oder schreiben.

Oder rüber zu Gisela gehen. Sie stellt es sich genau vor. Wie sie behutsam die angelehnte Tür zu Giselas Wohnung öffnet, durch den Flur in ihr Wohnzimmer schleicht bis zum Sessel, sich hineinsetzt, den Kopf an eines seiner Ohren schmiegt, die Augen schließt und lauscht, lauscht auf Giselas Schlafgeräusche.

Nur – Gisela wohnt da ja nicht mehr.

Sondern Tacke. Tacke, der so Unheil bringend, so unheimlich war in ihrem Traum.

Aber egal, was sie täte, um sich abzulenken. Sie müsste dazu aufstehen. Und das kann sie nicht. Noch nicht. Sie kann nicht die Deckung ihres Bettes verlassen. Sich dem offenen Raum aussetzen, in dessen Ecken eine dumpfe Bedrohung kauert, jederzeit auf dem Sprung, wieder Gestalt anzunehmen. Soldatengestalt.

Dann muss Gisela eben zu ihr kommen. Samt ihrem Ohrensessel holt sie sie zu sich ans Bett, und Giselas weißes, fluffiges Haar sieht aus wie immer nach dem Schlafen: wie ein zerrupfter Wattebausch.

»Erzähl mir noch einmal die Geschichte mit dem Streuselkuchen«, bittet Marietta sie.

»Die mit dem russischen jungen Kerl?«, fragt Gisela.

»Ja.«

Gisela schließt für eine Weile die Augen, fährt sich mit der Hand über die Stirn, als müsste sie sich erst wieder erinnern, das hat sie immer getan, ein bisschen theatralisch kam ihr das vor. Dabei war es eine Geschichte, die sie Marietta schon oft erzählt hatte, in immer gleichen Worten. »Also, du weißt ja, meine Mutter und Großmutter und ich, wir waren in Zwangsarbeit, fünfundvierzig und sechsundvierzig, bei den Russen«, beginnt sie. »Auf dem ehemaligen Gut meiner Tante. Der Tante, die von den Russen erschossen wurde. Gleich am ersten Tag, als sie …«

»Ich weiß«, unterbricht Marietta sie. »Den Teil kannst du überspringen. Du bist zur Ausgabestelle für das Brot gegangen. Und da war der Russe, ein schlaksiger, junger Kerl, der dir immer eure Ration Brot aushändigte. Und du warst allein mit ihm im Raum.«

»Die Brote wurden in riesigen Körben aufbewahrt.«

»Ich weiß. Und da war eine geschlossene Zimmertür.«

»Genau«, sagt Gisela. »Also, der Russe kam hinter

dem Tresen hervor. Er ging zur Zimmertür, stieß sie auf und sagte irgendetwas auf Russisch. Dabei winkte er mich heran. Und dann zeigte er ins Zimmer. Er wollte, dass ich hineinging. Als ich stumm stehen blieb, zog er mich vorsichtig am Arm und schob mich durch die Tür.«

»In seine Kammer«, sagt Marietta.

»Ja. Ein schmales Bett, ein Stuhl, ein Schrank. Mehr stand da nicht. Und dann ...« Gisela macht eine Pause, atmet tief durch. »Dann zeigte er mir, dass ich mich vors Bett knien sollte.«

»Und das hast du getan.«

»Ja. Weil Ungehorsam nicht geduldet wurde«, sagt Gisela. »Nie. Also habe ich mich vors Bett gekniet, mit dem Rücken zu ihm.«

»Starr vor Angst«, ergänzt Marietta.

»Ich wusste ja, was kommt.« Gisela macht eine Pause. »Alle Frauen und Mädchen wussten das.«

»Ja«, sagt Marietta. »Aber es kam anders.«

Jetzt ist es Marietta, die die Augen schließt, damit sie es sich genau vorstellen kann. Wie der junge Russe unter sein Bett zeigt, »Smotret« sagt. »Smotret, das heißt: Schau«, erklärt Gisela.

»Ich weiß«, sagt Marietta, sie kennt den weichen Klang des Wortes, aber genau daran will sie jetzt ja nicht denken, sondern an Gisela und wie sie begreift, sie soll unter sein Bett schauen. Und wie sie tut, was er will. Und dann das Backblech entdeckt und auf ihm einen Kuchen, einen Kuchen mit Streuseln. Als Gisela verwirrt zu ihm hochblickt, kniet er sich neben sie, zieht das Blech hervor und stellt es aufs Bett. Er zeigt auf sie, dann auf den Kuchen und wieder freundlich nickend auf Gisela, die immer noch kniet und nicht weiß, was sie denken soll, außer dass der Kuchen für sie ist und vielleicht doch nicht geschieht, was geschehen muss.

Und richtig, jetzt bedeutet er ihr, aufzustehen, er nimmt das Blech vom Bett und hält es ihr hin. Und da begreift sie, er will, dass sie den Kuchen mitnimmt, aber das geht ganz und gar nicht, dass ein deutsches Mädchen mit einem Kuchen durchs Dorf geht, allein, vorbei an russischen Soldaten, die gleich wissen, sie hat ihn gestohlen. Darum schüttelt sie heftig den Kopf und macht einen Schritt zurück, und da steht er mit dem Blech auf den Händen und weiß einen Moment nicht, was tun. Doch schon dreht er sich um, geht zur Ladentür, winkt Gisela zu sich her, sie soll ihm folgen. Er tritt hinaus auf die Dorfstraße, nur, auch das ist ganz unmöglich, sie kann unmöglich mit ihm und dem Kuchen durchs Dorf, also schüttelt sie abermals ihren Kopf, bedeutet ihm, er solle ihr folgen, sie müssen ums Dorf herum, auch wenn sie erneut fürchten muss, dass, allein mit ihm zwischen Wald und See, doch noch geschieht, was geschehen muss.

Wohl deswegen lässt sie ihm am Ende des Abzweigs den Vortritt, der Pfad ist schmal. Wie eine kleine Prozession stellt Marietta sich das vor – ein Mann hält ein Blech mit einem Kuchen vor sich in die Luft, sein Gesicht ist freundlich, aber ernst, und ein Mädchen mit blonden Zöpfen folgt ihm in ehrfürchtiger, sicherer Entfernung. Der Himmel ist hoch und weit, die Buchen und Eichen schon angezündet vom Herbst, und unter ihren Schuhen raschelt das Laub.

Marietta zieht Luft durch die Nase ein und mit ihr

den Duft gebackener Äpfel und die buttrige Süße der Streusel. Stellt sich vor, wie der Duft vom Blech in den Händen des Russen bis zur hinter ihm gehenden Gisela weht. Diese kleine Prozession, zwei Menschlein, ein russischer Mann und ein deutsches Mädchen, und dieses Mädchen, es scheint unter dem Schutz von etwas Höherem zu stehen. Mariettas Herzschlag beruhigt sich mit dem Herzschlag des Mädchens, das je länger der Russe vor ihr in gleichmäßigen Schritten geht, desto hoffnungsfroher wird, dass ihr nichts geschieht.

In der Ferne schlägt die Kirchturmuhr, sie atmet im Rhythmus der Schläge, lässt sich von ihnen tragen bis in den Schlaf.

Auf einem unendlich langen Pfad geht sie hinter einem Mann her, das ist ein Russe, er trägt ein Blech Kuchen auf den Händen, den hat er für sie gebacken, sie gehen und gehen, in den Bäumen krächzen die Raben, und da plötzlich dreht er sich um, und das ist gar kein Kuchen, das ist ein Gewehr, der Russe hält sein Gewehr in den Händen, jetzt legt er es an, er zielt auf einen Raben. Smotret, sagt der Mann. Und jetzt brüllt er: Frau, komm! Der Rabe fliegt auf.

Jetzt sitzt Johann an ihrem Bett, in Giselas Ohrensessel. Johann ist ein reifer Mann, aber sein Haar ist immer noch dunkel und lockig. Wir haben uns lange nicht gesehen, Mama, sagt er und schaut sie eine Weile forschend an. Weißt du noch, die Russen?, fragt er schließlich. Psst, sagt sie scharf. Du darfst nicht aussprechen, was du gesehen hast. Du darfst das nicht verraten. Auf keinen Fall. Psst, pssst, psst, sie wiederholt das immer wieder, legt dabei ihren Zeigefinger auf ihre Lippen. Und da steht Johann auf, seine dunklen Augen schimmern feucht, er schaut so traurig herunter auf sie. Dreht sich um. Geht zur Tür und hindurch. Und sie denkt: für immer.

Sie schreckt hoch.

Johann. Was, wenn er überlebt hätte. Und darum alles mit angesehen hätte.

Wie der russische Soldat sie auf die Knie stößt, auf den eisigen Boden des Hofs. Komm, Frau, komm! Wie er sie am Zopf packt und zwingt, ihm auf Knien zum Haus zu folgen. Dawei! Dawei!

Etwas in ihr knistert und knackt wie Eis.

Hätten sie Johann mit ihr in die Küche geschleift, in eine Ecke gestoßen, was hätte er gesehen?

Seine Mama, auf dem Küchentisch. Die Rücken und Gesichter der Soldaten, die Mama zwischen sich festhalten. Die Schläge in ihr Gesicht, die sieht er auch. Und wie die Männer ihre dreckigen Hosen öffnen, warum machen sie das, und dass sie sich an Mama zu schaffen machen. Oben. Aber vor allem unten, am Bauch, zwischen ihren nackten Beinen. Da boxen sie sie. Immer nur einer. Und dann der Nächste.

Halt!

Ihr Knie. Die dunkle Stelle. Sie will sich daran festhalten, aber auf dem Rücken liegend reicht sie mit der Hand nicht heran.

Die Männer lachen. Die Männer klatschen.
Ihr Beifall im Rhythmus des stoßweisen Schmerzes.

Elias. Hilf mir. Elias.

Im Türrahmen erscheint eine Gestalt, geht durchs Dunkel ins Licht der Lampe. Elias. Er lächelt sie an. Hinter dem Kopfende des Bettes steht sein Sessel, in den setzt er sich nun. Darf sie sich umdrehen zu ihm? Nein. Nicht, dass er wieder verschwindet.

Sie sagt: Ich bin so froh, dass du gekommen bist. Die russischen Soldaten sind wieder da. Und ich glaube, etwas stimmt nicht mit mir.

Factum brutum, sagt Elias, und noch einmal: Factum brutum. Es klingt wie eine Beschwörung. Magst du es mir erzählen?

Ich kann nicht. Ich kann es einfach nicht, antwortet sie und holt Brummel unter der Decke hervor und zeigt ihn Elias. Ich habe mich wieder erinnert. Er hat das eine Auge erst danach verloren.

Nach was? Elias Stimme hat jetzt diesen Analytikerklang, und sie ist seine Patientin.

Nach was hat Ihr Brummel sein Auge verloren?

Wissen Sie, dass ich immer die Augen ganz fest schließe, wenn mein Mann und ich uns lieben? Wie ein Maulwurf.

Und … warum tun Sie das?, fragt er.

Das »Maul« in Maulwurf kommt von altdeutsch »Molte«. Erde. Erd-Werfer. Habe ich kürzlich nachgeschlagen.

Sie weichen aus, sagt er. Wir waren bei Ihren Augen. Warum Sie sie schließen, wenn Sie mit Ihrem Mann schlafen.

Sie kneift die Lider fest zusammen: Damit ich das Gesicht meines Mannes nicht sehen muss.

Jetzt ist sie raus, die Wahrheit, die uneinholbare Wahrheit, sie hängt zwischen ihr und Elias, den sie schwer atmen hört, erst aus der Entfernung des Sessels und dann schließlich nah an ihrem Ohr.

Warum? Warum willst du mein Gesicht nicht sehen? Er klingt jetzt gar nicht mehr wie ein Analytiker, er klingt traurig.

Elias, es tut mir so leid.

Sie schweigt, wohl sehr lange, zu lange, denn schließlich seufzt Elias, und dieser Seufzer ist wie ein Aufgeben, und dann steht er auf, geht mit sehr langsamen Schritten zur Tür, öffnet sie, schließt sie hinter sich.

Nicht einmal mehr umgedreht hat er sich zu ihr.

Himmel, denkt sie. Ich bin wohl nicht ganz bei Trost.

Reiß dich zusammen, sagt Gisela.

Du stehst jetzt auf und schreibst.

21

Sie blättert die Kladde auf, streicht die neue Seite glatt.

Schreiben also.

Aber der Raum sitzt ihr so dunkel und lauernd im Rücken, nur durch die Tür zum Schlafzimmer leckt ein Rest Licht. Sie hätte die Deckenlampe anschalten sollen. Aber jetzt wieder aufstehen? Nein. Dazu ist sie zu müde.

Und wach zugleich, eine nagende Wachheit. Und eine wunde Unruhe.

Giselas Schal, das Weiche um ihre Schultern, das ist gut. Sie drapiert eines seiner Enden vor sich. Die Schreibtischlampe wirft einen hellen Schein auf das Pink und aufs Papier, als wollte sie etwas in Szene setzen. Aber was? Sie horcht in den Raum. Nichts. Niemand. Wie in einem verlassenen Zuschauerraum.

Auf der Bühne ihr Stück: längst abgesetzt.

Und das hier? Eine Zugabe. Aber für wen?

Vorm Fenster ist es dunkel, in den schwarzen Baumkronen blinzelt es. Licht von drüben, vom Feld.

Enis. Adil. In ihren Betten.

Hoffentlich können wenigstens die beiden schlafen.

Sie will ja schreiben. Was sie noch nie geschrieben hat, auf keiner der vielen Seiten, die sie im wurmstichigen Innern des Schreibtischs aufgehoben weiß.

Wie soll sie nur anfangen?

Noch einmal streicht sie das Papier glatt, setzt den Stift auf der linken Seite oben auf. Factum brutum schreibt sie. Und dann noch einmal factum brutum. Factum brutum. Zeile für Zeile, wie eine Übung in Schönschrift an einem sperrigen Wort. Factum. Brutum. Wie eine Strafarbeit. Factum brutum.

Sie hält inne.

Die bloßen Tatsachen. Ohne Erklärung. Wie soll das gehen?

Johann, wenn er als Mann vor ihr säße. Wie vorhin im Traum. Wenn er es mit angesehen hätte und nun darüber sprechen wollte und sie ihn bäte, ganz nüchtern zu berichten. Wie würde er es sagen?

Aber nein, so geht es nicht.

Johann war ja noch ein Kind, ein sechsjähriges Kind. Was sollen da nackte Tatsachen sein? Nackte. Tatsachen.

Sie muss es selbst versuchen.

Wie nach der Flucht bei Gertrud an Onkel Egons Schreibtisch, der jetzt ihr Schreibtisch ist. Als sie ins schwarze Schulheft schreiben wollte, das Gertrud ihr geschenkt hatte, als sie nicht wusste, wie sie beginnen sollte, nach all dem, und dann schließlich auf der letzten Seite begann. Mit nur einem Wort. Johann. Und einem Kreuz dahinter.

Und später dem Foto von Großmutters Hof darüber.

Sie blättert eine frische Doppelseite auf, streicht sie glatt. Malt in die Mitte links vom Falz ein kleines Kreuz. Rechts vom Falz daneben schreibt sie: Johann. Um beides zieht sie einen viereckigen Rahmen.

Sie schließt die Augen. Sie muss nicht lange suchen. Alle sitzen um den Küchentisch. Großmutter, Großvater, Johann, sie. Keiner spricht. Sie horchen nach draußen, auf die Motoren, das Knallen von Türen. Das Brüllen. Die Schüsse, die Schreie. Furchtbare Schreie. Aus einem fast verlassenen Dorf.

Sie hat Johanns Hände in ihre genommen. Großmutters Hände liegen gefaltet auf dem Tisch.

Ein Hämmern an der Haustür. »Mein Gott«, sagt Großmutter und steht auf, öffnet die Schleife auf ihrem Rücken, nimmt die Schürze ab, legt sie zusammen und dann über die Lehne des Stuhls, wie sie es immer tut, bevor sie einen Gast in die Stube bittet. Im Gehen streicht sie sich eine Haarsträhne aus der Stirn, aber sie ist noch gar nicht an der Tür, da splittert schon Fensterglas, birst Holz, stürmen russische Soldaten in langen, schweren Mänteln in die Küche, stoßen und zerren, treiben sie raus, die Küchentreppe hinunter auf den Hof.

Auf den Hof.

Sie öffnet die Augen, und da steht Großmutter neben Elias' Couch, nimmt ihre Schürze ab, legt sie zusammen und dann auf die Couch. Diese selbstverständliche Geste von Anstand und Ordnung, in ihrer Erinnerung markiert sie eine Grenze. Eine Grenze zu dem, was einmal heil war und nie wieder heil sein wird.

Draußen ist dunkle Nacht. Weit nach Mitternacht muss es sein.

Damals geschah es mitten am Tag.

Der Himmel war schneewolkenverhangen.

Auf dem Hof mussten sie sich nebeneinander mit dem Rücken an die Hauswand stellen. Großvater. Großmutter. Johann. Sie selbst.

Sie zitterte.

Aus den Fenstern über ihnen regnete es schwallweise Dinge. Teller, Schüsseln, Tassen, Großmutters gute Kristallgläser, die Vasen zersprangen auf dem gefrorenen Boden. Dann hörte es eine Weile auf. Dann Johanns Bettgestell, sein Tischchen, sein Schaukelpferd. Brummel. Johann zog an ihrer Hand. »Nicht hinsehen«, flüsterte sie ihm zu. »Nicht bewegen.«

Wie alles aus dem Himmel auf die Erde stürzt. Und dazwischen die Soldaten. Sie laufen durcheinander, fallen ins Haus ein, den Stall, die Scheune. Sie sind überall. Und Johanns Hand in ihrer, heiß vor Angst.

Sie greift zum Stift, beginnt oben links auf der Seite zu schreiben:

Factum brutum.

Sie stehen nebeneinander mit dem Rücken zur Hauswand. Zwei Soldaten laufen vor ihnen auf und ab, im Arm tragen sie ihre Gewehre.

Jemand brüllt etwas aus dem Fenster. Daraufhin bleibt einer der Soldaten vor der Frau stehen, greift ihr ins Haar, lässt ihren Zopf durch seine Hand gleiten.

Frau, komm, befiehlt er. Frau, komm.

Nicht, sagt der Junge. Nicht gehen, Mama.

Psst, sagt die Frau. Es wird alles gut.

Der Soldat zieht die Frau weg von der Wand. Da hält sie die Hand des Jungen noch fest. Aber als der Soldat sie an den Schultern packt und zu Boden stößt, lässt sie sie los.

Dawei! Dawei! Jetzt brüllt er und zieht die Frau am Zopf und auf allen vieren hinter sich her. Wie ein Tier.

Dawei! Dawei!

Die Frau reißt den Kopf herum, schaut Richtung Hauswand, wo immer noch der Junge steht. Sie schreit: Lauf weg! Junge, lauf weg!

Mama, ruft der Junge.

Lauf weg!

Der Junge läuft los. Über den Hof.

Der zweite Soldat legt sein Gewehr an, er zielt auf den Jungen, der schon auf der Wiese ist. Die Frau bäumt sich auf. Ihr Schrei mischt sich in den Knall. Der Junge breitet seine Arme aus.

Als wollte er davonfliegen.

Wie ein Engel.

Aber das habe ich mir erst im Nachhinein erzählt.

Ich weiß nicht, was sie mit Johanns zerschossenem Körper gemacht haben. Als sie mich gehen ließen, drei Tage später, wollte ich ihn suchen. Wir finden ihn für dich, hat Großmutter gesagt. Und begraben ihn. Du musst los. Marjellchen. Du musst über das Eis.

Ich dachte: Aber die gefrorene Erde will ihn nicht.

Der Schuss. Er ist in mir wie eingefroren. Gefrorene Zeit.

Der Schmutz auf dem Mantel des Soldaten. Das Gewehr. Der schmal zulaufende, lange Schaft, seine ziehende Bewegung durch die Luft, sein Innehalten, Johann, der stolpert, weiterläuft, die konzentrierte Regungslosigkeit des Soldaten, meine plötzliche Gewissheit, sie gilt Johann, der Schuss und dann Johann, wie es ihn stoppt, wie er den Kopf zurückwirft, die Arme ausbreitet, auf die Knie fällt – dieser Moment vor allem, seine staunende Unentschiedenheit, bevor er nach vorn sackt.

Weil ich geschrien habe »Lauf weg«, lief Johann weg. Weil Johann weglief, hat der Russe ihn erschossen. Factum brutum.

Sie liest, was sie geschrieben hat. Unter ihrer linken Hand weiß sie ihr Knie, ihr Wundmal. Mit der anderen tupft sie mit dem Zipfel von Giselas Schal über ihre Wangen, trocknet die Tränen.

Und dabei ist es noch nicht vorbei.

Sie zieht den Rahmen um Johanns Namen und das Kreuz mit dem Stift nach. Beginnt unterhalb zu schreiben:

Factum brutum.

Und jetzt?

Was soll das bringen? Wozu soll sie auch das noch aufschreiben?

Sie legt den Stift aus der Hand. Himmel. Was tut sie hier? Sie gehört ins Bett. Aber da kommt sie ja her, und da war es nicht auszuhalten heute Nacht. Sie legt das Gesicht in die Hände.

Elias. Wie er eben im Sessel hinter ihr saß. Sein Atmen. Willst du es mir erzählen? Sein trauriger Blick. Sein resigniertes Seufzen.

»Also gut«, seufzt sie nun auch, blättert um, streicht mit der Hand über das Papier.

Ach, Elias, mein lieber Elias,

heute Nacht drehe ich wieder wie eh und je Runde um Runde in meiner Geisterbahn. David hat es einmal so ausgedrückt. Mir hat das sofort gefallen.

Dir ging es immer ums Bezeugen. So habe ich dich zumindest verstanden. Darum, das wirklich Geschehene herauszufiltern, zu rekonstruieren. Und es dann zu betrauern. Aber vor allem, um aussteigen zu können aus der Endlosschleife dieser Geisterbahnfahrt. Es war wohl eine Traumatisierung.

Heutzutage spricht jeder von Traumatisierung. Sogar im Radio tun sie das, wenn sie über die geflüchteten Menschen sprechen, die bei uns ankommen.

Damals, unmittelbar danach, fragten die Frauen sich gegenseitig: Und du? Musstest du auch ran? Oder sie sprachen übereinander: Die Helga, die wurde auch verschlissen. Die haben sie wochenlang zwischengehabt.

Meistens aber sagte keine etwas.

Und ich? Selbst auf unserer Moskaureise habe ich nicht mit dir darüber gesprochen. Als wir zur Passkontrolle anstanden und ich fluchtartig umdrehen wollte, zurück nach Hause. Auf die russischen Beamten in Uniform war ich nicht vorbereitet. Ich kann das nicht, habe ich gesagt. Und du: Doch. Du kannst. Ich bin ja bei dir.

Und dann in diesen alten, prunkvollen Metrostationen – wie Schlösser tief unter der Stadt –, als wir nicht wussten, welche Metro wir nehmen mussten, wegen dieser verdammten kyrillischen Schrift, und dastanden und in unseren Streckenplan starrten, und du dann ein paar Schritte von mir wegmachtest, um ein Wort auf der Anzeige mit dem auf deinem Plan zu vergleichen, da sprach mich dieser russische Mann an, ich sehe sein Gesicht noch genau vor mir. Er wollte helfen. Ich versuchte es noch, holte unseren Stadtplan aus der Tasche, tippte darauf, und da nickte er freundlich und wollte, dass ich ihm folge. Komm, Frau, komm. Da ist es wieder passiert, wieder bin ich eingebrochen.

Wann bin ich nach oben gekommen? Und wie? Die ganze endlos lange, steile Rolltreppe hinauf und durchs Gedränge. Aber irgendwann hast du neben mir gesessen auf einer Bank und mir wieder einmal beim Atmen geholfen. Ein. Und aus. Und ein. Genau wie beim ersten Mal auf der Bank am See. Schließlich hast du mich gefragt: Was ist da unten denn nur passiert?

Und ich: Frau, komm. Er hat »Frau, komm« zu mir gesagt.

Da hast du zu weinen begonnen. Mitten im Lärm des Moskauer Verkehrs, auf dieser Bank, rannen dir die Tränen übers Gesicht. Es tut mir so leid, hast du gesagt. Es tut mir so leid. Und dann haben wir uns umarmt. Aber darüber geredet haben wir nicht.

Sie legt den Stift weg. Ihre Hand zittert ja. Und schmerzt.

Los, Marietta, sagt sie sich. Schreib weiter.

Als die Russen mich auf Großmutters Küchentisch zerrten und über mich herfielen, einer nach dem anderen, wie habe ich da geschrien. Gebrüllt. Um mich geschlagen. Nicht wegen dem, was sie mir taten, nein, wegen Johann. Johann! Ich musste doch zu ihm, zur Wiese, wo er immer noch lag und blutete, er durfte ja nicht verbluten, ich musste doch nach ihm schauen. Johann! Sie haben mich auf das Holz niedergedrückt, mir ins Gesicht geschlagen, auch das immer wieder. Johann!

Jetzt zerren sie mich an den Armen hoch, setzen mich auf. Ist es vorbei? Schon will ich hinunter vom Tisch, will zu meinem Jungen, da fasst einer mich fest um den Kiefer und dreht meinen Kopf. Smotret, brüllt er. Smotret! Und da, Elias, da sehe ich ihn. Johann. Mein Junge. Leblos.

Und Elias, Elias, dafür habe ich keine Worte, es ist eine Explosion von Schmerz.

Der Soldat hielt Johann kopfüber an den Füßen vor sich in die Luft. Elias, versteh doch, wie einen erlegten Hasen schlenkert er ihn hin und her. Frau! Smotret! Und dann lacht er.

Danach haben sie mit mir weitergemacht, das weiß ich, aber ich erinnere mich an nicht viel. Ich hatte aufgehört zu schreien. Nicht einmal mehr gewimmert habe ich.

Elias. Ich darf nicht unterbrechen, nicht den Stift weglegen, sonst wird das nichts mehr, längst sehe ich nur noch verschwommen, und das Papier ist feucht von meinen Tränen, ein unleserlicher Brief wird das, aber immerhin einer, der endlich geschrieben wird.

Ich bin wohl bewusstlos geworden. So haben sie mich in Großmutters Schlafkammer geschleppt, in der nur noch das Bett stand. Dort kam ich zu mir.

Was dann folgte, halte ich kurz, Elias. Die Tür war verschlossen. Es dauerte noch drei Tage lang. Das weiß ich, weil ich aus dem Dachfenster den Himmel sehen konnte und die kahlen Äste von Großmutters Buchen, und darin wurde es dreimal schwarze Nacht. Sie kamen und gingen, mal allein, mal zu mehreren. Ich will darüber nicht schreiben. Nur das noch –

Die Männer, während sie mich quälten. Ich habe in ihren Gesichtern die blinde Raserei der Vergeltung gesehen. Bei den meisten war der Punkt, auf den sie in mir hinwüteten, nichts weiter als der Höhepunkt dieser Raserei.

Nicht jedes Mal war das so. An einen Russen erinnere ich mich, der mir ein paarmal Wasser brachte. Ein Stück Brot. Ein nasses Handtuch, damit ich mich untenherum säubern konnte. Es war danach voll blutiger Schmiere. Er brachte mir auch einen Teller Suppe. Er blieb an der Wand stehen, sah zu, wie ich die Suppe löffelte, mit einem ganz weichen Ausdruck in den Augen und um den Mund. Aber dann, als ich den leeren Teller auf dem Boden abstellte, kam er auf mich zu, öffnete Gürtel und Hose und drückte mich hinunter aufs Bett. Und während er mich quälte, sah ich sein Gesicht, das Weiche war fort, und dann war er am Ziel, riss den Kopf in den Nacken, stöhnte, atmete, senkte sein Gesicht zu meinem, und darin war das Weiche und Sanfte zurück, und er sagte etwas auf Russisch, das zärtlich klang, und dabei strich er mir mit dem Handrücken vorsichtig über die Wange.

Die Gesichter der Wollust sind unpersönlich. Ich meine, der Gesichtsausdruck auf dem Höhepunkt der Lust, er ist nicht persönlich, nicht individuell. Er ist neutral. Nicht gut und nicht schlecht. Weil man sich an diesem Punkt selbst vergisst.

Ach, Elias! Ich hatte Angst, in deiner Lust etwas von den Gesichtern jener Männer zu sehen.

In unserer Anfangszeit ist mir das ein paarmal passiert. Und Elias, dann kippte alles ins Grauen – einer der Russen war über mir, in mir und mit ihm der Dreck und die Qual und das Grauen.

Ich bin dann ganz starr geworden. Und du – verunsichert – hast dich zurückgezogen.

Ein Satz von David fällt mir ein. Scham und Schuld schicken mächtige Türsteher.

Elias, hätte ich dir das alles doch nur sagen können. Es erklären. So hat es mich einsam gemacht. Immer wieder. Inmitten unserer Liebe.

Wie habe ich dich geliebt.

Sie legt den Stift aufs Holz. Atmet tief aus, erleichtert, aber auf eine Art, als wäre mit dem Schweren auch jede Kraft aus ihr entwichen.

Über den Bäumen liegt schon ein Hauch Morgendämmerung. Vor ihren Augen sieht sie Schlieren, und als sie aufzustehen versucht, fängt der Raum an, sich zu drehen. Sie hält sich an der Tischkante fest, lässt sich wieder zurückfallen auf den Stuhl. Sie muss liegen. Sich ausruhen. Aber dazu müsste sie aufstehen. Gehen. Ohne zu stürzen. Der nächste Notfallknopf befindet sich über der Couch.

Sie hebt den Hörer vom Haustelefon. Wählt.

»Marietta Stein hier. Dritter Stock«, sagt sie. »Kein Grund zur Sorge. Aber könnten Sie jemanden schicken?«

22

Was ist passiert, letzte Nacht?«, fragt Frau Meier, während sie die Thermoskanne mit Tee auf den Nachttisch stellt.

»Hat sich das also schon herumgesprochen«, antwortet Marietta. »Ich habe am Schreibtisch die Zeit vergessen. Und dann ist mir die Puste ausgegangen.«

»Die Zeit und wohl auch Ihr Alter vergessen.« Frau Meier zieht den Stuhl ans Bett und das Blutdruckgerät aus der Kitteltasche.

Marietta hält ihr den Arm hin. Erschöpft fühlt sie sich. Und immer noch unruhig. Denn als sie schließlich im Bett gelegen hat, ist sie doch nicht zur Ruhe gekommen, mehr als ein Gründeln war es nicht, zwischen halbem Wachen und halbem Schlafen, zwischen Tagträumen und Traumfetzen.

»Vielleicht ist das keine so gute Idee, die Nacht zum Tag zu machen.« Frau Meier streift ihr die Manschette über den Arm. »In Ihrem Alter.«

Wenn Sie wüssten, was die Nacht einer alten Frau so alles abverlangen kann, denkt sie. »Sind Sie schon einmal Geisterbahn gefahren?«

»Um Gottes willen, nein. Nichts für mich.« Frau Meier schaut aufs Messgerät, nickt. »Sie sind ja wieder gut zu Atem gekommen. Und Sie? Sind Sie schon Geisterbahn gefahren?«

»Immer mal wieder.«

»Aber heute bitte nicht mehr«, lacht Frau Meier und hebt den Zeigefinger. »Wie kommen Sie jetzt darauf?«

»Nur so«, antwortet sie, während Frau Meier ihren Arm auf der Decke ablegt, so behutsam, als hätte sie etwas Zerbrechliches ausgeliehen und gäbe es nun zurück.

Jetzt noch die Zugabe: Frau Meiers Handrücken. Sanft streicht er über Mariettas Hand, das macht sie immer so, das ist so fein, Hand über Hand und kein Greifen darin.

»Danke. Ich bin heute brav. Versprochen. Ich leg einen Ruhetag ein.«

Es klingelt an der Tür.

»Hmmh«, sagt Frau Meier. »Ich schau mal nach, wer das ist.«

»Da will eine junge Frau zu Ihnen.« Frau Meier steht im Durchgang zum Wohnzimmer. »Eine mit …« Mit dem Zeigefinger dreht sie Locken in die Luft.

Julia.

Julia hat sie ganz vergessen.

»Himmel«, sagt Marietta. »Das ist Julia.« Mitsamt ihrem Fotoapparat. »Bitten Sie sie herein.«

»Und Ihr Ruhetag?«, fragt Frau Meier.

Sie hat ja recht, eigentlich sollte sie ruhen, und nach Aufstehen ist ihr nun wirklich nicht, so zerschlagen, wie sie sich fühlt. Schlafen wäre gut oder doch zumindest die Augen schließen. Nur, auch die Sonne vorm Fenster hat ihre Unruhe nicht vollends lindern können, und wer weiß, was hinter ihren geschlossenen Lidern und in ihrem aufgeriebenen Innern auf sie wartet.

Ihr ist nach Gesellschaft. Gesellschaft mit Lebenden. »Ein Besuch wird mir guttun«, sagt sie. »Ich kann ja trotzdem im Bett bleiben.«

Julia steht unschlüssig im Raum, die breiten Riemen ihres Rucksacks noch über den Schultern, die Daumen hat sie seitlich an ihnen eingehängt.

»Setzen Sie sich doch zu mir«, sagt Marietta.

Julia bleibt, wo sie ist.

»Die Schwester gerade, sie meinte, Sie müssten sich heute ausruhen.«

»Tu ich ja.« Sie weist auf den Stuhl neben dem Bett. »Nun setzen Sie sich schon.«

Während Julia den Rucksack auf dem Boden an den Nachttisch lehnt und den Stuhl heranrückt, staunt Marietta wieder über ihre Haare, die sie heute offen trägt, einige der Filznudeln liegen vorne über dem Latz ihrer Hose, auch darüber staunt sie, dass das Mädchen eine Latzhose trägt. Für einen Augenblick stellt sie sich Julia und Gisela nebeneinander vor, nebeneinander an ihrem Bett sitzend mit ihren – nun ja – eigenwilligen Frisuren und Kleidern. Die beiden hätten sich sicher verstanden.

»Wie geht es Ihnen?«, fragt Julia.

»Sie sind zum Fotografieren gekommen.«

»Wir können das auch ein anderes Mal machen.«

»Nein, nein. Wenn das Bett Sie nicht stört … Sie sind ja extra deswegen gekommen«, antwortet sie. Das freut Julia, sie erkennt es in ihrem Blick, in dem oft ein so unbedingter Ernst liegt. »Waren Sie noch einmal drüben, beim Jungen und seinem Onkel?«

»Bei Enis und Adil?« Julia schüttelt den Kopf.

»Ja. Ich habe heute Nacht viel an die beiden gedacht, sogar von ihnen geträumt. Von dieser grauenvollen Geschichte.«

»Ich werde das auch nicht mehr los.« Mit dem Daumen fährt sie am Stoffrand des Latzes vor und zurück, knibbelt an den Nähten. »Ich hab recherchiert. Die Mittelmeerroute. Die Flüchtlinge sind total ausgeliefert. Den Schleppern vor allem. Aber auch den Küstenwachen.« Julia knibbelt weiter.

»Ja, die Willkür ist das Schlimmste«, sagt Marietta und denkt einen Moment lang an Gisela. Dann zeigt sie auf den Rucksack. »Wollen wir?«

Julia nickt, das Geknibbel hört auf und macht einer konzentrierten Ruhe Platz, mit der sie erst den Fotoapparat aus dem Rucksack holt und ihn vorsichtig auf der Bettdecke ablegt, dann aufsteht, sich im Zimmer umschaut, ans Fenster tritt, die Vorhänge halb zuzieht, zum Lichtschalter geht, die Deckenlampe anmacht, das Licht wieder löscht.

Immer noch schweigend nimmt sie schließlich den Fotoapparat vom Bett, hängt sich den Riemen um, legt die Kamera an, macht einen, noch einen Schritt zurück, dann einen zur Seite, duckt sich. Da ist es wieder, das Katzenartige, dieses scheinbar absichtslose Gespanntsein.

Himmel – ihre Haare sind ja noch ungekämmt.

Mit einer Hand streicht sie sich über den Kopf.

Schon kommt Julia näher, setzt sich ans Fußende auf den Bettrand, schaut durch die Kamera. Was sieht sie nur? Ihre fleckigen Hände auf der weißen Bettwäsche, die verzweigte Flusslandschaft ihrer Adern den Unterarm hinauf, darüber wie ein hauchdünner

Schleier die Haut. Ihr Gesicht, ihr weißes Haar. Was auch immer es ist, was sie sieht und was anderen verborgen bleibt, sie erhascht es durch ihre Kamera wie durch ein Schlüsselloch.

»Sagt Ihnen das Frische Haff etwas?«, fragt sie.

Julia nimmt die Kamera herunter, schaut sie an.

Mariettas linkes Knie juckt.

»Ich meine, haben Sie schon einmal von der Flucht über das Frische Haff gehört?«

Julia schüttelt den Kopf, ein bisschen unwillig, sie möchte nicht reden, sie möchte schauen.

Also schlägt Marietta die Bettdecke auf, beugt sich vor. Sieht Julias erstaunten Blick.

Brummel. Sie hat auch Brummel aufgedeckt.

»Oje. Jetzt denken Sie: kindische Alte«, sagt sie.

Aber Julia schweigt, ihr Blick ist weitergewandert zu Mariettas Beinen. Die weite Schlafanzughose verbirgt nicht, wie knochig sie sind. Zwei dünne Stecken. Und an den Füßen dicke Socken.

Sie setzt sich Brummel auf den Schoß. »Der Teddy meines Sohnes. Er heißt Brummel.«

Julia schaut sie ernst an.

»Mein Sohn hieß Johann. Er starb 1945. Noch bevor ich geflohen bin. Vor den Russen. Übers Frische Haff.« Marietta legt einen Finger auf die Stelle, wo Brummel ein Auge fehlt. »Johann starb, als er sechs war.«

Da ist er wieder, dieser Blick. Ernst. Freimütig. Ohne Scham.

Marietta schiebt den Stoff des linken Hosenbeins hoch. »Sehen Sie das?« Mit dem Finger tippt sie aufs nackte Knie. »Die dunklen Stellen unter der Haut?«

Julias Wangen sind leicht gerötet, mit einer Hand hält sie noch immer die Kamera, während sie sich über das Knie beugt, es mustert mit diesem heiligen Ernst, die andere Hand hält dabei ihre Locken im Nacken zurück. Marietta würde gerne darüberstreichen.

»Das ist Dreck«, sagt sie.

»Dreck?«

»Dreck, der mir seitdem unter der Haut sitzt.«

»Darf ich?«

Ihre Blicke begegnen sich. Marietta nickt ganz leicht, und schon fährt Julia mit dem Finger darüber, die Haare fallen nach vorne bis auf ihr Knie. »Das ist Dreck?«

»Ja, und den werde ich demnächst mit ins Grab nehmen«, sagt Marietta. »Also los. Das hat vor Ihnen noch niemand fotografiert.«

Über Julias Gesicht geht ein Leuchten. Sie tritt einen Schritt zurück, mustert Bett und Nachttisch. »Können Sie sich flach hinlegen?«

Noch während sie mit dem Kopfteil hinunterfährt, nimmt Julia die Bettdecke und legt sie auf den Stuhl. Dann beugt sie sich über Beine und Bett, mit einem Knie auf die Matratze gestützt. Hebt die Kamera vors Gesicht, bewegt sie ein bisschen hin und her und dann nicht mehr, sie sind jetzt eins, das Mädchen und sein Schlüsselloch. So ganz wird sie Julia wohl nie auf die Schliche kommen. Was sie da immer treibt mit ihrer Kamera. Ja, scheint sie zu versprechen, du bist es wert, so angeschaut zu werden. Und nein, ich werde nicht wegschauen, egal, was du mir zeigst. Aber am allerwichtigsten: Ich werde mir kein Bildnis machen. Die Kamera macht das, und die ist ihrem Wesen nach neutral. Vielleicht geht es Julia darum, die nackten Erscheinungen zu erwischen, vor ihrer Benennung, ihrer Beurteilung und vor jeder Moral. Um damit dem, was sie fotografiert, seine Möglichkeiten zurückzugeben. Auf eine wundersame Art ist Julias Blick ein unschuldiger Blick. Und wo keine Schuld, da keine Scham. Nicht in Julia und auch nicht in ihr. Immerhin überlässt sie Julias Blick gerade ihre dunkle Stelle.

Marietta schließt die Augen, atmet, wandert durch ihren Körper bis zu ihrem Knie, begibt sich hinein, bis sie ganz und gar dort ist und es ganz und gar ausfüllt. Sie hält die Augen geschlossen. Auch noch, als sie Julias Hände an ihrem Oberschenkel und ihrem Fuß spürt, Julia das Bein beugt, ihren Fuß aufstellt. Sie lässt es geschehen.

Atmet tief ein. Und aus.

Durch die Matratze geht ein kleines Beben. Wahrscheinlich ist Julia aufgestanden. Stellt sich jetzt auf die Zehenspitzen und macht sich lang, um die dunkle Stelle von oben zu erwischen. Und sieht dabei aus wie Kairos mit seiner dicken Haarlocke, die ihm in die Stirn fällt. Damit man ihn daran ergreifen kann. Wenn er dir begegnet, der Gott der guten Gelegenheit.

»Könnten Sie noch einmal drüben nach Enis schauen? Ob es ihm gut geht?«, fragt sie mit weiterhin geschlossenen Augen. »Ich habe ihn gestern verschreckt.«

»Ja.«

»Bringen Sie ihm von meiner Schokolade mit, damit er weiß: Ich warte auf ihn.«

»Ja.«

Ein einziges Wort. Und schon fühlt sie sich besser.

Sie denkt an den Brief dieser Nacht. An Elias, dem sie das alles geschrieben hat. So viele Worte. Die sich niedergelassen haben auf dem Papier. Könnte sie sie doch allesamt auffliegen lassen. Wie einen Schwarm Stare. Ihre Abertausenden Flügelschläge, das wogende Rascheln und Flirren der Luft. Würden sie ihn so vielleicht eher erreichen …

Als sie im Erwachen langsam die Augen öffnet, muss sie sie gleich wieder schließen, so hell ist es im Zimmer. Das Weiß der Decke ist sehr weiß. Mit den Fingerknöcheln reibt sie sich das Klebrige aus den Augenwinkeln, drückt den Bettknopf, bis sie sitzt.

Ihr Wecker zeigt zwanzig nach zwei. Und sie liegt im Bett. Im Schlafanzug. Während draußen vor dem Fenster die Sonne scheint. Der Vorhang ist nur halb zugezogen.

Irgendwer war eben noch hier. Im Raum spürt sie eine Gegenwart wie einen Wärmeschein. Jemand hat dort am Fenster gestanden, dort, wo jetzt ein Sonnenfleck eine Stelle markiert.

Das Mädchen. Jetzt erinnert sie sich.

Julia. Sie hat in ihrer Latzhose am Fenster gestanden. An ihrem Bett gesessen.

Sie ist durchs Zimmer geschlichen. Sie hat sie fotografiert.

Marietta schlägt die Decke zurück, schaut an sich herunter. Bis zu den Füßen. Die stecken in dicken Socken. Alles wie immer.

Aber nein. Julias Filzlocken, sie hingen über ihrem Knie. Julia hat sich über ihr nacktes Knie gebeugt.

Weil sie ihr die dunkle Stelle gezeigt hat. Damit sie sie fotografieren kann.

Das haben sie gemacht?

Auf dem Nachttisch steht die Teekanne. Eine Teetasse. Wie kommen die da hin?

Jetzt fällt auch das ihr wieder ein. Frau Meier hat sie dorthin gestellt.

Und Julia? Hat sie ihr wirklich und wahrhaftig ihr Knie gezeigt? Oder war das auch nur ein Gespinst? Denn wo ist Julia jetzt?

Himmel.

Es klopft an der Schlafzimmertür, und schon wird sie aufgestoßen. »Darf ich hereinkommen?«

Frau Meier. »Ah. Sie sind wieder allein.«

»Ja. Das Mädchen, also Julia, ist gegangen«, antwortet sie und schaut Frau Meier dabei forschend an. Die nickt. Das ist ein gutes Zeichen.

»Sie haben wieder mehr Farbe. Dann hat der Besuch Ihnen ja wirklich gutgetan.«

Jetzt ist sie erleichtert. Und wohl doch noch nicht mit einem Bein drüben in der Memory-Wohngruppe.

»Oh, ja«, sagt sie, und dass sie den Tee und Kuchen im Wohnzimmer nimmt, also dass sie jetzt endlich aufstehen wird. »Genug ausgeruht.«

Sie wird sich waschen und kämmen. Ihr Schlupfkleid anziehen. Die Wollsocken bleiben an.

Auf dem Tisch zwischen den Sesseln stehen der Tee und ein Teller mit Kuchen.

Kirschkuchen. Mit Streuseln.

Hungrig ist sie, sie hat ja heute noch kaum etwas gegessen. Mit der ersten Gabel Kuchen breitet sich in ihrem Mund eine herrliche Süße aus, so buttrig, dass sie die Augen schließt – und dort gehen sie, vor ihrem inneren Auge, Gisela hinter dem Russen, der ein Blech Kuchen trägt. Diese kleine Prozession. Oh, nein, denkt Marietta und kehrt zurück zum Kirschgeschmack in ihrem Mund und zurück in ihr Wohnzimmer, und da sitzt Gisela vor ihr im Sessel. Habe ich dir schon die Geschichte mit dem Streuselkuchen erzählt?

Ja, das hast du schon heute Nacht getan, Gisela. Im Ohrensessel, an meinem Bett.

Ich genieße jetzt einfach meinen Kuchen, ermahnt Marietta sich und schiebt eine Gabel davon in den Mund. Mehr lutscht sie ihn, als dass sie kaut, und da klingelt es an der Tür.

Himmel. Geht es hier heute zu.

»Moment«, ruft sie.

Vor der Tür steht Tacke, auf seinen Rollator gestützt.

»Ja?«, fragt sie.

»Ich bringe Ihnen neuen Lesestoff.« Tacke zeigt in den Korb des Rollators, in dem einer seiner Ordner liegt, dann macht er mitsamt seinem Rollator einen forschen Schritt nach vorne, sodass sie ihm ausweichen muss.

»Wollen Sie mich über den Haufen fahren?«

»Ich schaue nach Ihnen.« Tacke ist schon an der Küchenzeile.

»Kommen Sie doch herein«, seufzt sie.

»Frau Meier hat gesagt, es geht Ihnen nicht gut.«

Sie folgt ihm ins Wohnzimmer. Tacke hat ihr gerade noch gefehlt. Doch sie deutet einladend auf den zweiten Sessel.

Beim Hinsetzen schnauft er, den Rollator platziert er neben sich, dann schaut er sich unverhohlen im Zimmer um. Er ist blass, mit einem Stich in stumpfes Grau, aber sein Hemdkragen schaut, gestärkt und weiß wie eh und je, aus dem V-Ausschnitt seines Pullovers heraus. Die Füße stecken in Pantoffeln.

»Aha, Sie sind eine von den Belesenen.« Er zeigt Richtung Bücherregal.

Marietta schielt zu ihrem Kuchen. »Möchten Sie eine Tasse Tee?«

»Tee?«, fragt er. »Nein, danke.« Sein Blick ist jetzt weiter zum Schreibtisch gewandert, vermutlich hat er dort seinen Ordner entdeckt.

»Ich habe mir heute Nacht Ihren Ems-Ordner angeschaut.«

»Und?«

»Wunderschöne Bilder mal wieder.«

»Ich habe Ihnen die Elbe mitgebracht.« Tacke tippt mit dem Zeigefinger auf den Ordner im Korb des Rollators. »Auch sehr schön. Zumindest an den naturbelassenen Abschnitten. Die Elbe ist ein Sandfluss.«

Sandfluss? Was ist das denn? Sie denkt an den im Sand knieenden Jungen, den auf dem ganzseitigen Foto. »Ich habe mich gefragt, wer der Junge an der Ems ist? Dessen Foto Sie vergrößert haben.«

Mit dem Mittelfinger tupft Tacke Kuchenkrümel vom Tisch, weiß einen Moment lang nicht, was er damit anfangen soll, und schnippt sie schließlich auf den Teppich.

»Oder das Mädchen an der … an einem der anderen Flüsse.«

»Kinder halt.« Tackes Finger tupft weiter Krümel

auf, wo gar keine mehr sind. »Ihr Sohn. Was sagten Sie noch? Wann ist er gestorben?«

Sie nimmt noch einmal vom Kuchen, kaut, schluckt.

»Haben Sie darüber mal nachgedacht?«, fragt sie und tippt sich mit den Gabelspitzen an die Haut über der Oberlippe.

Keine Reaktion. Tacke schaut angestrengt zum Bücherregal.

»Heute Nacht habe ich von Ihnen geträumt«, sagt sie.

»Ach ja?«, knurrt er und verschränkt die Arme vor der Brust.

»Sie haben Ihr Fahrrad über das Eis geschoben. Und Sie hatten eine Tätowierung auf der Stirn. Den Totenkopf der SS.«

Tacke fährt sich mit dem Zeigefinger über die Stirn. »Warum ist er gestorben? Ihr Sohn?«

»Warum? Oder wie?«, fragt sie.

Ihr Nachbar kann ganz schön hartnäckig sein. Warum nur will er das unbedingt wissen? Gerade das.

Für einen kurzen Moment schauen sie sich in die Augen, aber dann senkt er schnell den Blick, die Hand verschwindet zwischen Sessel und Bein.

Irgendetwas ist mit ihm. Er hat den Krieg erlebt. Wenn auch ganz anders als sie. Warum eigentlich vertraut er ihr seine Flussordner an?

»Fünfundvierzig«, sagt sie schließlich. Und legt ihre Gabel auf dem Teller ab. »Erschossen. Von einem Soldaten.«

»Einem deutschen?«

»Ist das wesentlich?«, fragt sie.

»Etwa nicht?«

»Kein Soldat sollte auf ein Kind schießen.«

Tacke schaut auf seine Hände, die jetzt flach auf seinen Oberschenkeln liegen. Alte, müde Hände, denkt sie und tut es ihm nach, legt ihre im Schoß ihres Kleides ab.

»Ja«, sagt Tacke tonlos. »Kein Soldat sollte das tun.« Immer noch schaut er hinunter auf seine Hände, streicht schließlich mit einem Finger über den Rücken der anderen Hand, fährt langsam die Adern entlang, als staunte er, was da mit dem Alter dunkel hervortritt.

»Und ich, ich bin mit schuld daran«, sagt sie. »Reicht das als Warum?«

Als Tacke nun den Kopf hebt und sie anblickt, ist alles Forsche und Knurrige verschwunden. »Das Mädchen. Der Junge.« Er schluckt trocken. Räuspert sich. »Sie haben mich an jemanden erinnert.«

Gerade will sie ihn fragen: An wen denn, an wen haben die Kinder Sie erinnert? Da sagt er: »Ich geh dann mal lieber.«

Schon greift er nach dem Rollator, zieht ihn zu sich, steht mit einem Schnaufen auf. »Bleiben Sie sitzen. Ich finde schon raus.«

Wollten Sie mir nicht Ihren Elb-Ordner dalassen, will sie ihn noch fragen, aber er ist schon im Flur, und die Wohnungstür fällt hinter ihm zu.

23

Heute ist die Marmelade im Schälchen blassgelb. Quitte, hofft sie. Und richtig, mit dem ersten Bissen ist da das bitter-süße Aroma. Die übrig gebliebenen Freuden des Alt-Tags, hatte sie einmal zu Gisela gesagt bei einer ihrer Teestunden. Alte Tage – wie bei Brechts »Vergnügungen«, seiner Liste alltäglicher Glücksmomente. Weißes Brötchen mit Butter und Marmelade steht auf ihrer weit oben.

Heute Morgen fühlt sie sich frisch. Gut, dass sie gestern Abend früh zu Bett gegangen ist. Und ob das vielleicht immer wirkt – sich zum Einschlafen vorzustellen, Julia säße auf der Bettkante und schaute sie schweigend an? Mit dieser freimütigen Teilnahme? Sie schließt die Augen und horcht in sich hinein. Streicht sich über ihr Knie. Lässt die Hand für eine Weile dort ruhen, sieht Julia, wie sie sich über ihre dunkle Stelle beugt.

Schön, denkt sie, bevor sie zurückkehrt in den Raum. Und in den Tag, einen locker bewölkten Junitag. Sie wird in den Park zu ihrer gemeinsamen Bank gehen. Und warten. Denn sie muss dort sein, falls Enis kommt. Aber vorher wird sie dem Eichhörnchen seine Nuss hinlegen. Ob es sie gestern vermisst hat?

Gerade hat sie das Frühstücksgeschirr aufs Tablett gestellt, da geht die Türglocke. Tacke, denkt sie. Elb-Ordner, zweiter Versuch. Heute wird sie ihn aber nicht hereinlassen, sie muss los, in den Park, zu Enis.

Ihre Tasche, die sie schon gepackt und an die Wohnungstür gehängt hat, nimmt sie wieder ab, legt sie auf den Boden und öffnet die Tür.

Da steht nicht Tacke. Da steht Julia. Nur, für heute sind sie doch gar nicht verabredet.

»Guten Morgen«, sagt Julia und tritt einen Schritt zurück. »Hier ist Besuch für Sie.«

Enis. Das kann doch nicht sein. Kurz schließt sie fest die Augen, öffnet sie wieder. Das ist der Junge. Enis steht vor ihrer Tür. Er schaut von unten hoch, schaut sie an.

Und hinter ihm ein Mann. Seine Hände ruhen auf Enis' Schultern.

»Ja, aber …«

»Das ist Adil«, sagt Julia. Und zu ihm, zu Adil: »Mrs Stein.«

Enis knabbert an der Unterlippe, aber das macht er ja immer.

»Kommen wir ungelegen?«, fragt Julia.

»Nein, nein.« Marietta tritt zur Seite. »Ich … kommen Sie herein.«

Und dann stehen sie im Wohnzimmer. Julia. Adil, an dessen Hand Enis sich jetzt festhält. Adils Blick wandert durch den Raum. Im Gesicht spürt sie jähe Hitze. Sie senkt den Blick. Wie gut sie es hier hat. Während die beiden untergebracht sind in etwas, auf das das

Wort Container passt. »Setzen Sie sich doch«, sagt sie zu Adil und zeigt auf einen der beiden Sessel. Wie er mit hängenden Armen dasteht, in Jeans und T-Shirt, kommt er ihr vor wie Enis in groß.

»Please take a seat«, sagt Julia zu Adil.

»Mein Englisch ist eingerostet.« Marietta hebt entschuldigend die Hände. Enis fixiert sie immer noch mit den Augen, aber sein Gesicht erscheint ihr verschlossen, als sähe er sie nicht wirklich.

»Ich übersetze für Adil«, sagt Julia und schaut zu ihm. Ihre Locken werden heute von einem Tuch im Nacken zusammengehalten. »Enis versteht kein Englisch.«

Nur was, denkt Marietta. Was soll sie übersetzen?

Julia zieht sich den Schreibtischstuhl heran. Adil sitzt schon, während Enis sich neben ihn gestellt hat, die Hand auf der Lehne.

Also geht auch sie zu ihrem Sessel und setzt sich. Legt ihre Hände in den Schoß. Faltet sie. Und jetzt? Wie fängt man an, wenn man vom anderen wenig weiß und gleichzeitig so viel.

Sie sucht in Adils Augen nach einem Hinweis auf das Grauen, das sie gesehen haben, auf all das, was Adil nun in sich trägt, ein Leben lang. Aber es ist unsichtbar.

»Julia, können Sie Adil sagen, dass es mir leidtut, was ihnen passiert ist?«

»Ja.«

»Dass es mir in der Seele wehtut.« Dabei schaut sie Enis an, der alles aufmerksam verfolgt.

Julia sagt etwas auf Englisch, stockt für einen Moment und senkt den Blick, bevor sie an Adil gewandt weiterspricht. »Sorry« versteht Marietta und etwas wie »Sympathie«.

Adil regt sich nicht. Seine Haare sind dunkel und dicht wie die von Enis, aber aus der hohen Stirn nach hinten gekämmt. Er senkt seinen Blick auf seine Hände, die regungslos auf der Jeans liegen, auch sein Gesicht ist wie leblos, aber dann hebt er den Kopf und spricht. Seine Stimme kommt ihr eigentümlich dünn vor für einen erwachsenen Mann.

»Adil meint, dass ihm auch leidtut, was Ihnen passiert ist«, sagt Julia.

»Was?«

»Dass Sie einmal Flüchtling waren. Und Ihren kleinen Sohn verloren haben.«

»Aber –«

»Er weiß Bescheid. Ich musste ihm ja erklären, was das ist zwischen Ihnen und Enis.«

Das wüsste ich auch gerne, denkt sie und schaut zu Enis, und schon regt etwas sich warm in ihrem Herzen, als schmiegte sich ein pelziges Tierchen wohlig hinein.

Zu Adil gewandt bringt sie ein »Thank you« heraus.

Adil nickt, legt Enis einen Arm um den Rücken und redet weiter.

»Ihm tut es leid, dass Enis sich im Park herumgetrieben hat. Ohne Erlaubnis«, übersetzt Julia.

»Nein, nein«, unterbricht sie. »Ich freue mich ja. Ich …« Himmel, was soll sie bloß sagen – »I like Enis.«

»Adils Mutter ist in Damaskus geblieben«, fährt

Julia fort. »Er sagt, Enis hänge sehr an ihr. An seiner Großmutter.«

»Friends«, sagt Marietta und fühlt sich unwohl mit diesem Wort. Dennoch wiederholt sie es. »Friends.« Dabei zeigt sie auf Enis, dann auf sich, dann wieder auf Enis, der sich nun aus Adils Umarmung löst, auf sie zugeht, vor ihr stehen bleibt.

»Hallo, Enis.« Sie beugt sich zu ihm vor. Wie gerne wäre sie jetzt auf ihrer Bank mit ihm allein, in ihrer stillen Zweisamkeit. »Sehen wir uns morgen an unserer Bank?«

Ein Lächeln huscht über Enis' Gesicht, als hätte er sie verstanden. Zumindest hat er nun mehrfach seinen Namen gehört. Zu Julia gewandt sagt sie: »Bitte sagen Sie Adil, dass Enis mich weiterhin besuchen darf. Und dass unser Treffpunkt die Sitzbank im Park ist. Dass ich dort nachmittags auf ihn warte.«

Julia und Adil reden leise miteinander.

»Adil möchte nicht, dass Enis weiter allein durch das Gebüsch und den Park schleicht.«

»Aber –«

»Er bringt Enis morgen zur Bank«, sagt Julia schnell. »Allerdings schon am Vormittag. Weil, Frau Stein …« Julia zieht ihren Stuhl vor, näher zu Marietta. »Da ist noch etwas …«

»Ja?«

»Enis und Adil ziehen um.«

»Was?«

»In ein anderes Flüchtlingsheim.«

»Aber …«

»Sie haben dort mehr Platz«, sagt Julia.

»Aber …«

»Es ist in der Nähe. In der Stadt.«

Wieder will sie »aber« sagen, und lässt es dann doch. Wie soll sie da hinkommen? Wo doch für eine Neunundneunzigjährige schon die Nachbarstraße weit entfernt ist, unerreichbar. Und gibt es dort auch eine Parkbank?

Stattdessen fragt sie nur: »Wann?«

»Übermorgen.«

»Übermorgen«, wiederholt sie und lehnt sich zurück. »Aber der Junge braucht doch Hilfe.«

»Adil hat erzählt, dass eine Sozialarbeiterin bei ihnen war. Es gibt eine Sprechstunde. Für traumatisierte Flüchtlingskinder.«

»Eine Sprechstunde?«

Marietta schließt die Augen. In ihr steigt Schmerz auf, so alt, so vertraut. Enis ist stumm geworden. Was soll da eine Sprechstunde?

»Haben Sie etwas zu schreiben?«, fragt Julia.

»Auf dem Schreibtisch.« Unter ihren geschlossenen Lidern sammeln sich Tränen, auf ihren Wangen wird es heiß und dann auch auf ihrem Unterarm. Sie spürt eine Berührung. Und schlägt die Augen auf. Enis.

Enis steht neben ihrem Sessel, sie sieht seine kleine Hand auf ihrem Arm. »Du lieber Junge«, sagt sie.

»Hier.« Julia hält einen Notizzettel hoch. Sie hat es plötzlich eilig, als wäre ihr das alles mit einem Mal doch zu viel, der Kummer und das Schwere. »Meine Handynummer«, sagt sie. »Ich lege Sie Ihnen hierhin. Und ich, ich lasse mir Adils Nummer geben.« Und schon im Gehen wiederholt sie, fast so, wie man Kindern etwas verspricht, um sie zu trösten: »Morgen Vormittag bringt Adil Enis zur Bank.«

Als sich die Türen des Aufzugs öffnen, liegt der Flur lang und leer vor ihr. Auch ihre Tasche ist leer. Im Schreibwarenladen hat sie unter dem Technik- und Plüschkram nichts gefunden, was ein Abschiedsgeschenk für Enis werden könnte.

Rechts und links all die geschlossenen Türen, die geschlossen bleiben, während sie vorbeigeht. Nur Tackes Tür ist angelehnt. Wahrscheinlich ist jemand vom Haus bei ihm.

Eine Weile stochert sie mit dem Schlüssel an ihrem Türschloss herum. »Himmel noch mal«, seufzt sie und schließt für einen Moment die Augen. Sie will nur noch ruhen. Sich hinlegen und unter der Decke verkriechen.

Erschrocken fährt sie zusammen. Tacke. Tacke steht hinter ihr. Sie hat ihn nicht kommen hören.

»Ich bin es.« Im Arm hat er einen seiner Ordner.

»Himmel, haben Sie mich erschreckt«, sagt sie. »Lauern Sie mir neuerdings auf?«

»Der Main.« Tacke hält ihr den Ordner hin. »Bei meinem Besuch. Ich habe ihn versehentlich wieder mitgenommen.«

»Schon bemerkt«, sagt sie. »Aber war das nicht die Elbe?«

»Nein!«

Tacke sagt das heftig, tritt nah an sie heran, den Ordner in den erhobenen Händen: »Der Main.«

Sie macht einen Schritt zurück. »Nicht so stürmisch, Herr Nachbar.«

Wieder muss sie stochern, dann findet ihr Schlüssel endlich ins Schloss und sie stößt die Tür auf.

»Sie warten hier.«

Tacke kann sie jetzt wirklich nicht gebrauchen. Tasche und Stock stellt sie innen ab. Und dreht sich wieder zur Tür. Zu Tacke.

»Also gut.« Sie nimmt den Ordner entgegen.

»Warten Sie.« Tacke ist immer noch nicht fertig. »Am ... am wichtigsten ist das Mainufer bei Aschaffenburg.«

»Na dann. Danke. Schönen Abend noch.«

Sie geht zur Spüle, gießt sich ein Glas mit Wasser ein und trinkt es noch im Stehen aus.

»Ich bin reif«, murmelt sie, geht ins Schlafzimmer, nimmt Brummel vom Bett und mit zur Couch.

Als sie liegt, nimmt sie ihn fest in die Arme. Zieht die Wolldecke höher. Schließt die Augen.

Enis. Sie wird ihn morgen noch einmal sehen. Und dann nie mehr. Wird er irgendwann wieder sprechen? Wann wird das sein? Und was wird er dann sagen? Niemals wird sie erleben, wie seine Stimme klingt. Wie er wächst. Und lernt. So wie sie auch Johann nicht hat aufwachsen sehen.

Aus der Ferne rollt ein Weh heran, so mächtig wie das Meer.

Es kommt in Wellen. Es rollt heran, türmt sich auf, bricht, läuft aus. Rollt wieder heran. Ihr ureigenes Weh.

Gerade erst hatte sie es – endlich – geschafft, all das aufzuschreiben, all das in ihrer Kladde. Für Elias. All das, was sie zu Lebzeiten nie mit ihm teilen konnte.

Sie spürt ihn hinter sich, er sitzt hinter ihr in seinem Sessel, ein Bein über das andere geschlagen, den Oberkörper leicht vorgeneigt.

Das Meer kommt, hört sie ihn sagen. Das Meer geht.

Sie spürt die Tränen aufsteigen.

Ist ja gut, sagt Elias. Ist ja gut.

Sie spürt, wie sie aus den Augenwinkeln herabrinnen über ihre Wangen, ihren Hals.

Kennst du das Gedicht von Ruth Cohn, fragt sie.

Du meinst Ruth Cohn, die Analytikerin, sagt er. Nein. Ich wusste gar nicht, dass sie auch Gedichte geschrieben hat.

Doch, doch, antwortet sie. In dem Gedicht beschreibt sie, wie es ist, wenn Tränen nur nach innen gleiten. Und dann ein Leben lang rinnen im kreisenden Blut. Tränen sehnen sich zur Erde, heißt es darin.

Schön, sagt Elias. Zeigst du mir das Gedicht? Später?

Du warst schon tot, als ich ihre Gedichte entdeckt habe, antwortet sie. Alle sind tot. Alle, die mir wichtig waren, sind tot. Und der Junge, Enis, weißt du … er kommt nie wieder zu unserer gemeinsamen Bank.

Immer noch rinnen ihre Tränen, sie spürt sie unter ihrem Kinn, am Hals, kühl und nass.

Elias' Atem geht sehr ruhig, sie weiß, sein Blick ruht jetzt auf ihr.

Siehst du, sagt er vorsichtig, die Tränen dürfen ja zur Erde.

Ja, sagt sie. Bleibst du noch ein bisschen?

Sie öffnet die Lider, reibt sich mit der Decke über Gesicht und Augen.

Elias ist fort.

Also gut.

Zeit, aufzustehen.

24

Das Eichhörnchen hat sich seine Nuss offenbar schon geschnappt. »Schlau sind die ja nicht gerade«, hatte Gisela zu ihr gesagt. »Die vergraben ihre Nüsse im Sommer und finden im Winter ihre eigenen Verstecke nicht mehr.« Und dann, nach einer Pause: »Na ja. Kommt in der Resi auch vor. Dass jemand seine Marmelade in der Schublade mit den Strümpfen vergräbt und später in der Küche danach sucht und sucht.«

Marietta schaut zu Giselas Foto am Sockel der Schreibtischlampe.

Drüben in seinem Zimmer packt Adil vielleicht gerade seine und Enis' Sachen. Das Wenige, das sie dabeihaben. Und das Kostbare, das Adil behutsam von der Wand löst, die Fotos. Erinnerungen an eine Zeit davor.

Aber sie sitzt ja hier am Schreibtisch, um Tackes Fotos anzuschauen. Sie schlägt den Ordner auf. Heute also der Main. Obwohl auf der ersten Seite gar kein Fluss zu sehen ist, sondern ein Gebäude mit viel goldenem Pomp.

»Altes Schloss Bayreuth«, liest sie. »Start des Main-Radwegs von Bayreuth bis Mainz. Juli 1996.«

Tacke ist dem Main also von Ost nach West gefolgt. Und Moment einmal. 1996. Was hat er gesagt, wie alt er bei Kriegsende war? Siebzehn. Sie überschlägt die Jahre. 1996, da war er nicht mehr ganz jung. Vielleicht auch schon Rentner?

Langsam blättert sie weiter. Lauschige Flussufer. Im Hintergrund bewaldete Berge. Ein Foto idyllischer als das andere. Daneben penible Beschriftungen. Nun klappt sie einen Schwung Seiten auf einmal um.

Eine große Statue aus hellem Stein. Ein Mann und vor ihm ein Junge, beide in wallenden, bodenlangen Gewändern. Im Hintergrund der Fluss, die von Weinreben grün schraffierten Hügel. »Main-Brücke in Würzburg. Der heilige Josef mit dem jüngeren Jesus.« Schön, wie Jesus sich an Josef zu lehnen scheint. Und wie Josef den Jungen ganz leicht an der Schulter berührt.

Sie blättert weiter. Seitenweise Natur. Kein Mensch.

Ob Tacke wieder ein Kind fotografiert hat? Und was war das noch, was er eben an der Wohnungstür so dringlich loswerden wollte?

Der Main bei Aschaffenburg. Das sei das Wichtigste.

Also blättert sie vor bis Aschaffenburg, eine Menge Seiten sind das, zwischen Würzburg und Aschaffenburg gab es offenbar viel zu entdecken. Und Tacke radelte und radelte. Sie versucht, sich ihn als drahtigen 65-Jährigen vorzustellen, der in die Pedale tritt. Warum gibt es kein einziges Foto von ihm? Wie war er unterwegs, in Turnschuhen, Radlerhose und Windjacke?

So ganz will das nicht zu ihrem Nachbarn passen, zu seinem weißen Hemdkragen und dem blauen Pullover. Und seinem zurechtgestutzten Bärtchen.

Auf der nächsten Seite: mehrere Reihen winziger Fotos untereinander geklebt. Eine Uferstelle neben der anderen. Alle bewachsen, teilweise überwuchert, mehr kann sie nicht erkennen. Die Überschrift: »Main-Ufer bei Aschaffenburg.« Wie Filmstreifen wirken die Fotoreihen. Aber in welchem Film?

Sie blättert um.

Noch eine Uferböschung, aber auf die ganze Seite vergrößert wie in den letzten Ordnern die Fotos mit den Kindern. Auf diesem ist niemand.

Ein Stück Papier ist auf das Foto geklebt, dort, wo das Ufer flach in den Main abfällt. Auf dem Papier ein schwarzes Kreuz. Das Ganze mit schwarzem Rand.

Himmel. Was soll das denn?

Oben links auf der Seite klebt ein gelbes Post-it. Eng beschrieben, sodass sie Mühe hat, es zu entziffern. »Hier habe ich mich schuldig gemacht.«

Warum waren auf den anderen großen Fotos Kinder – und auf diesem hier klebt so etwas wie eine Traueranzeige? Ja, eine Traueranzeige, nur ohne Namen.

Ist hier ein Kind ertrunken? Vor Tackes Augen? Und er hat ihm nicht geholfen? Weil er nicht schwimmen kann? Weil er ein Feigling ist?

Sie zieht das Post-it ab, klebt es in die Innenfläche ihrer Hand, hebt sie vor ihr Gesicht. Auf jeden Fall ist das hier eine Nachricht. An sie.

Als Tacke seine Wohnungstür öffnet, hält sie ihm wortlos die Handinnenfläche entgegen mit dem Post-it darin.

Tacke nickt. »Kommen Sie herein.«

Seine Pantoffeln machen ein wischendes Geräusch, während er voran ins Wohnzimmer schlurft. Er stellt den zweiten Stuhl an den Tisch, macht eine einladende Geste, die eigentlich gar nicht zu ihm passt, dann wartet er ab, bis sie sitzt, erst dann setzt er sich – auch das ist neu.

Jetzt sitzen sie sich gegenüber.

Zwischen ihnen glänzt hellblau die Resopalplatte, und darauf, genau in die Mitte zwischen sie beide, klebt sie das Post-it. Dabei begegnen sich für einen Moment ihre Blicke, aber sofort weicht seiner wieder aus und gleitet hinüber zu den Regalen in ihrem Rücken.

Also legt sie die Hände in ihren Schoß, faltet sie. Und wartet. Kratzer verlaufen kreuz und quer über das Resopal wie die feinen Risse und Linien in Tackes trockener Gesichtshaut. Er schaut immer noch angestrengt an ihr vorbei, unter den Augen hat er dunkle Ränder und seine Gesichtsfarbe sieht ungesund aus, aber vielleicht bildet sie sich das nur ein, weil sie weiß, wie es um ihn steht.

Tackes Blick ist jetzt verhangen, und hinter dem Vorhang ist was?

So wird das hier nichts.

»Ich habe mich gefragt, ob Sie schon im Ruhestand waren, als Sie den Main entlanggeradelt sind.«

Tacke braucht einen Moment, bis er wieder zurück ist bei ihr und dem Gespräch, er räuspert sich. »Ja.«

»Respekt.«

»Der Main war mein letzter Fluss.«

Darum also das Kreuz? Weil er danach sein Flussradeln begraben musste – weswegen auch immer? Nur, wo ist da seine Schuld?

»Und warum Aschaffenburg?«, fragt sie. »Und das Kreuz? Und das hier?« Sie tippt auf das Post-it.

Tacke atmet tief ein, beim Ausatmen legt er beide Hände flach auf den Tisch. Wie ein Bub kommt er ihr jetzt vor. Ein Bub, der der Mutter die Hände hinstreckt, damit sie kontrollieren kann, ob noch Dreck unter den Nägeln ist.

»Ob es genau an dieser Stelle passiert ist, weiß ich nicht. Aber irgendwo dort kurz vor Aschaffenburg muss es gewesen sein. Ich habe lange gesucht, um das Ufer wiederzufinden.« Tacke starrt auf seine Hände. »Was natürlich Blödsinn ist. Schließlich sind seitdem Jahrzehnte vergangen.«

»Seit wann?«, fragt sie.

»Seit fünfundvierzig«, antwortet er.

Eine Kriegsgeschichte also. Noch eine.

»Ich war siebzehn«, sagt Tacke.

»Ich weiß«, sagt sie. »Und bei der Flak.«

»Nein, nicht mehr.« Tacke schüttelt den Kopf. »Anfang fünfundvierzig hatte ich schon ein rotes Wollbändchen über der Achselklappe meiner Winteruniform.«

»Ein rotes Wollbändchen?«

»Das musste damals reichen.« Tacke starrt auf seine Hände. »Als Abzeichen für die Waffen-SS. Division Großdeutschland.« Sein Kinn sinkt Richtung Brust.

Also stimmt es doch, was in der Resi gemunkelt wird und was sie vermutet hat. »Sie waren bei der Waffen-SS?«

»Unsere Flak-Einheit wurde geschlossen zur Schulung auf eine NSDAP-Führungsschule geschickt. Als ginge es ins Schullandheim. Tat es aber nicht. Sondern zur Waffen-SS. Nach der Schulung. Als Kriegsfreiwillige.«

»Sie sind freiwillig eingetreten?«

»Was war damals schon freier Wille.« Tackes Kinn wandert trotzig wieder nach vorne.

Heute noch mit so einem Bärtchen herumzulaufen, denkt sie, das zum Beispiel ist freier Wille.

»Sie können sich das nicht vorstellen«, sagt Tacke.

»Stimmt.«

»Wie stolz wir waren. Werner, Paul und ich. Drei Schulfreunde. Endlich nicht mehr nur Flakhelfer. Nicht mehr nur die HJ-Binde am Arm. Endlich richtige Soldaten. Mit eigenem Karabiner und Soldatenabzeichen.«

Ihr Traum fällt ihr wieder ein, der Totenkopf der SS…

»Im März fünfundvierzig ging es Richtung Frankfurt. Gegen die Amerikaner.«

… auf Tackes Stirn eintätowiert.

»Irgendwann ging es rauf auf die Lastwagen. Und irgendwo vor Aschaffenburg hatten wir dann eine Reifenpanne. Direkt am Main.« Tacke spricht jetzt schnell. »Werner, Paul und ich sind die Böschung hinunter. Zum Pinkeln.«

Mit einem Ruck steht Tacke auf, stößt dabei den Stuhl gegen den Tisch, sie erschrickt, dann denkt sie für einen Moment, ob er wohl mal dringend muss – aber da geht er schon zum Regal, läuft die Ordner ab von W bis A, bleibt bei der Lücke stehen, die der Main-Ordner vor dem A hinterlassen hat.

»Und da ist es dann passiert«, sagt er beinahe atemlos.

»Beim Pinkeln?«

Tacke nickt, und sie sieht, wie er sich ans Regal lehnt, sich abstützen möchte.

»Kommen Sie. Setzen Sie sich wieder zu mir.«

Tacke schlurft zum Tisch, setzt sich mit einem Stöhnen, schaut nach unten auf seine Pantoffeln. Und schweigt.

»Weiter«, sagt sie, nicht laut, nur bestimmt.

Tacke holt tief Luft, dann redet er weiter.

Wie er sich etwas abseits von Paul und Werner stellte. Und dann das Mädchen entdeckte, das, an die Böschung gekauert, ihn mit großen Augen anschaute. Wie er sagte: Hey, schau mal weg, während ich pinkle. Und das Mädchen da kauerte und ihn dabei nicht aus den Augen ließ. Das habe ihn geärgert. Weshalb er sie, als er fertig war, am Mantel hochzog. Das Mädchen zitterte, ihre Lippen waren blau, ihr Mantel dreckig und viel zu groß, ihre zerzausten Zöpfe fast schwarz, sie schaute ihn weiter so an mit ihren dunklen Augen, und da habe er begriffen, dass das Mädchen Angst hatte, sich kaum bewegen konnte vor Angst.

Und noch starrer wurde, als sie nun plötzlich zu dritt vor ihr standen, Paul und Werner jetzt neben ihm.

Tacke erzählt das alles mit einer seltsam tonlosen Stimme, wie unbeteiligt. Auch noch, als er sagt, dass das Mädchen ihm plötzlich leidgetan habe. Und er sie fragte, wie sie heiße. Wie man das bei Kindern so mache. Er habe ja nicht ahnen können – hier hebt Tacke den Kopf, schaut sie an, auch noch, als er weiterspricht.

»Zweimal hab ich fragen müssen, bis sie mit ihrem Namen herausgerückt ist, und dann noch einmal, weil sie so piepsig gesprochen hat. Rahel. Sie hieß Rahel. Verstehen Sie?«

Sie antwortet nicht.

»Rahel.«

Ganz still sitzt sie da, als könnte sie mit ihrem Schweigen verhindern, dass sich das Unheil, das da mit dem Klang eines Namens aufsteigt, ausbreitet.

Tacke spricht jetzt schnell wie einer, der etwas zu Ende und hinter sich bringen will: »Ich hatte ein Judenkind aufgespürt. Paul und Werner begriffen sofort. Paul war fassungslos. Und Werner sagte: eine dreckige Judengöre. Dann war erst mal Stille. Ich sehe, wie Werner über den Fluss schaut und dabei einen Finger langsam den Lauf seines Karabiners entlanggleiten lässt. Und ich, ich denke: Lauf doch weg! Mädchen, nimm deine Beine in die Hand und lauf weg! Aber da sagt Werner schon: Die dürfen nicht dem Feind zufallen. Das wisst ihr genau.

Nur die aus den Lagern, sagt Paul. Und ich: Es ist doch nur ein kleines Mädchen.

Die können auch Lügen verbreiten, sagt Werner, gerade die. Und wer weiß schon, von wo die abgehauen ist.

Das Mädchen schaut jetzt von einem zum anderen. Werner sagt: Die müssen wir abknallen.«

Abknallen. Das Wort selbst dröhnt wie ein Knall in Mariettas Ohren, hallt nach in der Luft zwischen ihr und Tacke, der es nicht bemerkt und einfach weiterspricht.

»Das Mädchen weicht ein, zwei Schritte zurück. Werner packt sie. Und schaut mich an. Und sagt: Wer den Jud entdeckt hat, der muss ihn auch abknallen. Dann grinst er und sagt: Oder ist dir der Karabiner etwa auch zu schwer?«

»Moment«, unterbricht Marietta ihn, sie will dem Unausweichlichen, das da seinen Lauf nimmt, nur noch entkommen, aufstehen und gehen – und fragt dann doch: »Wieso denn ›auch zu schwer‹?«

Tacke schaut sie irritiert an. »Das tut nichts zur Sache.«

»Vielleicht doch«, sagt sie bestimmt. »Was war Ihnen denn noch zu schwer?«

»Herrgott!« Tacke kreuzt die Arme vor der Brust, schaut wieder nach unten an der Tischkante vorbei auf seine Pantoffeln.

»Damals war bei mir noch alles kleiner. Sie wissen schon. Ich war dünn. Und schmächtig.« Auch seine Stimme ist jetzt dünn, sie muss sich anstrengen, ihn noch zu verstehen. »Die Acht-Acht-Flak ist eine schwere Flak. Und …« Er stockt. »Die Munition war zu schwer für mich. Darum haben sie mich an die optischen Geräte gestellt, während die anderen als Kanoniere feindliche Tiefflieger vom Himmel schossen.« Tacke hebt seine Stimme. »Darum war ich jetzt dran. Und ich hab's gemacht. Werner hat das Mädchen losgelassen, ich hab meinen Karabiner angelegt, da stolperte das Mädchen zurück, jetzt endlich fing es an, wegzurennen. War aber zu spät. Ich hab geschossen.«

Tacke klingt, als spuckte er die Worte verächtlich aus.

Nun legt er seine Hände wieder flach vor sich auf den Tisch.

»So war das.«

Der Raum erscheint ihr eisig, und auch innen, in ihr, ist alles wie eingefroren und eingeschlossen.

»Das Mädchen dürfte etwa so alt gewesen sein wie Ihr Junge. Als er …«

»Sie haben sie kaltblütig erschossen«, unterbricht sie ihn und spürt, wie ihre Stimme jetzt doch bebt.

Auf dem eisblauen Resopal klebt Tackes Post-it. Dass er seine Beichte gerade bei ihr ablegen muss. Obwohl er ja gar nicht nach Beichte klingt. Als ließe ihn das alles kalt. Aber warum dann das Post-it? Und warum das namenlose Kreuz auf dem Foto?

»Das Mädchen hatte einen Namen«, sagt sie. »Rahel.«

Und da sagt Tacke: »Es ging nicht anders.«

Es ging nicht anders. In ihr platzt etwas. Mit einem Ruck stemmt sie sich hoch, fällt zurück auf den Stuhl, stemmt sich wieder hoch. Steht. Geht um den Tisch herum, bis sie herunterschauen kann auf Tacke, der regungslos dasitzt, mit erhobenem Kopf. Sie hebt eine Hand, holt aus. Tacke rührt sich nicht. Und da begreift sie. Lässt ihre Hand sehr langsam sinken.

»So leicht mache ich es Ihnen nicht«, zischt sie, löst das Post-it vom Tisch, einen Moment lang ist ihr danach, das Ding auf seine Stirn zu kleben, aber dann beugt sie sich hinunter und haut das gelbe Zettelchen auf seinen Pullover, dorthin, wo sein Herz ist.

Ob es kleben bleibt, sieht sie nicht mehr, sie ist schon unterwegs zur Tür.

25

Als sie ins Wohnzimmer tritt, fällt ihr sofort der Ordner ins Auge. Noch immer liegt er aufgeschlagen auf ihrem Schreibtisch. Sie könnte damit hinübergehen und ihn Tacke vor die Füße werfen. Aber dann denkt sie an das Kreuz irgendwo zwischen all den Seiten. Und an das Mädchen. Rahel.

Wie erschöpft sie ist. Sie geht zum Schreibtisch, klappt den Ordner zu, schiebt ihn weit nach hinten. Erst dann setzt sie sich, stützt die Ellenbogen auf und legt den Kopf in ihre Hände.

Tacke mit siebzehn Jahren. Sie versucht, ihn sich vorzustellen. Ein dünner, schmächtiger Junge. In Soldatenuniform. Das Bärtchen als erster Beweis von Männlichkeit. Genauso wie sein Karabiner. Er legt das Gewehr an, den Lauf suchend in der Luft, bis sie da ist, diese unsichtbare, todbringende Linie von ihm zum Mädchen. Und dann der Schuss. Und dann – Mariettas Hand wandert Richtung Knie. Stopp. Nicht weiter.

Dann also Tacke mit fünfundsechzig. Wie er durch die Uferböschungen stromert, jetzt die Kamera im Anschlag. Nach der Stelle sucht, an der er Rahel erschossen hat. Ein halbes Jahrhundert ist es da schon her. Er sucht einen Ort für seine Erinnerungen. An ein jüdisches Mädchen. Und an eine lebenslange Schuld.

Ein Ort des Gedenkens. Was immer das ist. Ein Stückchen Erde, ein Stein, ein Kreuz, vor dem man stehen und gedenken kann. Obwohl es dabei ja gar nicht ums Denken geht, sondern ums Fühlen.

Wobei Tacke nicht viel zu fühlen scheint. Oder doch?

Er radelt, wie andere Leute pilgern, den Neckar entlang, die Elbe, die Donau, die Weser. Das gesamte deutsche Fluss-Alphabet rauf und runter. Und dann, ganz zum Schluss, den Main entlang. Den Main bei Aschaffenburg.

Und er hat ein Kreuz auf das Foto und ein Post-it mit Schuldbekenntnis danebengeklebt.

Marietta reibt sich die Augen. Für heute ist es genug.

Im Bett umarmt sie Brummel, schmiegt ihr Gesicht an ihn.

Morgen früh wird Enis zum letzten Mal neben ihr sitzen. Wird malen. Schokolade essen. Und schweigen.

»Ein letztes Mal«, flüstert sie Brummel ins Ohr. In ihren Augen spürt sie den Druck der Tränen, sie blinzelt sie weg. Für heute hat sie genug geweint. Augen zu und atmen, sagt sie sich.

Ein.

Aus.

Und wieder ein.

Einen Ort des Gedenkens. Ein Stückchen Erde. Ein Kreuz. Sie hat nie erfahren, wohin sie Johann gebracht hatten.

Wie oft hat sie es sich vorgestellt. Wieder und wieder. Den leblosen Jungen noch einmal zu umarmen, seinen kleinen Körper noch einmal im Arm zu halten. Und ihn dann zu begraben.

Wie mit Gisela. Mit ihr war der Abschied langsam gewesen. Und bewusst.

»Ich könnte dich waschen«, hatte sie gegen Ende zu Gisela gesagt. Da saß sie an ihrem Bett, in dem die Freundin ihr immer mehr vorkam wie ein gerade geschlüpftes Vogelkind.

»Das macht das Personal«, hatte Gisela geflüstert.

»Bei mir hättest du die Wahl«, sagte sie. »Zwischen schnell und effizient. Oder langsam und bewusst.«

Eine Weile schwiegen sie beide. Gisela mit geschlossenen Augen wie meistens in diesen Tagen. Und dann sagte Gisela: »Bewusst.«

Sie begann an den Füßen. Schob die Decke und das Nachthemd so weit hoch, dass nur Giselas Fuß und der Unterschenkel frei lagen. Strich mit dem feuchten Waschlappen über Ballen, Sohle, Ferse. Den Spann hinunter. Dann um jeden einzelnen ihrer verwachsenen Zehen herum, mit einem Zipfelchen des Lappens auch in die schmalen Senken dazwischen. Stellte Giselas Fuß auf. Strich weiter über die Wade, dünn wie ein Stecken, und das Schienbein entlang bis über das Knie. Danach tauschte sie den Waschlappen gegen das Handtuch und kehrte zurück zum Fuß, rieb und tupfte ihn behutsam trocken.

Ihr war, als wanderte sie durch eine vergessene, karge Landschaft. Wie eine zweite Haut lag der feuchte Waschlappen um ihre Hand, mit der sie Gisela streichelte, über Knochen, die schroff und spitz herausragten, über Giselas Haut, die sich unter dem sanften Druck hin und her schob, als würde sie mehr am Frottee haften als am Fleisch.

Wurde das Wasser in der Schüssel kühl, holte sie im Bad wieder warmes. Gisela ließ alles mit geschlossenen Augen geschehen. Sie sprachen nicht. Als ihre Hand bei Giselas Windel ankam, hielt Marietta inne.

»Da auch«, sagte Gisela. Also nahm sie ihr die Windel ab. Sie strich ihr über die Scham, berührte und wusch sie zwischen den Beinen.

Sie weinten beide. Marietta legte ihren Kopf auf Giselas Brust.

Gisela fasste sich, wie immer, als Erste und sagte schließlich: »Jetzt geht es obenherum weiter.«

Also nahm sie die Schüssel und holte warmes Wasser.

Sie legt Arme und Hände auf die Matratze. Stellt es sich vor: den Waschlappen und die Hand darin, warm und ein bisschen rau an ihrer anderen Hand. Wie der Waschlappen über den Handrücken und die Innenfläche streicht, den Daumen, den Zeigefinger, jeden einzelnen Finger entlang und auch dazwischen, über den Puls, den Unterarm, wie er in die Armbeuge tupft, über den Ellenbogen streichelt.

Einmal ganz herumkommen in ihrem Körper will sie.

Bis zur Schulter des rechten Armes schafft sie es.

Dann will sie nichts mehr. Sie dämmert weg.

Sie ragt hoch auf bis zur Decke des Schlafzimmers, sie trägt ein bodenlanges grünes Gewand und in der Hand ein goldenes Schwert. Von oben schaut sie herab. Und da liegt Tacke, in Hemd und Pullover, starrt sie von unten an. Mörder, zischt sie und holt aus mit dem Schwert. Auf Tackes Pullover klebt ein Post-it, dorthin muss sie zielen, denn darunter ist sein Herz. Und noch einmal sagt sie: Mörder.

Tacke nickt ergeben.

Da schrumpft sie zusammen, wird wieder zur alten Frau in Schlupfkleid und Wollsocken, und auch das Schwert in ihrer Hand schrumpft, immer kleiner wird es, aber jetzt ist es gar kein Schwert mehr, es ist ein Rasiermesser, ein Rasiermesser mit scharfer Klinge. Tacke legt schützend die Hand auf sein Bärtchen. Schnell steht er auf und geht.

Jetzt steht sie in ihrer geöffneten Wohnungstür und schaut Tacke, nein, Enis nach, es ist Enis, der den Flur entlang Richtung Aufzug geht. Sie hebt die Hand zum Abschied, sie wird ihn nie wiedersehen. Enis geht und geht, denn der Flur wird länger und länger. Plötzlich schiebt sich aus Tackes Wohnungseingang langsam der Lauf eines Gewehres vor in den Flur, zieht durch die Luft, und schon erkennt sie die gerade tödliche Linie vom Gewehr bis zu Enis, der immer noch geht und geht. Und dann fällt der Schuss, explodiert in der Stille des Flurs. Enis' Arme werden nach oben gerissen, sein Kopf fällt in den Nacken, Tacke springt aus der Tür und auf sie zu. Und ich hab noch gedacht, lauf weg, ruft er. Nimm deine Beine in die Hand und lauf weg!

Als sie die Augen aufschlägt, ist alles dunkel. Und ein Nachhall in ihr. Der Nachhall einer Stimme. Einer Stimme, die ruft: Lauf weg! Aber es ist nicht ihre Stimme, die das ruft.

Noch einmal schließt sie die Augen. Horcht in sich hinein.

Nimm deine Beine in die Hand und lauf weg! Tacke! Das war Tackes Stimme, und wie am Schopf zieht sie an seinem Namen auch alles andere aus dem Dunkeln heraus. Das Schwert in ihrer Hand. Tacke im Bett. Wie sie »Mörder« zischt. Wie sie morden will.

Himmel, flüstert sie und tastet unter der Decke nach Brummel. Vergeblich.

Wie das Schwert kleiner und kleiner und schließlich zum Rasiermesser wird.

Dann der Junge. Das Gewehr. Und der Schuss.

Der übliche Albtraum.

Das übliche Aufschrecken mit dem Schuss.

Nein. Dieses Mal endet es nicht mit dem Schuss. Tacke springt auf sie zu. Und ich hab noch gedacht: Lauf weg.

Sie schlägt die Augen auf. Sagt es in den dunklen Raum hinein: Und ich hab noch gedacht: Lauf weg.

Jetzt erinnert sie sich. Tacke hat das genau so gesagt, als er von Rahel erzählt hat. Ich hab noch gedacht: Lauf weg!

Gedacht.

Als habe jemand das Licht angemacht, sieht sie es klar und deutlich vor sich. Das leicht gelbliche Papier. Die Linien. Ihre Schrift.

Sie tastet nach dem Bettknopf, drückt ihn, und

noch während das Kopfteil sie hochfährt, tastet sie nach dem Lichtschalter und knipst die Lampe an.

Sie muss zu ihrem Schreibtisch. Und zwar schnell. So schnell es eben geht.

Sie nimmt den Schlüssel aus der Ablage, schiebt den Stuhl vor die Tür des Schreibtischfaches, hinter der ihre Kladden in der dunklen Tiefe lagern. Setzt sich.

Hält inne. Wie jemand, der ein Grab aufbricht und die Totenruhe stört, so kommt sie sich vor. Gleich wird das helle Licht der Deckenlampe in die Tiefe dringen, in etwas, das darin aufgehoben sein sollte, endgültig abgelegt, abgeschlossen.

Mit der flachen Hand streicht sie dem Schreibtisch besänftigend über sein Holz. Diesem Ungetüm, das sie schon ihr halbes Leben lang begleitet. Und sich jetzt zu wehren scheint gegen ihr Eindringen, denn die Tür klemmt, und sie muss fester ziehen, und erst mit einem Ruck bekommt sie sie auf.

Da ist es, ihr Leben. Aufgeschrieben, gebündelt, gestapelt.

Sie weiß genau, wo und wonach sie suchen muss: Nach einem schwarzen Schulheft mit weißem Etikett. Auf dem obersten Brett, hinterer Stapel, unter den Kladden und Heften mit den schwarzen und grauen Einbänden. In die vorderen Reihen, die sie jetzt schon im Licht sehen kann, haben sich Dunkelgrün und Blau hineingemischt. Auf dem Boden des Faches geht es noch bunter zu.

»Deine Tagebücher sind heller und farbiger geworden«, hatte Elias einmal gesagt, als sie eine gerade gekaufte rote Kladde aus ihrer Tasche zog. Ganz der Analytiker. »Sagt das auch etwas über ihren Inhalt?«

Mit den Händen räumt, nein, schaufelt sie nun das obere Fach aus, stapelt die Kladden auf der Tischplatte. Nur an die hintere Reihe im Fach reicht sie nicht ran, so tief ist das Fach, sie müsste sich davor hinknien, und das lässt sie lieber. Also steht sie auf und holt ihren Stock aus dem Flur. Himmel, murmelt sie, muss das denn immer alles so mühsam gehen.

Zurück auf dem Stuhl stochert sie mit dem Stock im Schrankinnern herum, schiebt die hinteren Kladden nach vorne, bis sie mit der Hand danach greifen kann. Und endlich das Schulheft in den Händen hält. Mit dem Zeigefinger fährt sie die Schrift auf dem weißen Etikett nach: Marietta Gedeke. 1946.

Sie muss nicht lange blättern.

Sie hatte es auf eine leere Doppelseite geschrieben. Und dann, obwohl noch viel Platz geblieben war, schnell umgeblättert auf die nächste, um dort weiterzuschreiben, über ihren Tag, wie sie für Gertrud Kartoffeln geschält hat, wie Gertrud wütend wurde.

Aus tiefer, tiefster Tiefe in ihr steigt etwas hoch.

Sie sitzt am Küchentisch. Gertrud wirft das Geschirrhandtuch auf die Anrichte. »Herrgott, Marietta«, sagt sie. »Sprich endlich mit mir! Du musst darüber reden!« Aber sie redet nicht. Sie geht schweigend aus der Küche und in Onkel Egons Arbeitszimmer. Sie setzt sich an seinen Schreibtisch und schlägt in ihrem Heft eine leere Doppelseite auf. Sie schreibt:

Sie haben mich an den Haaren gezerrt und auf die Knie gestoßen, ich hab den Kopf herumgerissen zu den Großeltern und zu Johann an der Hauswand, und ich hab noch gedacht: Lauf weg! Johann, lauf weg!

Mein Junge sollte nicht mit ansehen, was sie mir antun.

Aber ich habe keinen Ton herausgebracht.

Und Johann ist losgelaufen.

Wäre er doch nur an der Hauswand stehen geblieben. Dann hätte der Soldat nicht geschossen.

Warum schießt ein Soldat auf einen kleinen Jungen? Nur weil er wegläuft, in seiner Angst?

Warum passiert so etwas? Warum Johann?

Marietta zieht Giselas Schal enger um die Schultern. Mit dem Zeigefinger fährt sie die Zeile immer und immer wieder nach. Spricht sie in den Raum: »Ich hab noch gedacht: Lauf weg!«

Endlich schließt sie die Augen. Sitzt ganz still.

Es ist wie ein gewaltiges Reißen. Ein Knacken und Bersten im Eis, dort, wo es am dicksten ist. Dort, wo ihre Schuld eingeschlossen ist. Es birst auseinander in zwei Hälften. Sie hat nicht geschrien. Sie hat es gedacht. Dazwischen leckt eisig die See. Und sie, sie muss nur von der einen auf die andere Seite hinüberspringen.

26

Über ihr stehen dichte Wolken, weiß aufgeschäumte Gebilde. Doch jenseits der Rhododendren über dem Feld ist das Weiß nur zart hingetupft aufs Blau, mitten hindurch verläuft eine Wolkenspur wie von Tatzen. Als wäre der große Bär quer über den Himmel gelaufen.

Rechts von ihr auf der Bank liegt die Tasche, darin der Malblock und die Stifte. Die Schokolade. Kein Geschenk. Den Stock hat sie links von sich an das Holz gelehnt. Alles ist wie sonst. Und doch hat sich alles verändert.

Am Himmel löst sich die weiße Bärenspur auf in nichts, als wäre sie nur eine Täuschung gewesen.

Sie waren nur ein paarmal zusammen gewesen, sie und der Junge.

Heute also das letzte Mal. Ob auch Enis das weiß? Bestimmt hat Adil ihm gesagt, dass sie verlegt werden. Weggehen. Schon wieder. Ihre Augen werden feucht wie so oft in diesen Tagen, sie wischt sich mit dem Handrücken darüber.

Reiß dich zusammen. Lenk dich ab. Guck Tiere in die Wolken. Ein Pferd. Seine strähnige Mähne weht weiß im Blau.

Hoffentlich findet Adil sie hier auf der Bank. Was, wenn nicht? Enis weiß es doch?

Im Park ist nicht viel los, sie hat die Wege gut im Blick.

Eigentlich müsste sie müde sein. Nach der letzten Nacht. Erst der Albtraum. Und dann das Innere ihres Schreibtischs. Das Schreibheft. Und das, was sie vor langer, langer Zeit dort aufgeschrieben hat.

Wie so eine Geschichte, die man sich ein Leben lang erzählt hat, an einer Stelle plötzlich aufplatzen und abblättern kann. Man fängt an zu knibbeln, Stückchen für Stückchen, und darunter tritt etwas ganz anderes zutage. Wie bei übereinanderliegenden Farbschichten, die man nacheinander abträgt.

Welche Geschichte Enis wohl einmal erzählen wird? Sich selbst und anderen? Über das, was ihm passiert ist auf der Flucht.

Und auch über ihre Treffen auf der Parkbank? Wird er sich daran erinnern?

Wo bleibt er nur?

Das dahinten könnten die beiden sein, ein Erwachsener und ein Kind, und ja, im Näherkommen erkennt sie den Mann und den Jungen, Adil und Enis. Sie winkt, und die beiden bleiben stehen, auch Adil hebt grüßend die Hand, dann streicht er dem Jungen übers Haar, und nun geht Enis allein weiter, Adil kehrt um.

»Hallo, Enis«, sagt sie, als er vor ihr steht. »Schön, dass du mich noch einmal besuchen kommst.« Seine Pupillen erscheinen ihr heute noch dunkler, dunkel wie seine Geschichte. Sie versucht, seinen Blick festzuhalten, aber schon wandert der zur Tasche.

»Setz dich zu mir.« Sie klopft auf die Sitzfläche. »Die Schokolade kommt sofort.«

Doch als sie die Tasche auf den Schoß nimmt und die Tafel Schokolade herausholt, schüttelt Enis den Kopf und zieht an einer Ecke der Tasche den Stoff hinunter, bis der Malblock erscheint.

»Oha«, sagt sie. »Bist du dir sicher?«

Sie hält den Block in der Hand. Er nimmt ihn ihr ab.

»Also gut.« Die Schachtel mit den Stiften legt sie zwischen sich und den Jungen, öffnet sie. »Aber heute malst du dein eigenes Bild.«

Schon greift Enis nach dem schwarzen Stift, hält ihn einen Moment lang still über dem weißen Papier, malt dann einen Umriss, der fast das ganze Blatt ausfüllt und aussieht wie eine Amöbe, setzt oben im schmaleren Bereich einen dicken Punkt hinein, in die bauchige Mitte einen Bogen, der sich zur rechten Seite hin auffächert. Auge, Flügel, Schwanz. Ein Vogel. Ein großer Vogel wird das, den Enis nun ausmalt mit kleinen schwarzen Strichen. Die Handkante aufs Papier gestützt, arbeitet er sich vor, knabbert an seiner Unterlippe, und zwischen seinen dichten dunklen Augenbrauen erscheint eine Falte.

Schweigend schaut Marietta zu, wie sein Bild entsteht. Eine Amsel singt. Ab und zu eine Meise. Ansonsten ist es still. Nun tauscht Enis Schwarz gegen Rot, malt dem Vogel einen Schnabel und zwei dünne Striche als Beine. Jetzt die Krallen, denkt sie, aber Enis hält inne und den Stift schwebend über dem Bild, das er nun mustert, eine ganze Weile lang.

»Ganz schön schwarz, dein Vogel«, sagt sie. Enis starrt weiter aufs Papier, stumm wie immer. »Und die Füße?«, fragt sie. »So kann er ja nirgendwo landen.«

Auf keinem Ast, keiner Hand, in keinem Nest. Domin fällt ihr ein. Ein Vogel ohne Füße ist die Klage. Ein stummer Vogel, den niemand hört.

Enis schaut nun hoch, den roten Stift noch immer in der Hand, er schaut über die Wiese, als hätte er vergessen, dass sie neben ihm sitzt. Und dann, sehr langsam, wendet er sich wieder dem Vogel zu. Malt ihm rote Flecken unter das Auge, man sieht sie kaum auf dem Schwarz. Verbindet sie schließlich zu einem Rinnsal, aus dem Auge herab rinnt es rot, unter dem Vogel entsteht eine rote Lache. Der Vogel weint Blut. Er legt das Rot zurück in die Schachtel, nimmt Schwarz. Zeichnet hastig zwei in der Lache liegende Menschen mit riesigen Händen, die strecken sie in die Luft. Dazu, mit wenigen Strichen, einen großen Kopf auf einem kleinen Körper: Ein kleiner, stehender Mensch neben den Liegenden.

Er legt das Schwarz zurück zu den anderen Stiften, fasst den Block mit beiden Händen und legt ihn ihr auf den Schoß.

Endlich schaut er sie an, die Lippen fest aufeinandergepresst, in seinen Augen sieht sie Trotz und Triumph. Er fordert sie heraus, aber zu was? Was kann sie denn tun?

Sie fühlt ihre Ohnmacht, spürt, wie hilflos sie ist, mit einem Finger streicht sie über die Menschen, die kleine Familie, seinen Vater, seine Mutter und ihn. Bedeckt sie alle mit der flachen Hand. Sieht sie nur noch durch einen Schleier. Tränen fallen auf ihren Handrücken, sie spürt die Wärme auf ihrer Haut. Enis nimmt vorsichtig ihre Hand vom Papier. Sie lässt ihre Tränen laufen, sie fallen hinein in das Rot und das Schwarz.

Sie schaut Enis an und sieht, dass er sieht, wie sich Rot und Schwarz mit ihren Tränen mischen, und jetzt verschwimmt auch das Dunkle seiner Augen. Sie legt Block und Stifte auf die andere Seite, rutscht näher zu ihm hin, legt ihm den Arm um den Rücken. Ein erschrockener Widerstand. Ein kaum hörbarer Ton. Dann ein Nachgeben. Enis sinkt zusammen, lehnt sich an ihren Arm. Und weint.

Die Schokoladentafel ist zur Hälfte gegessen. Stückchen für Stückchen hat sie in ihre flache Hand gelegt, aus der er es dann mit zwei Fingern genommen hat. Adil bietet sie jetzt einen ganzen Riegel an.

»No, thanks«, sagt er und schüttelt mit dem Kopf.

Sie sitzen noch immer aneinandergelehnt.

Adils Blick fällt auf das Bild, sie reißt es vom Block und hält es Enis hin. Adil will fort, sie merkt es ihm an, wie er um sich blickt, er fühlt sich sichtlich nicht wohl hier im Park. Also greift sie nach ihrem Stock, stellt ihn vor sich auf. Sofort legt Enis das Bild neben sich, lässt sich von der Bank gleiten, stellt sich vor sie hin, schaut ihr fest in die Augen – und hält ihr den Stock.

Adil begreift wohl, dass sie das nicht zum ersten Mal machen. Er lächelt sie an.

»Thank you«, sagt er.

Und dann stehen sie voreinander, Adil und sie, und zwischen ihnen Enis.

»Leb wohl«, flüstert sie.

»Bye«, sagt Adil und nimmt Enis' Hand.

Die beiden sind erst ein paar Meter gegangen, da dreht Enis sich noch einmal zu ihr um. Sie winkt ihm zu, und da fällt ihr das Bild ein, er hat ja sein Bild vergessen, schnell greift sie danach, winkt mit dem Papier, ruft: »Enis, dein Vogel.« Aber die beiden gehen schon weiter, bald werden sie hinter der Ecke des Haupthauses verschwunden sein, und mit einem Mal weiß sie, dass noch etwas fehlt.

»Halt, Adil«, ruft sie so laut sie kann. »Stopp.« Und noch einmal: »Stopp! Adil!«

Adil bleibt stehen. Sie wedelt mit dem Stock durch die Luft. »Stopp«, ruft sie, und jetzt winkt sie ihn mit der freien Hand her: »Come! Please come!«

Adil und Enis drehen sich um, aber sie bleiben, wo sie sind, darum ruft sie noch einmal: »Please come!«

Endlich kommen sie zurück. Adil schaut sie fragend an. Sie zeigt auf die Fensterreihen der Resi, dann auf ihn, auf Enis und auf sich selbst, dann wieder zur Resi. Die beiden folgen ihr mit dem Blick, aber sie folgen ihr nicht, als sie losgeht Richtung Terrasse.

Himmel, was soll sie bloß sagen?

Apartment.

»Apartment«, sagt sie. »Come to my apartment.«

Das muss Adil doch verstehen.

»Please.« Sie macht eine bittende Geste und einige Schritte. Dreht sich um. »Come.«

Und da nimmt Enis Adils Hand und zieht an ihr, zieht ihn in ihre Richtung. Adil gibt nach, folgt.

So gehen sie durch den Park und dann durchs Foyer, sie geht, so schnell sie eben kann, voran, sie schaut nicht nach links und nach rechts, da sind sicher neugierige Gucker, vielleicht sogar die Glatze.

Vor der Aufzugstür stellt Enis sich neben sie, auf

die Seite ohne Stock. So warten sie schweigend in der Kabine, links von ihr Enis, rechts Adil, und so gehen sie auch den Flur entlang, wo Enis schließlich ihre Hand nimmt, so vertraut ist das, als wäre er ihr kleiner Enkel und der Mann neben ihr, Adil, ihr längst erwachsener Sohn. Johann.

Alte Träumerin, schimpft sie sich, und schlenkert ihren Arm hin und her, und damit auch den von Enis. Kurz begegnen sich ihre Blicke. Viel zu bald erreichen sie ihre Tür, in deren Schloss sie wie immer eine Weile herumstochern muss, während ihr Herz nur so wummert.

Und dann sind sie im Wohnzimmer. Nur dass Julia diesmal nicht dabei ist und übersetzt.

Doch das, was sie vorhat, muss niemand übersetzen.

Sie nimmt Brummel vom Bett, kurz drückt sie ihn an sich, wiegt sich und ihn hin und her. Sieht ihn neben Johann im Bett sitzen, hört Johanns Stimmchen: Brummel passt auf.

Nur noch eine Erinnerung. Und das schon so lange.

Doch jetzt, nebenan, wartet Enis.

»Pass gut auf ihn auf«, flüstert sie Brummel ins Ohr.

Geht mit ihm zurück ins Wohnzimmer. Setzt sich in den Sessel.

»Enis.«

Wie sonst vor ihrer gemeinsamen Bank steht Enis mit hängenden Armen da, schaut sie aus seinen dunklen Augen an.

»Brummel«, sagt sie und zeigt auf den Bären.

Sie hält ihn Enis hin. »Für dich.«

Enis macht einen Schritt zurück.

Also versucht sie es ein weiteres Mal. Aber Enis schaut zu Adil, und auch sie sieht jetzt Adil an, hält Brummel hoch dabei: »For Enis.«

Wie Brummel da so in der Luft hängt zwischen ihr und Enis und Adil, fühlt sie sich plötzlich schwach und haltlos.

Dann hockt Brummel wieder auf ihrem Schoß. Und sie, sie schaut zu Boden.

»Teddy. My son«, sagt sie. »Teddy. My son.«

Ihre Augen werden feucht. Nein, nicht, ermahnt sie sich. Heulen kannst du später. Sie hebt den Kopf.

Adil beugt sich zu Enis hinunter und spricht mit ihm, seine Stimme kommt ihr in seiner eigenen Sprache tiefer vor und wärmer, schließlich nickt er ihm aufmunternd zu.

Enis kommt wieder näher und streckt seine Hände aus, und da hinein legt sie Brummel. Er hält ihn auf Abstand, mustert ihn, knabbert dabei an seiner Unterlippe.

Sie denkt an die flauschigen und freundlichen Teddybären unten im Schreibwarengeschäft, und plötzlich erscheint ihr Brummel doch reichlich abgewetzt und lädiert. Stumpf und ernst schaut er mit seinem einen Auge.

»Er kommt von weit her«, sagt sie. »Wie du, Enis.«

Mit ihrem Zeigefinger krault sie Brummel hinter dem Ohr, und das bringt Enis zum Lächeln. Nun drückt er den Teddy doch an sich.

Als sie aufstehen will, holt Enis den Stock, der am Schreibtisch lehnt, und stellt ihn ihr hin. Im anderen Arm hält er Brummel.

Adil und Enis gehen Hand in Hand, sind schon an Tackes Wohnungstür vorbei, als sie den Gewehrlauf sieht, den Gewehrlauf aus Tackes Tür. Im selben Moment bleibt Enis stehen, drückt Adil Brummel in die Hand, geht, nein, rennt zu ihr zurück, und jetzt ist klar, dies ist nicht der alte Traum, dies ist ihr Leben, denn jetzt schlingt Enis seine Arme um sie.

»Hoppla«, sagt sie. »Du wirfst mich noch um.«

Enis drückt seinen Kopf an ihren Bauch. Ewig könnte sie so stehen bleiben. Sie wünscht sich nur noch, sie wäre dort weicher.

27

Sie hat in den Spaghetti bolognese nur herumgestochert, sie schließlich stehen lassen und sich auf die Couch gelegt.

Unter der Decke spürt sie ihre Hände auf ihrem Bauch, auf dem sonst Brummel lag. An den sich vorhin noch Enis schmiegte. Sie schließt die Augen. Spürt Brummels raues Fell. Enis' weiches Haar.

Sein düsteres Vogelbild.

Ihre Handfläche eine winzige Futterstelle, aus der er die Schokoladenstückchen mit spitzen Fingern pickte.

Seine Umarmung. Eine kurze Rast unter ihren Fittichen.

Sein Schweigen.

»Hör mir gut zu, Enis«, flüstert sie. »Nie darfst du denken, dass es deine Schuld ist. Hast du mich verstanden? Es ist nicht deine Schuld.«

Schuld hat, wer schießt.

Tackes Post-it fällt ihr ein.

Und dann ihr Traum.

Wie ein Racheengel ist sie über Tackes Bett geschwebt, mit dem Schwert in der Hand. Bereit, ihn zu töten.

Himmel, wo kam das nur her?

Nie zuvor hat sie so etwas geträumt. Nie hat sie sich vorgestellt, Rache zu nehmen. Rache zu nehmen an Johanns Mörder. War der auch so jung? Sie weiß es nicht mehr.

Tacke war siebzehn, das weiß sie. Ein Bub mit dem Abzeichen der SS. Ein milchgesichtiger Bub. Und ein Mörder.

»Kommen Sie herein«, sagt Tacke, dreht sich um und schlurft Richtung Wohnzimmer. Sie folgt ihm.

»Sie können den Ordner da hinlegen.« Tacke zeigt auf den Tisch. Wie beim letzten Mal wartet er, bis sie sitzt, erst dann setzt er sich auch. Wie höflich er neuerdings ist. Fast freundlich. Und das nach ihrem Abgang gestern.

Tacke starrt auf den Ordner, der auf dem Tisch zwischen ihnen liegt. Er sieht müde aus. Irgendwie fahl. Nur unter den Augen hat er wieder dunkle Ringe.

Beinahe geohrfeigt hätte sie ihn gestern. Und dann hat sie ihm sein Post-it auf die Brust geklatscht. Ob er auf eine Entschuldigung wartet?

Aber er macht nicht den Eindruck, zusammengesunken, wie er dasitzt. Und kein Wort sagt.

»Und jetzt?« Sie tippt auf den Ordner. »Was passiert jetzt? Nachdem wir am Ziel angekommen sind? Am Main bei Aschaffenburg. Und bei Ihrer …« Sie stockt.

»Schuld.« Tacke hebt den Blick, schaut sie aus wässrigen Augen an.

»Was erwarten Sie jetzt von mir?«, fragt sie und lehnt sich zurück.

Er weiß wohl selbst nicht, denkt sie, was er sich mehr wünscht. Bestraft zu werden. Oder gerettet.

»Was wirklich bei Ihnen los ist – hier drinnen …« Sie tippt mit den Fingern auf ihr Herz. »Das weiß kein Mensch.«

»Ich dachte, Sie würden es verstehen.«

Zorn flammt auf in ihr. »Was denn? Dass Sie ein wehrloses Mädchen erschossen haben? Gerade ich soll das verstehen?«

Tacke antwortet nicht, stattdessen blickt er aus dem Fenster, sodass sie sein Bärtchen im Profil sieht.

»Ich habe gestern Nacht von Ihnen geträumt«, sagt sie schließlich.

»Schon wieder?« Tacke wendet sich ihr zu. »Was denn?«

»Erst wollte ich Ihnen mit einem Schwert an die Gurgel.« Mit dem Zeigefinger streicht sie über ihre Kehle.

Er reißt die Augen auf.

»Und dann an den Schnurrbart. Das aber mit einem Rasiermesser.«

Wie in ihrem Traum fährt Tacke sich mit der Hand über sein Bärtchen. »Das haben Sie geträumt?«

»Ja, das habe ich geträumt«, antwortet sie entschieden, und genauso entschieden schiebt sie den Ordner beiseite. »Wäre das denn so abwegig, sich doch noch davon zu trennen?«

»Sie meinen, auf meinen letzten Metern?« Tacke rutscht auf der Sitzfläche ganz nach hinten. »Was Sie immer mit meinem Schnurrbart haben.«

»Hören Sie. Wir beide wissen, dass … dass der Leberkrebs weitermachen wird.«

Tacke beobachtet sie genau, als hätte er Angst, sie könnte das Rasiermesser zücken. »Und?«

»Himmel«, sagt sie. »Wollen Sie wirklich mit einem Hitlerzitat im Gesicht in der Kiste liegen?« Marietta lehnt sich so weit es geht zu ihm hinüber. »Oder geht es am Ende genau darum?«

»Bitte?«, fragt Tacke.

»Mitsamt diesem Ding«, Marietta tippt sich zwischen Nase und Oberlippe, »in der Hölle zu landen? Weil Sie bei der Waffen-SS waren?«

Eine ganze Weile schweigt Tacke, mustert seine Hände, die er dorthin gelegt hat, wo eben noch der Ordner lag, schließlich sagt er tonlos: »Ich habe ein wehrloses Mädchen ermordet. Als Mutprobe.«

»Ja, ich weiß.«

»Es war nichts als eine Mutprobe.«

»Ich weiß.«

Soweit das factum brutum, denkt sie, und jetzt zu dem, was du daraus machst.

»Wann haben Sie sich das Bärtchen wachsen lassen? Davor oder danach?«, fragt sie.

»Was ist das denn für eine Frage?« Überrascht schaut Tacke sie an.

»Vorher? Oder nachher?«

»Verdammt. Sie lassen aber auch nicht locker.« Tacke senkt wieder den Kopf. »Nachher. Nach Kriegsende.«

»Weil Sie ein Nazi geblieben sind?«

»Was wird das hier? Ein Verhör?«, fragt Tacke unwillig. Und spricht doch gleich weiter. »Ich war doch erst siebzehn.«

»Sind Sie einer?«

»Ein Nazi? Nein.«

»Aha. Die Leute tuscheln aber darüber, dass Sie

in der Waffen-SS waren. Manche nennen Sie sogar Hitler.« Genau genommen war es nur Gisela, denkt sie. »Niemand hier will etwas mit Ihnen zu tun haben«, sagt sie stattdessen. »Sie haben keine Familie. Und wenn ich das richtig sehe auch keine Freunde.« Marietta legt ihre Hände nun auch vor sich auf den Tisch.

»Bleiben also nur wir beide. Und ich, ich würde mich mit Ihnen leichter tun, wenn ich nicht an Hitler denken müsste, sooft ich Ihnen begegne.«

Eine Weile schweigen sie beide.

Schließlich sagt sie: »Vielleicht ist es an der Zeit, sich zu entscheiden.«

Tackes Hände wischen unruhig auf dem Resopal hin und her. »Und was wäre das, zwischen dem ich mich Ihrer Meinung nach entscheiden sollte?«

»Ob Sie sich weiterhin selbst bestrafen, indem Sie andere vor den Kopf stoßen und sich unbeliebt machen und einsam bleiben. Oder ob Sie …« Sie denkt an ihren Traum, an den Gewehrlauf aus Tackes Tür, seine Worte, durch die sie sich noch einmal auf die Suche gemacht hat.

»Oder was?«, fragt Tacke.

»Das kann ich Ihnen nicht sagen. Das müssen Sie selbst herausfinden.«

So wie sie die Wahrheit in ihrem alten Schulheft gefunden hat.

Und es ja gerade Tackes Geschichte gewesen war, die ihre ins Wanken gebracht hatte. Vielleicht wird sie es ihm erzählen. Aber nicht mehr heute. Jetzt ist es genug. »Ich gehe dann mal.«

Während sie den Stuhl nach hinten schiebt, sich

aufstützt und hochstemmt, schaut Tacke aus dem Fenster, als hätte er sie bereits vergessen.

Sie ist fast aus der Zimmertür, da sagt er: »Also gut. Ich mach es.« Mit einem schweren Ausatmen steht er auf.

»Was?«

»Ich nehme ihn ab.« Tacke steht vor ihr, auf seiner Stirn glänzt der Schweiß. »Jetzt. Sofort.«

»Oha«, sagt sie. »Na dann …«

»Würden Sie hier warten? Es dauert auch nicht lange.« Mit einem Finger streicht er über das Bärtchen. »Ist ja nicht viel.«

»Nein«, sagt sie. »Nur ein paar Haare.«

Zum ersten Mal ist da ein Lächeln zwischen ihnen.

Er kann einen wirklich überraschen, denkt sie, während Tacke Richtung Bad verschwindet.

Und sich dann doch Zeit lässt.

Das Stehen wird ihr lang. Also horcht sie. Doch im Bad bleibt es still. Manchmal reicht ein Riss, dünn wie ein Haar, damit etwas Verhärtetes aufbricht, denkt sie.

Wie er wohl aussehen wird? Ohne das Bärtchen?

Endlich ist da das Summen des Rasierapparats, dann hört es auch schon wieder auf.

Sie tritt von einem Fuß auf den anderen. Vermisst ihren Stock. Lässt ihren Blick über das Regal mit den Ordnern wandern, dessen Zeit als Leihbibliothek nun sicher vorbei ist.

Ein Räuspern.

Mit hängenden Armen steht Tacke in der Türöffnung.

Die Stelle zwischen Nase und Lippen wirkt irgendwie nackt.

»Oha«, sagt sie heute zum zweiten Mal. »Sie haben sich aber verändert. Und wie fühlt es sich an?«

»Na ja.« Tacke schlingt beide Arme um seinen Oberkörper, als würde er frieren. Wie ein Bub nach dem Baden, ein Bub, der darauf wartet, dass die Mutter mit dem flauschigen Handtuch kommt und ihn warmrubbelt.

»Also, mir gefällt's«, sagt sie. »Richtig sympathisch.«

28

Sie ist noch in Gedanken bei Tacke – bei Tacke ohne Bärtchen, als sie vor ihrer Wohnungstür den Pappumschlag auf der Fußmatte entdeckt.

Was ist das denn?

Er ist weiß, groß wie ein Schulheft, etwas steht darauf geschrieben. Mit einer Hand hält sie sich am Türgriff fest, bückt sich langsam und hebt den Umschlag auf. Es dauert einige Sekunden, bis der Schwindel sich legt. Dann liest sie: Viele Grüße, Julia.

Der Umschlag ist nicht verschlossen, also drückt sie die Pappe etwas auseinander, linst hinein. Fotos. Sofort packt sie die Neugier. Natürlich. Julias Fotos.

Sie sieht Brummel. Er sitzt auf etwas Weißem. Auf reinweißem Stoff, und darauf wirken sein Fell und sein Blick wund und wie aus der Zeit gefallen. Aber woran lehnt er da? Ein hautfarbener kantiger Berg. Aber das ist ja ihr Knie, ihr aufgestelltes Bein.

Marietta drückt den Umschlag an ihre Brust. Eins nach dem anderen, sagt sie sich und stochert wieder einmal eine Weile ums Schloss herum. Himmel, das wird auch nicht leichter.

Im Wohnzimmer steuert sie direkt auf ihren Sessel zu. Legt Julias Umschlag auf das Tischchen. Stützt sich mit den Händen auf den Armlehnen ab. Nimmt ihn im Geist voraus, den kurzen freien Fall. Fällt. Und sitzt.

Was für ein Tag.

Sie stellt sich vor, nach dem Umschlag zu greifen, die Fotos herauszuziehen. Und lässt es dann doch.

Nur für eine Weile die Augen schließen.

Ruhen. Atmen.

Ein.

Und aus.

Ein.

Tacke hat sich doch wahrhaftig sein Bärtchen abrasiert. Ganz schön unter Druck gesetzt hat sie ihn. Aber andererseits: Was für eine grauenvolle Geschichte hat er da bei ihr abgeladen. Gerade bei ihr. Regelrecht darauf angelegt hatte er es. Oder hat es sich erst nach und nach ergeben?

Wie anders er plötzlich wirkte, wie er da in der Tür stand, ohne Bärtchen.

Bleiben nur noch wir beide, hat sie zu ihm gesagt.

Nur noch wir beide.

Sie öffnet die Augen. Schaut zur Couch. Dort sitzt Brummel nicht. Und auch nicht auf ihrem Bett.

Enis steht vor ihr. Hält Brummel auf Armeslänge vor sich, schaut ihn genau an, mustert ihn, sein abgewetztes Fell, seinen einäugigen Blick, knabbert auf seiner Unterlippe. Und endlich drückt er ihn an sich.

Sie schließt ihre Augen. Atmet.

Das sagt einem keiner. Dass mit dem Altwerden die Konturen verschwimmen, zwischen dem, was da draußen tatsächlich ist, und dem, was du erinnerst oder du dir wünschst oder du nur geträumt hast.

Alt und weise, das sagt sich so leicht. Dazu musst

du mit so vielen vertrackten Widersprüchen klarkommen. Du sollst loslassen, was dich immer noch schmerzt. Und bist dabei verletzlicher denn je.

Dein Herz hüpft vor Freude. Dein Herz läuft über vor Weh. Dazwischen liegt nur ein Flügelschlag.

Du verkehrst mit den Toten, als säßen sie vor dir. Und kurz darauf geht dir ein Licht auf, eine Einsicht, auf die du dein Leben lang gewartet hast.

Sie öffnet die Augen. Schaut zum Schreibtisch, der uralt ist wie sie. Ihre Kladden und Hefte ruhen nun wieder geborgen in seinem Bauch. Nur das alte Schulheft hat sie neben ihre Kladde oben auf das Holz gelegt.

Ihr vergilbtes Schulheft. Ihre frische Einsicht.

Sie muss Elias davon erzählen.

Die Nuss ist fort. Die Wolken auch. Über den Baumkronen ist der Himmel blau, reingewaschen vom milden Licht der frühen Dämmerung.

Und drüben hat Enis Brummel vielleicht schon auf sein Bett gesetzt. Hat er sie verstanden, als sie Brummels Namen sagte? Oder gibt er ihm einen eigenen?

Aber sie wollte ja schreiben. Es Elias erzählen. Sie schlägt ihre Kladde auf. Nimmt den Stift aus der Ablage. Blättert dann doch noch zurück. Überfliegt, was dort geschrieben steht. Blättert wieder vor. Schreibt.

Mein lieber Elias!

Ein Leben lang habe ich mir erzählt, dass mich eine Schuld traf an Johanns Tod. Weil ich ihm zugerufen hatte, er solle weglaufen. So habe ich es wieder und wieder durchlebt in meinen Albträumen.

Und gestern Nacht habe ich in meinem Tagebuch von damals gelesen, was wirklich geschehen ist auf Großmutters Hof. Ich habe nicht geschrien: Lauf weg! Ich habe es nur gedacht. In Wahrheit habe ich keinen Ton herausgebracht.

Aber als ich hilflos mit ansehen musste, wie Johann zu Boden ging, ist mein Herz zerrissen, wie ein Stoff reißt. Wie sollte ich damit weiterleben? Mit einem zerrissenen Herzen? Also habe ich versucht, den Riss zu flicken. Mit dem Faden des Verstandes. Ich musste mir erklären, warum mein Kind starb.

Ich wollte die Schuld. Ich brauchte sie zum Weiterleben.

Ich wusste, du würdest versuchen, mir die Schuldgefühle zu nehmen. Deshalb habe ich es für mich behalten.

Ach, Elias! Was habe ich mir nur angetan, ein ganzes Leben lang? Was hat das Leben mir angetan? Mir auf diese sinnlose Weise meinen Jungen zu nehmen?

Alles verschwimmt. Tropfen fallen aufs Papier, aufs Holz. Sie hört ein Schluchzen, hört es wie von Ferne.

Irgendwann versiegen die Tränen. Und sie wird ruhig.

Auch im Zimmer ist es still.

Vor dem Fenster hat die blaue Stunde begonnen. Das Grün der Baumkronen ist schon schattiger geworden. Gleich werden die Bäume dem Himmel die Bühne überlassen.

Sie schaut aufs Papier, dorthin, wo es noch unbeschrieben ist. Nimmt den Stift vom Holz.

Elias, Liebster, erinnerst du dich noch an unseren Winterurlaub in den Bergen? An diesen riesigen zugefrorenen See, den Ober- und Untersee. Seinen Namen habe ich vergessen. Nicht aber meine Angst angesichts dieser Weite aus Eis. Das hatten wir nicht bedacht. Während die Schlittschuhläufer auf dem Obersee ihre Runden drehten, hielten wir uns an die Winterwege durch den Wald oder fuhren mit der Seilbahn hoch zur Bergstation.

Natürlich erinnerst du dich!

An diesen mondhellen Abend, an dem wir in der Pension schon eine Flasche Wein getrunken hatten. Und trotzdem noch einmal rausgingen in die Kälte, warm eingepackt und ein bisschen beschwipst.

Lass uns den Uferweg am Untersee nehmen, sagtest du. Im Wald ist es jetzt zu dunkel.

Und so liefen wir am Seeufer entlang, unter den Füßen knirschte der Schnee, der Mond stand riesig und voll über den Bergen und sein Licht lag kalt auf dem Eis.

Hörst du das auch, hast du geflüstert. Der See klingt.

Wir blieben stehen und horchten, und da hörte ich es auch. Dieses feine Glockenläuten über, nein, aus dem See. Man konnte nicht anders, als sich einen versunkenen Kirchturm vorzustellen, unter dem Eis auf dem Grund des Sees. Der hier an den Rändern offen war, und das schwappende Wasser trieb die Fetzen des Brucheises gegeneinander, und das erzeugte diese hellen Töne wie von unzähligen kleinen Glocken tief aus dem See.

Wir küssten uns. Das und der Wein und der klingende See machten uns wohl übermütig. Wir liefen weiter – Hand in Hand – bis zum Obersee, der zugefroren war bis ganz ans Ufer.

Jetzt war niemand mehr auf dem Eis.

Du hast meine Hand losgelassen, bist aufs Eis gegangen. Elias, nein, habe ich gerufen. Und du: Doch! Das Eis ist ja freigegeben!

War es dieser Satz: Das Eis ist ja freigegeben? Oder deine ausgestreckte Hand? Mir schlug das Herz bis zum Hals, aber ich bin dir aufs Eis gefolgt. Habe deine Hand genommen, Schritt für Schritt sind wir weiter hinausgegangen. Bis zu dem Punkt, an dem wir uns ganz allein fühlten auf dieser Welt.

Über uns der Mond und all die Sterne. Und unter uns das Eis, dick und fest. Dort, Elias, allein mit dir auf dem Eis, dort habe ich mich frei gefühlt. Befreit und gleichzeitig geborgen.

Sie hat geschrieben, ohne abzusetzen. Jetzt legt sie den Stift aus der Hand. Wo kam das nur her? Diese Erinnerung? Sie hat so lange nicht mehr daran gedacht.

Der Himmel über den schwarzen Bäumen ist jetzt nachtblau. Und sternenklar.

Ihr Mund ist trocken, also steht sie auf. Geht zur Spüle. Trinkt ein Glas Wasser. Auf dem Weg zurück nimmt sie Julias Umschlag vom Tischchen, setzt sich zurück an den Schreibtisch und zieht die Fotos zwischen der Pappe hervor.

Brummel, an ihr Knie gelehnt.

Sie sieht sich selbst. Während Julia sich mit der Kamera über ihr Knie gebeugt hatte, über ihre dunkle

Stelle, da war sie wohl weggedämmert. Und Julia hatte weiterfotografiert.

Enis. Er sitzt allein auf ihrer Parkbank. Offenbar ist Julia mit ihm zur Bank gegangen, um dieses Foto zu machen. Für sie.

Sein ernster, dunkler Blick. Er scheint mit den Beinen zu baumeln. Auf seiner Hose die Schmutzflecken. Über ihm das grüne Blätterdach der Kastanie. Lichtflecken auf dem Gras.

Sie streicht mit dem Finger über sein dunkles Haar.

In ihr ist nichts als Wärme. Eine Wärme, die sich ausdehnen will.

Und ein leises Staunen. Darüber, dass in den tiefen Lücken, die das Leben dir reißt, warme Dankbarkeit nisten kann.

Behutsam stellt sie Enis' Foto vor Giselas Bild an den Lampenfuß. Dann zieht sie die Schreibtischschublade auf. Und auf all die Bilder ihres Lebens legt sie ein letztes Bild: Brummel, an ihr Knie gelehnt. Lässt ihre Hand eine Weile darauf ruhen. Erst dann schließt sie die Schublade wieder.

Schluss für heute. Endlich. Zeit fürs Bett.

Literaturhinweise

Rose Ausländer: *Gedichte*. Frankfurt am Main 2005, S. Fischer.

Werner Bohleber: *Was Psychoanalyse heute leistet*. Stuttgart 2012, Klett-Cotta.

Elisabeth Borchers: *Alles redet, schweigt und ruft*. Gedichte. Frankfurt am Main 2001, Suhrkamp.

Ruth Cohn: *zu wissen, dass wir zählen*. Bern 1990, Zytglogge Verlag.

Hilde Domin: *Gesammelte Gedichte*. Frankfurt am Main 1999, S. Fischer.

Max Brod (Hrsg.): *Franz Kafka, Tagebücher 1910–1923*. Frankfurt am Main 1993, Fischer Taschenbuch Verlag, S. 224.

Kafka, Franz: Briefe 1918–1920. *Kritische Ausgabe* (Hrsg. Hans-Gerd Koch), Frankfurt am Main 2013, S. Fischer Verlag.

Rainer Maria Rilke: »Der Panther«. zitiert aus: Karl Otto Conrady: *Das große deutsche Gedichtbuch*, Königstein/Ts. 1978.

Karl Schlechta (Hrsg.): *Friedrich Nietzsche: Werke II. Also sprach Zarathustra*. Frankfurt am Main 1984, Ullstein.

Tomas Tranströmer: *Sämtliche Gedichte*. München 2020, Edition Akzente Hanser.

Dank

An Gisela Gaede für unsere gemeinsame, späte Reise. Für ihre Freimütigkeit, in der sie ihre Erinnerungen und ihre Gegenwart als sehr alte Frau mit mir geteilt hat. Wie du gesagt hast, liebe Gisela: Jetzt ist es ja nur noch eine Geschichte.

An Simone Regina Adams für ihre wunderbare Begleitung, für all ihren Zuspruch und ihre treffsichere Kritik.

An Kristine Kress für ihr feinfühliges Lektorat und ihr großes Herz – selbst für einen wie Tacke. Ich kann mir für mich keine bessere Lektorin vorstellen.

An Sabine Dörlemann für die offene Aufnahme in ihren wunderbaren Verlag. Es fühlt sich nach Heimat an.

An Hubert Klöpfer für seinen mir in die Hand gedrückten kleinen Zettel, für seine Großherzigkeit.

An Bettina Heithorst, ohne die »Dünnes Eis« anders geworden wäre.

An Brigitte Jacob, ohne die es ein Buch von mir vielleicht gar nicht geben würde.

An die mir nahen Menschen, die mein Schreiben auf ihre Art unterstützen: Meine Mutter. Barbara. Inge. Kerstin. Michael. Sabine. Heike und Rainer. Maria und Bertold.

An Ilse Orth für die Biblio- und Poesietherapie, die ich bei ihr und auf der Akademie (EAG/FPI) lernen durfte und die »Dünnes Eis« durchzieht.

Und noch einmal an Steffen H. Er weiß wofür.

Zur Autorin

THERES ESSMANN, geboren 1967 im Münsterland, studierte Germanistik und Philosophie in Tübingen und lebt heute in Stuttgart. Sie arbeitete freiberuflich als Schriftstellerin, Poesietherapeutin und Referentin für kreatives Schreiben. Davor war sie 20 Jahre lang als Führungskraft in der freien Wirtschaft tätig. Für ihr 2020 erschienenes Romandebüt *Federico Temperini* wurde sie mit dem Literaturstipendium des Landes Baden-Württemberg ausgezeichnet und war für den Thaddäus-Troll-Preis nominiert.

Zum Buch

Kurz vor ihrem hundertsten Lebensjahr wird Marietta von einer seltsamen Unruhe ergriffen. Dabei macht sie sich nicht viel aus den Geburtstagen, vielmehr beschäftigt sie, was in ihrer Umgebung passiert. In das Zimmer ihrer Heimnachbarin Gisela ist Herr Tacke eingezogen, mürrisch und ein alter Nazi, wird gemunkelt. Und in der Flüchtlingsunterkunft nebenan lebt ein kleiner Junge, der sie an ihren Sohn erinnert, der vor vielen Jahrzehnten die Flucht aus den Ostgebieten nicht überlebt hat.

Nach und nach melden sich die Geister der Vergangenheit und fordern sie auf, sich endlich dem schmerzhaftesten Ereignis ihres Lebens zuzuwenden, das sie jahrzehntelang in ihrem tiefsten Inneren vergraben hatte. Durch eine Begegnung findet sie den Mut, sich ihrer dunkelsten Stunde zu stellen.

Ein berührender Roman, der eindringlich von den Wunden des Krieges erzählt und von der Kraft der Versöhnung.

Verlag des Jahres '23 DÖRLEMANN

Dieses Buch wurde klimaneutral gedruckt.

Der Dörlemann Verlag wird vom Bundesamt für Kultur für die Jahre 2021–2024 unterstützt.